JN114985

出来損ないと呼ばれた元英雄は、実家から追放されたので好き勝手に生きることにした 5

紅月シン

TOブックス

目次

出来損ないと呼ばれた
元英雄は、
実家から
追放されたので
好き勝手に
生きる
ことにした

旅の仲間

アレン・ヴェストフェルト

ヴェストフェルト公爵家の元嫡男。神の祝福であるギフトを得られず、「出来損ない」とされ実家を追放された。前世では、異世界を救った英雄。今世の目標は、平穏な生活を送ること。

リーズ・ヴェストフェルト

アドアステラ王国の第一王女だったが、王継承権を放棄してヴェストフェルト公爵家の当主になった。アレンの元婚約者。
ギフト「星の巫女《オールインワン》」を持ち、傷を癒す異能ゆえに巷では聖女とも呼ばれている。

ノエル・レオンハルト

エルフの鍛冶師。腕は一流以上。リーズと友人関係にあり、アレンらと共に旅している。この世界では唯一となったハイエルフで、先天性のギフト・妖精王の瞳《グラムサイト》を持つ。

悪魔

世界に反逆するモノ。ギフトを持たず、スキルと呼ばれる力を用いる。

悪魔の女

アレンに協力を申し出てきた謎めいた女性。何か目的があるようだが……？

ベアトリス・アレリード

王国最強の一角とされるリーズの専属近衛だった。現在は、新ヴェストフェルト公爵家で当主リーズの代理業務をこなしている。

大聖堂

教会の総本山。あらゆる権威から独立して存在しており、絶対不可侵といわれる世界においての中立地帯。

アマゾネス

イザベル

悪魔に囚われていたアマゾネスの村長。

クロエ

悪魔の拠点でアキラが拾ってきたアマゾネスの少女。ミレーヌの友人のようだが……？

アンリエット

元リンクヴィスト侯爵家の令嬢。現在は身元不明人。前世では「神の使徒」だった。

アキラ・カザラギ

ギフト『勇者《ブレイバー》』を持つ、今代の勇者。三年ほど前にこの世界に召喚された異世界人。悪魔の拠点を探して放浪中だったが、アレンと合流する。

ミレーヌ・ヘーグステット

悪魔に奴隷として連れられていたアマゾネスの少女。アレン達に救い出され、現在はノエルと行動を共にしている。

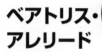

イラスト／ちょこ庵
デザイン／舘山一大

勇者と悪魔

蒼い稲妻が走り抜けた瞬間、轟音と共に地面が爆《は》ぜた。

帯電した空気が弾け、視界を覆っていた土煙が晴れていく。

遮《さえぎ》るものがなくなった眼前を眺めながら、アキラは思わず舌打ちを漏らしていた。

「ちっ、外れ……いや、遅かった、か？　ここまでのことを考えたら、何もないって方が不自然だしな……」

自らの思考を整理するように呟きながらその場を見渡してみると、そこに広がっているのは何もないだだっ広いだけの部屋であった。

天井までの高さは二メートルほどで、広さそのものはパッと見では測れないほどに広い。

天井のことを考慮に入れなければ、アキラの知っている中で最も近いのは体育館か。

もっとも、床も天井も壁も、その全てが石造りだという点でまるで受ける印象は違い……しかし、問題なのはそこではない。

この部屋には、文字通りの意味で何もないということだ。

そう、この部屋には、埃《ほこり》ひとつ落ちてはいないのである。

退去した後だということが明確すぎて、逆に何らかの罠なのではないかと疑うほどであった。

「むしろ罠なら返り討ちにしてやるだけだから楽なんだけどな。……さすがに、そう上手くはいかねえか」

無造作に足を踏み出し、壁やら地面やらを触ってみるが、何かが起こるような気配はない。罠を張ることで逆に探られることを警戒したのか、それともそんな暇すらなかったのか。

おそらく前者だろうとあたりをつけながら、アキラは溜息を吐き出した。

「ったく……本当に鬱陶《うっとう》しいやつらだぜ。喧嘩を売ってきやがるくせに、逃げ足が速いときたもんだ。いい加減何とかしてえんだが……」

出来るのならば、とっくにやっている。

元々アキラは、絡め手を使ったり色々と考えたりするのはあまり得意ではない。

正面から突っ込んでぶっ飛ばすのが、一番性に合っているし得意なのだ。

「で、ようやく居場所を突き止めたかと思ったらこの有様だしな……ちっ、本当に面倒なやつらだな——悪魔ってのはよ」

そう、アキラが立っているこの場所は、遂にあぶりだしたはずの悪魔の「拠点」であった。

つまりここへ来たのは、悪魔を叩きのめすためだ。

とはいえ、別にアキラは最初から悪魔と正面から事を構えるつもりだったわけではない。

少なくともアキラ自身は悪魔に対して思うところはなかったし、敵対の意思もなかった。

だが、適当に旅をしているうちに幾度か小競り合いのようなことになったり、結果的に悪魔達の思惑を邪魔することになったりがあり——そんなことを繰り返しているうちに、どうやらアキラは悪魔から敵だと認識されてしまったようなのだ。

積極的に関わるつもりはなくとも……さすがに何度も命を狙われれば鬱陶しいし、面倒にもなる。

そっちから喧嘩を売ってくるというのならば買ってやろうじゃないか、となるのは当然の帰結であった。

そうして今までの鬱憤《うっぷん》を晴らすが如くアキラは悪魔を叩き潰すことを決め……だがそこで問題が一つ発生した。

悪魔を叩き潰すのはいいが、どうすればそれが可能になるのかが分からなかったのだ。

実のところ、悪魔の所在地というのはあまりはっきりとは分かっていない。

悪魔の国に侵略を受けているというのはよく聞く話だが、具体的に悪魔が国軍を率いて襲ってくるわけではないため、その所在を掴みにくいのである。

悪魔は基本的に魔物を操り、その力で以《もっ》て他国を侵略し、滅ぼす。

魔物であるから、人の兵士のように補給を受けたり休息をする必要はなく、軍事的拠点を必要としないし、捕虜にして本拠地を聞き出すことも出来ないのだ。

実際アキラは何度か悪魔が攻めてきているという戦線へと向かったこともあるが、魔物の侵攻を目の当たりにしただけで、拠点どころか、悪魔の姿すら見かけることはなかった。

しかも悪魔は一国を滅ぼしと、すぐに次の国へと向かう。

領土として跡地を支配することもなければ、拠点を作っているという話を聞いたこともない。

実際に国々が滅ぼされているのだから、悪魔が存在している、ということだけは間違いないのだが、彼らがどこに存在しているのかというのはまるで分からないのだ。

かといって、ある程度の意思を持った集団である以上拠点が存在しないわけがない。

それに拠点のような場所が存在した、という話はある人物から聞いたことがあるからだ。

まあ、その場所は消滅した……というか、そいつが滅ぼしたらしいが。

ともあれ、探せば必ず見つかるはずだとアキラは考えた。

その難易度を別にすればではあるが。

だが、様々な場所へと足を運び、情報を集めれば、それなりに、らしい、ものを見つけられるようにもなってきた。

そうしてようやく、拠点だと確信を持てる場所を見つけることに成功したわけだが――。

「ここにきてまんまと逃げられるなんざ、我ながら情けなすぎんな。……やっぱ道中の魔物は無視しとくべきだったか？　いや、生かしておいて悪魔と戦ってる最中に邪魔されたんじゃ意味ねえしな……」

ああでもなければこうでもない。

果たして、今回はどういった行動を取るのが正解だったのか。

少なくとも、間違いなくここは悪魔の拠点で、悪魔はつい先ほどまでここにいたのだろう。

室内だというのに道中魔物で溢れていたり、不自然すぎるこの部屋の状況から考えればそれは明らかだ。

この部屋から物が全てなくなっているのは、空間転移でもして丸ごとどこかへと移動させた、といったところか。

そうでもなければ、ここまであからさまなことはしまい。

もっとも、それが分かったところで、何の意味もないが。

「……まあ何にしろ、失敗しちまったことだけは確実、か。しかも何の手がかりもねえときた。ちっ、ゴール目前で振り出しに戻るとか、すごろくじゃねえんだぞ？」

ぼやいてはみるも、それで現状がどうにかなるわけではない。

適当にその辺を叩いたりしてみるがやはり何も起こらず、アキラは幾度目かとなる舌打ちを漏らす。

この様子では、まず間違いなくまた一からのやり直しだろう。

「いい加減誰かに協力頼むべきか？　このままじゃ次もまた同じようなことになりかねないしな。まあとはいったところでオレが頼めそうなやつなんてあいつらぐらいしかいねえんだが……」

そんなことを考えながら、アキラは何もないその部屋を歩き回る。

何かあるかもしれない、などと思ってのことではなく、ただの念のためだ。

悪魔に関してろくに情報を手に入れることが出来ていないのは、アキラだけではない。

侵略を繰り返し国と人を滅ぼし続ける悪魔の情報を何とか得ようと多くの者達が色々と試しているというのに、未だに悪魔に関しては分かっていることの方が少ないぐらいなのだ。

悪魔は狡猾《こうかつ》且つ用心深く、余程の偶然でも重ならない限りは手がかり一つ見つけることは出来まい。

それを考えると、本当に今回は千載一遇のチャンスだったのだが――。

「――ん？」

と、端まで来てしまったし、やはり何もなかったな、と思い戻ろうとした、その瞬間のことであった。

踏み出した足の裏に、妙な違和感を覚えたのだ。

眉をひそめ一歩後ろに下がってみるも、見た目は他の床と変わりない。

もう一度改めて踏みつけてみれば、伝わってきた感触から材質も同じだということが分かる。

だが同時に、何故違和感を覚えたのかということも分かった。

その場にしゃがみ込み、軽く地面を叩いてみれば、明らかに振動は地面の向こう側にまで響いている。

この先に、空洞が存在しているということだ。

それも、おそらくはそれなりに大きい。

「さて、どうしたもんか……いや、やることは決まってるか」

ここまで来て何も得られなかったなどと言って引くことは出来まい。

果たして、鬼が出るか蛇《じゃ》が出るか。

目を細め、口の端を吊り上げると、アキラは手にした聖剣を、思い切り地面へと叩きつけるのであった。

突然の来訪

その人物がやってきたのは、突然のことであった。

帝国から辺境の地へと戻ってきて、早一週間ほど。

ここしばらくはのんびりだらだらとしていたため、そろそろ次へ向けて動き出そうかと、そんなことを考えていた矢先のことであった。

「あれ、アキラ……？　どうしたの、急に？」

来客の対応をするために扉を開けると、そこにいたのはアキラであった。

こうして顔を合わせるのは久しぶりになるが、見間違えるわけはない。

さすがに少し驚いた。

「おう、まあちと用事が出来てな。今大丈夫か？」

「大丈夫だけど……用事って、また本当に急だね？　今回は手紙での連絡もなかったし」

アキラがこの家を訪れるのは、実は初めてではない。

今まで二度ほどあり、その二回とも事前に手紙で連絡があったのだ。

だが今回はそういったことはまるでなく、だからアレンは驚いたのである。

「まあ用事が出来たのも急なことだったし、手紙出すよりも直接来た方が早かったしな」

「ふーん……直接来た方が早いってことは、この近くにいたってこと？」

アキラが世界中を気ままに旅している、という話は以前に聞いている。

特にこの国に限定しているわけではないようだが、勇者であるとは言っても……あるいはだからこそ、人のしがらみというものに縛られることも多々あるようだ。

そもそも入国出来ない国や、入国は出来るが明らかに面倒なことになりそうな国も多いと聞く。

そういったこともあるせいで、自然と旅をするにしてもこの国をふらつくような形が多くなり、そして辺境の地は未踏の場所も多い。

この街の近くにいたということ自体は、それほど不思議なことでもなかった。

「ま、そんなとこだ。で、そこでちょっとばかし面白いもんを見つけてな」

「へえ……面白いもの、ねえ。それって、アキラの後ろにいる人と関係があるって思っていいのかな？」

言いながら、アキラの後方へと視線を向けると、そこに立っていた人物――褐色《かっしょく》の肌を持つ少女は、ビクリと身体を震わせた。

無論ミレーヌではないが、間違いなく同族……アマゾネスである。

しかし、ミレーヌの時にも軽く触れたが、本来この国ではアマゾネスは非常に珍しい存在だ。

アキラに連れがいることには気付いていながらも、今まで尋ねることをしなかったのは、おそらくは訳ありなのだろうと即座に察したからであり……そんなこちらの思考を読んだかのように、アキラは口の端を吊り上げた。

「まあな。きっと話を聞けばお前も気に入ると思うぜ？」

「それは楽しみ……とは言えそうにないかな？　アキラのことだから、どうせ厄介事なんだろうし」

「否定はしねえが、お前にだけは言われたくねえぞ？」

「失敬な。僕ほど平和を愛する人はそうはいないっていうのに」

「別にそれを否定するつもりはねえが、そのこととお前の周りに厄介事が溢れてんのは別問題だろうが」

真に遺憾ながらその通りではあったので、肩をすくめて返す。

まったく、平穏を求める人物のところに平穏がやってこないとは、世界とは相変わらず理不尽に出来ているものである。

「さて、いつまでもここで立ち話をしてるのもなんだし、とりあえず詳しい話は中で聞くとしようか。あ、でもそういえば、今ここには僕しかいないんだけど、大丈夫？」

「あん？　他のやつらはいねえのか？」

「うん。ノエル達は工房の方に行ってるし、リーズは公爵家の屋敷に戻ってるからね」

「あ？　ノエル達は分かるが、何でリーズが……ああ、もしかして、ついに愛想を尽かされたか？」

面白そうに言ってくるアキラには悪いが、そういうことではない。

単純に、帝国であったあれこれを報告する必要があるからだ。

さすがに事が大きすぎて報告書で報告して終わりとするわけにはいかないし、そもそも報告書で提出していいような内容ではない。

公爵家の屋敷に戻ったのも一旦ベアトリスと合流するためであり、そこから王都へと向かう予定であった。

というか、既に三日ほど前にアレンが公爵家の屋敷へと送り届けているから、今頃は王都へと向かう馬車の中だろう。

ちなみに王都にまで送り届けなかったのは、貴族の事情というやつだ。

リーズは正式に王国から依頼を受けて帝国のことを探っていたため、正式な手順で報告する必要がある。

馬車での移動もその一つ、というわけだ。

まあそれに、以前のような緊急事態でもない限り、王都に直接空間転移で向かうなどあまりするべきことではない。

無駄に警戒させてしまうだけであるし、警備上よろしくもあるまい。

心配にならないと言ったら嘘になるが、そう口に出してしまえばベアトリスを信頼していないということにもなってしまう。

リーズももう子供ではないのだし、あとのことは信じるしかなかった。

「は？　帝国行ってたって、マジかよ？　ちっ、オレもついて行っとくべきだったか……？」

「あれ？　アキラって帝国行ったことなかったの？　特に王国からの行き来は禁止されてなかったはずだけど……僕達も普通に入れたし」

「他のやつらはいいんだが、オレだけは駄目なんだとよ。ったくケチくせえやつらだぜ」

「ああ、なるほど……以前言ってた入国出来ない国の一つが帝国だった、と。ちなみに、帝国に行こうとしてたのっていつ頃の話？」

「あん？　そうだな……確か、お前らと王都で再会した直後だったか？　あのガキを孤児院に入れて、さて次はどこ行くかと考えた時に、そういえば帝国にはまだ行ったことがないって思ってな。まあ、言った通り入れなかったわけなんだが……」

「あー……あの時期じゃ無理だろうね。あっちも色々大変だった時期だろうし」

ただでさえ内部がゴタついているというのに、何をしでかすか分からない勇者に四六時中目を光らせていることなど出来まい。

かといって勇者を取り込むにしたところで、やはりゴタついている中でそんなことを企む余地などはなかっただろう。

その結果として、そもそも入国させない、という結論に至ったようだ。

「はーん？　リーズの報告ってのからしてそうだろうと思っちゃいたが……やっぱ何かに巻き込まれてやがったか」

「やっぱりって言葉が不本意すぎるんだけど？」

「そういう言葉はテメエの胸にしっかり手を当ててから言いやがれってえの。……ところで一つ聞きたいんだが、その帝国のゴタゴタとやらにも悪魔が関わってやがったのか？」

そう言ってきたアキラの表情は、意外なほどに真剣なものであった。

そのことに疑問を覚えるも、特に隠すようなことでもないため頷《うなず》きを返す。

「正確には、文字通りの意味で関わっていた、って感じだったみたいだけどね」

「つまり、お前らが巻き込まれた時には既に関係なくなってたってことか？」

「んー、その言い方は正確ではないかな？　初期の混乱は確かに悪魔のせいだったけど、途中でその成果を横から掻《か》っ攫《さら》われた、って感じだったみたいだしね」

「掻っ攫われた、ねえ……ざまあみろって感じだが、要するに原因の元となったのは悪魔だったってことは間違いないんだよな？」

「まあ、そうだね」

「そうか……なあアレン、悪魔について、お前はどう思ってる？」

「どうって言われても、悪魔全体に対して思うところは特にない、かな？　まあ、ちょっとだけ最近は目に余るように感じることもないではないけど」

「そうか……いや、あるいはそのぐらいはちょうどいいのかもしれねえな。オレだって別にあいつら滅ぼしてやろうと思ってるわけじゃねえし」

一体何の話だ、と言いたいところではあるが……まあ、大体であれば予測は付いている。

つまりは、それが今日ここを訪れた理由だということなのだろう。

ついでに言えば、おそらくはアキラが連れてきた少女もまた、その話に関係があるということもであり――。

「出来れば他のやつらの話も聞きたいところではあったんだが……ま、いないってんならしゃーねえか。それにアレンがいるなら十分でもあるしな」

「とりあえず僕に分かったのは、ろくでもない話を持ってきたんだろうな、ってことぐらいだけど……まあいいや。さっきも言ったけど、詳しい話は中で、ってことで。ろくなお持て成しは出来ないけどね」

「構わねえよ。お前も言った通り、オレが持ってきた話はろくなもんじゃないからな」

そう言って、口の端を吊り上げた楽しそうな表情を浮かべるアキラの顔を眺めながら、さて一体どんな話を持ってきたのやらと、アレンは一つ息を吐き出すのであった。

初見と再会

一先《ひとま》ず応接間へとアキラ達を通したアレンは、さてと呟きながら二人の姿を改めて眺めた。

アキラの方はいつも通りではあるが、その顔にはどことなく嬉しそうというか、楽しげなものが浮かんでいる。

おそらくはここに来た用事とやらが関係しているのだろう。

そしてそのことと関連深そうなアマゾネスの少女の方の顔には、どことなく怯《おび》えが見て取れる。

まあ見知らぬ者の家にやってきたのだということを考えれば、その様子はある意味当然のものではあるが……アレンが少し気になったのは、怯えているにもかかわらずアキラに頼る様子がないということだ。

普通こういった状況になれば、無意識に誰かに頼ろうとするものだが、少女は俯《うつむ》き両手を握り締めているだけである。

まるで自分の味方となるものは誰もいないとでも言わんばかりだ。

その姿から考えると、アキラとはそれほど親しくない……会ってからさほど時間は経っていないのかもしれない。

あるいはそれもまたここに来た理由と関係があるのかもしれないが、聞いてみれば分かる話だ。

二人の前にも出したお茶で喉を潤しながら、早速とばかりに話を切り出した。

「それで、用事って?」

「ん? ああ、まあ、そうだな、まずは世間話って感じでもないか。オレ達だけで世間話をしたところで、クロエが置いてけぼりになっちまうしな」

「クロエ……それが彼女の?」

「おう、こいつの名前だ。つっても、それ以外の詳しいことはオレも知らないんだけどな」

そう言ってアキラはあっけらかんと笑ったが、その間も少女――クロエは俯いたままだ。

アキラがクロエのことをよく知らない、ということ自体はそれほど不思議なことではない。

たとえば、アキラがクロエから何か頼まれ事をされたとか、そういったことが有り得るからだ。

とはいえ、二人の様子を見る限りでは、どうやらそういうのとも微妙に違うようではあるが。

「ま、オレがクロエのことをよく知らないのも、ある意味ではここに来た理由と関係してることだしな」

「んー……彼女が記憶喪失、とかってわけじゃないよね?」

「幸いなことにな。まあ、そん時はそん時でやっぱりここに来てただろうが。で、それはともかくだな、どうしてオレがここに来たかってことだが……その前に、一ついいか?」

「うん? なに? 何か気になることでもあった?」

アレンがそう尋ねたのは、アキラの雰囲気が僅かに剣呑なものになったからだ。

ただしその気配が向けられているのはこちらではない。

いや、そもそもこの場に対するものではなく、どうやらこの部屋の外に向けられているもののようであり――。

「そうだな……気になるっつーか、今ここには、確かアレンしかいないんだよな？」

「ん？　あー……なるほど」

その言葉で、何故アキラの雰囲気が変わったのかを理解する。

同時に苦笑を浮かべたのは、ちょっと言葉が足らなかったようだと思ったからだ。

「ごめん。さっきの言葉は、アキラの知ってる人は僕以外にいない、って意味のつもりだったんだ」

「んあ？　ちっ……そうか、そりゃ悪かったな」

「いや、どっちかというと、謝るのは僕の方かな？　他に人がいないって思ってるところで人の気配を感じたら警戒するのが当然だしね」

「――別に気にしちゃいねえですよ。斬りかかられたとかならともかく、何かされたわけでもねえんですからね」

そんな言葉と共に部屋へと入ってきたのは、アンリエットである。

そう、アキラの雰囲気が変わったのは、アンリエットの気配を捉えたからなのだ。

アンリエットとアキラは知り合いではないはずなので、敢えて伝える必要もないかと思ったのだが、逆効果だったようである。

ただ、元々アレンがそう考えたのは、アンリエットはこの場に来ないだろうな、と思ったからだ。

こう見えてアンリエットはそれなりに人見知りをする方であり、見知らぬ相手に対して好んで姿を見せるということはあまりない。

だからとりあえずは知らせる必要もないかと思ったのだが――。

「そう言ってもらえると助かるんだけど……ところで、アンリエットはどうしてここに？」

「どうしても何も、客が来てんなら挨拶《あいさつ》の一つもしとくのは当然じゃねえですか」

そう言ってアンリエットは肩をすくめたが……さて、いつの間にアンリエットはそんな殊勝《しゅしょう》な性格になったのだろうか。

真意を探るように目を細めるも、アンリエットはすぐにアキラの方へと向き直ってしまう。

「というわけで……初めましてですね、今代の勇者。アンリエットはアンリエットです。家名はねえですから、好きに呼ぶがいいです」

「へえ……名乗ってもいないってのにオレのことを知ってて、その上家名なし、か。まーた訳あり拾いやがったのかよ」

面白そうに言いながら、アキラが横目で見てくるも、アレンは肩をすくめて返す。

確かにアンリエットが訳ありだということは事実なので、否定するつもりはない。

だが。

「またって言うほどそんなことしてないと思うんだけど？」

「はっ、よく言いやがるぜ。ここに住んでるやつら全員訳ありじゃねえか」

「いや、確かにそれはそうだけど……」

元王女の公爵家当主に、エルフの王の資格を持つ超一流の鍛冶師、故郷を悪魔に奪われ悪魔に従わされていたアマゾネスと、元帝国の侯爵家当主な死人。

ついでに言うならば、元公爵家嫡男な現身元不明人までいる。

とはいえ、辺境の地などにいる時点で、大なり小なり皆何かを抱えていることだろう。

この家にいる者達は、他よりも多少抱えている事情が大きいというだけであり――。

「というか、僕は拾った覚えはないんだけど？　勝手に住み着かれちゃっただけで」

「おいおい、こんなこと言ってやがるぜ？」

「まあ、仕方ねえです。アンリエット達に返せるもんなんざねえですからね。一方的に心も身体も弄《もてあそ》ばれたところで、それを受け入れるしかねえんですよ」

「はいはい、そういう戯言《ざれごと》はいいから。そもそも自己紹介の途中でしょ」

「そういやそうだったな。ま、必要ねえような気もするが……アキラ・カザラギだ。こっちも好きに呼んでくれ」

そうして一先ず二人の自己紹介が終わり、しかしアンリエットがどうしてこの場に現れたのかは分からないままだ。

それでもアンリエットにその理由を尋ねなかったのは、必要がなかったからである。

話せるような理由ならば話してくるだろうし、話せないような理由ならば聞いたところで意味がない。

何か理由があることだけは確実だろうが、頭の片隅にそのことを留めておくだけで十分だろう。

「ところで、人のことまた拾ったとか言ってくれたけど、むしろそれってアキラの方だよね？」

「あぁ？　オレのどこが――」

その先の言葉が口にされることがなかったのは、否定出来ないということに気付いたに違いない。

少なくとも、以前アキラは龍の生贄《いけにえ》となる予定だった子供を拾っている。

それに、今も――。

「んー……多分そうだろうと思ったけど、やっぱりそっちのクロエって娘のこともどこかで拾ったみたいだね？」

「ちっ……相変わらず無駄に鋭い野郎だな。まあいい、どうせその話をする途中だったしな」

「ということは、ここに来た理由に彼女が？」

「ああ。こいつを拾わなかったら、ここに来ちゃいなかっただろうからな」

「へえ……あ、でもちょっと待った。その話は気になるけど、ちょっとだけ待ってもらってもいいかな？」

「あ？　別に構わねえが、何でだ？」

「二度手間になるから、ですね。話の途中から聞いても、中途半端に気になっちまうだけでしょうし」

アキラの疑問にアンリエットが答えた、その直後のことであった。

アキラが扉の方へと視線を向けると、なるほどとばかりに口の端を吊り上げる。

扉が開いたのはそのすぐ後であり、部屋へと新たな人影が現れた。

ノエルとミレーヌだ。

どうやらちょうど戻ってきたタイミングだったらしい。

「あら、誰が来ているのかと思ったけれど……久しぶりね、アキラ」

「おう、久しぶりだな、ノエルにミレーヌ。邪魔してんぜ」

既に述べた通り、アキラは以前にこの家に来たことがある。

その時ノエル達とは顔を合わせているのだ。

しかし、そうして挨拶をしたのは、ノエルだけであった。

ミレーヌは口を開くことなく、ただアキラの顔を凝視している。

……否、そうではなかった。

ミレーヌが見ていたのは、その隣だ。

そして次の瞬間、その見られていた人物は勢いよくその場に立ち上がると――。

「……ミレーヌ、なの？」

「……クロエ？」

互いの顔を眺めながら、二人のアマゾネスは呆然と互いの名を呟いたのであった。

友人と願い

視線の先にいる人物のことを見つめながら、ミレーヌは驚愕を覚えていた。

見知った人物だ。

自身の口が勝手にその名を紡《つむ》いでいたように、忘れるわけがなければ、見間違えるわけもない。

だが同時に、彼女がここにいるわけが……生きているわけが――。

「――ミレーヌだー！　うわっ、本当に生きてたんだ！　大丈夫だった⁉　元気だった⁉　今痛いとことかない⁉」

だがそう思った瞬間、見知った少女は……クロエは、物凄い勢いで飛びつき抱きしめてくると、矢

継ぎ早に言葉を繰り出しながら身体のあちこちを触ってくる。

あまりに突然のことにか、アレン達はそんなクロエのことをぽかんとした顔で眺めているが、ミレーヌは自然と自分の口元が緩んでくるのを自覚していた。

クロエだ。

この馬鹿みたいに自分の感情に正直で、猪突猛進の如《ごと》く考えるや否や即行動に移す姿は、真似しようと思っても真似出来るものではあるまい。

やはりこの少女は間違いなく、ミレーヌの友人のクロエであった。

「んー、さすがにこれは僕も予想外かな。緊張と不安のせいで大人しくなってるんだろうとは思ったけど、予想以上に元気な娘だなぁ」

「予想外なのはオレもだがな。まあ、オレが何聞いてもろくすっぽに話さねえから、アレンならどうにか出来んじゃねえかと思ってここに来たことを考えれば、ある意味狙い通りではあるんだが」

「えぇ……ここに来たのってそんな理由だったの？」

「あー、でも確かにアレンならそういうこと出来そうですねえ。つーか無意識にやりそうです」

「確かに、やっても不思議ではないわね。というか、普通にやりそうだわ」

「だろ？　お前達もそう思うよな？」

「君達の中で僕がどんな人物になってるのか小一時間問い詰めたいところだけど……それよりもまずはこっちに話を聞くべきかな？」

そう言ってアレンは、ミレーヌ達へと視線を向けてきた。

アレンにならうように、三対の瞳もこちらへと向けられ、何かを探るように細められる。

ただ、聞きたいことがあるのはミレーヌも同じだ。

何故アキラがいて、何故クロエがいるのか。

そもそも現状がどういうことになっているのかが分からない。

だがとりあえずは、アレン達の抱く疑問に答えるのが先といったところか。

「ここではアマゾネスは珍しいし、顔見知りでもおかしくないって言えばおかしくないけど、どうにもそういうのじゃなさそうだしね」

まあ、未だに身体をまさぐるようにしてあちこちを触りまくっているクロエの姿を見て、ただの顔見知りだと考える者はいないだろう。

というか、ただの顔見知りにこんなことをするようであったら、クロエが単なる変態になってしまう。

さすがにそれは友人として阻止すべきことだ。

しかし問題があるとすれば、クロエとの関係をどう口にするかといったところか。

ミレーヌはクロエのことを友人と思っているし、どころか一番仲がいいとまで思っている。

だがそれはあくまでもミレーヌにとってだ。

クロエがどう思っているのかは分からない。

「……クロエは……故郷の、友達？」

「えぇー……!?　何で疑問系なの!?　そこは断言してよ!?　アタシ達親友だよね!?　えっ、あ、あれっ？　それとも、もしかして親友だって思ってたのってアタシだけ……!?」

大袈裟なほどに驚くクロエの姿を眺めながら、口元を緩める。

どうやらクロエもちゃんと自分のことを友人だと思ってくれていたようだ。

そして、やはり目の前のこの少女はクロエで間違いないと改めて思う。

こんな行動を取れる人物など、クロエ以外にいるわけがない。

しかしだからこそ、同時に疑問が頭を過《よぎ》る。

それは先ほど、クロエを最初に目にした時に抱いたのと同じものだ。

クロエはミレーヌの故郷の友人である。

悪魔に滅ぼされてしまった故郷の、だ。

偶然クロエが村を留守にしていた、ということはない。

悪魔が襲撃してきた時、ミレーヌはクロエと共にいたからだ。

そのクロエが、どう見ても元気な姿でここにいる。

おかしいと、有り得ないと思うのは、当然のことであった。

「……クロエ」

「えっ⁉ あっ、はいっ！ 何でしょう、ミレーヌさん⁉ ご、ごめんね、勝手に親友扱いして。お、怒ってる……？」

「……怒ってない。……それに、クロエはミレーヌの親友」

「あっ……う、うん、だよね⁉ あー、びっくりしたー。アタシの勘違いとかじゃなくてよかったよ」

「……それで、クロエ。……クロエは、生きてる？」

「えっ、どういうこと⁉ アタシが死んでるように見えるってこと⁉ それともアタシって実は死んでたりするの⁉ 嘘⁉」

「うーん……本当に賑やかな娘だなぁ」

「これはやかましいって言うんじゃねえのか？」

「否定は出来ねえですねえ」

「まあそれはどっちでもいいんだけど……結局これってどういう状況なわけ？」

見慣れたクロエの行動を横目に、そんな話をしているアレンへと視線を向ければ、小さく肩をすくめて返された。

ミレーヌの故郷のことは、以前アレンに話している。

アレンもクロエが生きているということはおかしいと思っているはずで……だがその動作はおそらく、問題はないというものだろう。

つまり少なくともアレンの目には、クロエが死人には見えないということだ。

ミレーヌが見た限りでもそうは見えないし、首元にも継ぎ接ぎされたような痕はない。

少なくとも悪魔に死人として使役されているのではなく、思わず小さく安堵の息を吐き出した。

だがそうなると――。

「……クロエは、どうして生きてる？」

「えぇ……!?　ちょっと!?　さすがのクロエさんも親友からそんなこと言われたら傷付くよ!?　っていうか、もしかしてやっぱり怒ってたり……!?」

「……？　……あ」

何を言っているのか一瞬分からなかったが、すぐに理解した。

確かに、何で生きてるんだとか言われたら、普通は別の意味に捉えてしまうものだろう。

「……そうじゃなくて」

「あー、その件に関しては、オレも聞いてみてえことがある。っていうか、多分問題の根本は同じだな」

「根本が同じって、どういうこと？」

「それはオレがここに来た理由にも関係してんだが……オレがそいつを見つけた場所ってのは、悪魔の拠点の一つなんだよ」

「悪魔の拠点で……？　捕まってやがったってことですか？」

「まあある意味ではそうなのかもな。ただ、オレが踏み込んだ時には、そこはもぬけの殻だったからな。だが床の一部に隠された場所があって、そこにそいつが隠れてたってわけだ」

「そもそも何でそんなところに踏み込んでんのよ、って感じなんだけど……まあとりあえずそれはいいわ。でもということは、つまり……」

ノエルが呟きながら、クロエに視線を向ける。

答えを求めるようなその目をジッと見つめながら、クロエはそっとミレーヌの様子を窺ってきた。

クロエからすれば、ミレーヌ以外は見知らぬ者達だ。

話によれば結果的にはアキラには助けられたようではあるが、それでも即座に信じることなど出来まい。

それを分かっているからこそ、ミレーヌは頷きを返した。

この場にいる者達は信じることの出来る者ばかりであるし……それに、気になっているのはミレーヌも同じなのだ。

そんなミレーヌの様子に何か感じるものがあったのか、クロエはその場を一度見渡すと、一つ息を吐いてから口を開いた。

「えーっと……まあ、そうだね。アタシは悪魔に捕らえられていた……って言っていいのかな？　ずっとあそこにいたわけじゃないけどね」

「何であんなとこに隠れていやがったんだ？」

「あれ正確に言うと、隠れてたんじゃなくて、逃げようとしてたんだよね。ある時偶然床の一部が外れることに気付いてさ、その先にあったのは小さな隠し部屋みたいなところだったんだ」

「小さな隠し部屋……？　それなりにでかかったような気がしたぜ？」

「アタシが掘り進めてたからね」

「逃げるって、もしかしてそこから掘り進めて外に、ってこと？　どんな場所だったのかは分からないけど、また随分と無茶するなぁ」

「無茶しなくちゃ悪魔から逃げられるわけないからね。まあでもその途中で助けられちゃったみたいだけど。って、こういう言い方するとまるで助かりたくなかったみたいだね。もちろん助けられたのは嬉しいし、感謝もしてるよ？」

「……そもそも、殺されたと思ってた」

「ああ、うん、そうだね……アタシ達もそう思ってたんだけどさ。何故か殺されなかったんだよね。悪魔達は使い道があるかもしれない、とか言ってたけど」

何でもないことのように言っているが、もちろんそんなことはないだろう。

きっと言葉にしていない、出来ないことが沢山あったに違いない。

しかしそれも気にはなったが……それ以上に気になることがあった。

アタシ達と、クロエは言ったのだ。

その意味するところはつまり――。

「えっと……キミ達が、どこまでアタシ達の事情を知っているのかは分からない。……ううん、ミレーヌの様子から、多分全部知ってるんだと思う。だからアタシはこうして色々と喋ることにしたんだし……それで、その代わりってわけじゃないんだけどさ…………助けて、くれないかな？」

「お前を、か？」

「ううん。――皆を」

「……クロエ、じゃあ、やっぱり」

「うん」

ミレーヌの言葉に、クロエはしっかりと頷き返した。

そして。

「アタシ達の故郷の皆は、まだ生きてる。だから……皆のことを、助けて欲しいんだ」

真っ直ぐな瞳で、その願いを口にしたのであった。

砂漠の先

眼前の光景を眺めながら、アレンは息を一つ吐き出した。

アレンは前世も含めると、それなりの数の旅を経験している。

深い森の中を歩いたこともあれば、長い船旅を経験したこともあった。

その中で最も嫌だったものは何か、と問われたらならば、アレンは迷うことなく一つを選ぶだろう。

それは砂漠であり……今アレン達の目の前に広がっているものでもあった。

「それにしても、アキラはよくこんなところを探ろうなんて思ったよねえ」

「あ？　まあ、オレも出来ればこんなとこに来たくはなかったけどよ、悪魔がいるかもしれねえって言われたら仕方ねえだろ？」

「まあ、そもそも隠れ家とかそういうのは、人があんま来ねえとこに作るのが普通ですしね」

「それはその通りではあるんだけどさ」

それでも出来れば来たくはなかったところである。

何せ砂漠というのは、昼は暑く夜は寒い。

どちらにも相応の対策が必要な上に、気が付けば服の中などに砂が入り込み、さらには単純に言って面白味が足りない。

ただ砂漠だけがひたすらに続く光景というのは、少なくともアレンにとっては退屈なものだったのだ。

とはいえ、言ったところでどうなるものでもない。

溜息をもう一つ吐き出すと、アレンは砂漠に向かって足を踏み出した。

「ま、前回は探すのに多少手間取ったが、今回は場所が分かってんだ。それほど苦労することもなく辿り着けるだろうよ」

「是非ともそう願いたいところだけどね」

「……ごめんねー。アタシが余計なことを頼んだばっかりに……」

「……ごめん」

「いやいや、結局受けることを決めたのは僕達だからね。二人が気にする必要はないよ」

申し訳なさそうな表情を浮かべるクロエとミレーヌに苦笑を返しながら、肩をすくめる。

それから、少しだけ気合を入れ直す。

これ以上愚痴を言っていては、二人が過度に気にしてしまいそうだ。

それに向かう場所のことを考えれば、あまり気を抜いてもいられない。

アレン達はこれから、悪魔の拠点だったという場所へと向かおうとしているのだから。

そう、アレン達がわざわざこんな場所にやってきているのも、そのためだ。

そしてどうしてそんなことになっているのかと言えば、クロエから助けを求められたことが理由である。

クロエから助けを求められたアレン達は、二つ返事で即答した。

あるいは頼んできた相手がクロエだけであったのならば、多少相談したかもしれないが、クロエが助けてくれと言った人々は、ミレーヌにとっても故郷の人々なのだ。

相談する必要などあるはずがなかった。

ちなみに、全会一致で賛成となりはしたものの、この場にノエルだけは来ていない。

本人は来たそうにしていたのだが、何でも急ぎの仕事を請け負ってしまったらしく、仕事場から離れることが出来ないためだ。

戻ってきたのも、本来はそのことを告げるためだったらしい。

おそらく今頃は、悔しさを抱えながら槌《つち》を振っていることだろう。

ともあれ、そうしてクロエ達の仲間達を助けることを決め、だが肝心のどこにいるのか、ということはクロエには分からないらしい。

ずっと一緒にはいたのだが、アキラが襲撃を仕掛けた時、クロエは偶然見つけた隠し部屋を広げている真っ最中であったらしいのだ。

悪魔達が慌しく何かをしているのは分かっていたのだが、そこで顔を出してしまえば隠し部屋が見つかってしまうし、何よりもどんな目に遭うか分からない。

だからその場でジッとしていたら、やがて静かになり、どうしようか迷っているうちにアキラがやってきて隠し部屋ごとクロエのことを見つけた、という流れのようだ。

そういう事情のため、クロエは悪魔達がどこへ行ってしまったのかは分からないのである。

しかし、何の情報もなしにどこかに行った悪魔達を探し出すというのはさすがに無理だ。

そこで一先ず、アレン達はそのクロエがいたという、悪魔の拠点だった場所へと行ってみることにしたのである。

アキラ曰《いわ》く、特に手がかりになりそうなものはなかったとのことだが、見つけられなかっただけ、という可能性もあるのだ。

別にアキラを馬鹿にするわけではなく、悪魔は多彩な力を操る。

アキラでは分からないように隠蔽《いんぺい》が施されている可能性というのは、ないとは言い切れないだろう。

それに、どうせ今のところはそこ以外に手がかりとなりそうな場所はないのだ。

とりあえずということで一度行ってみるのは悪くあるまい。

尚、それで砂漠にいるのは、アキラ達が言うには悪魔の拠点であった場所はこの砂漠の中にあるらしいからだ。

まったく以て面倒なところに作ってくれたものであるし、アキラもよくこんな場所で悪魔の拠点を探そうと思ったものである。

「あ、ところで、ふと思い出したんだけど、そういえばアキラって何で悪魔の拠点なんて探してたの?」

「ん? ああ、そういやまだ話してなかったか。つっても、単に鬱陶しくなってきたからってだけなんだがな。あいつらオレが何かしようとする度に邪魔してきやがるからな。いい加減頭に来て先にぶっ潰してやろうと思っただけだ」

「あー、まあ、あいつらからしてみりゃ勇者なんて邪魔以外の何者でもねえでしょうからねえ」

「……互いに邪魔?」

「はっ……そもそもあいつらに好かれたくなんざねえけどな」

「確かに、悪魔に好かれてもねー。好かれるぐらいなら、アタシも邪魔に思われたいかなー」

そんな話をしながら砂漠を進むが、当然のように視界に映っているのは砂ばかりだ。

地平線の向こう側にまで広がっており、それだけでもこの砂漠は相当に大きいという事が分かる。

もっとも、そんなことは今更のことではあるが。

この砂漠があるからこそ、アドアステラ王国は南の国と交流がないのだ。

行き来するには相応の日数と手間がかかってしまい、それに見合う利益がもたらされることはないと、双方で判断されたのである。

そんな場所であるため、この砂漠を歩いてどこかに行こうとする者は滅多にいない。

余程の物好きか、自殺志願者ぐらいだ。

そしてゆえにこそ、悪魔達はここに拠点を作ることに決めたのだろうが。

「ちなみに、拠点があったところにまでってどれぐらいかかるの？」

「多分それほどはかかんねえと思うぜ？　行きは一応警戒しながら進んだから時間がかかったが、帰りはそれがなかったから割とすぐだったしな」

「あんま砂漠の奥の方にありすぎても色々と不便でしょうしねえ。まあそれでも、いくら悪魔だとはいえよくこんな場所に拠点を築けたもんだと思うですが」

「アタシ達が頑張ったからねー。暑かったり寒かったりする中酷使されて本当に大変だったよ。まあといっても、アタシ達がやらされてたのは主に力仕事だったから、それ自体はそれほどでもなかったんだけどね」

「ああ、そういえば、アマゾネスって基本的に力持ちなんだっけ？」

「んー、アタシも故郷の人達以外はあんま知らないんだけど、少なくとも故郷の村ではミレーヌ以外は皆馬鹿力だったかなー。まあ皆本当に馬鹿力しか取り得がない脳筋ばっかだったから、色々と器用なミレーヌには随分と助けられたものだったけどね。もっちろん、アタシも例外じゃないよ！」

「……そこは胸張るところじゃない？」

「えっへへー」

仲の良さそうな二人の姿を横目に眺めながら、アレンの脳裏を過ったのはクロエから聞いた話であった。

悪魔が他種族を使っているという話は、初めて聞くものだ。

悪魔と遭遇してしまったら撃退する以外で生きては帰れないというのは常識である。

ミレーヌ一人だけであるならば、まだ例外だったと考えることも可能だ。

しかしクロエによると、村の全員が捕まったというのである。

さすがに村人全員が例外だと考えるのは無理のある話だ。

実は以前にも多くの者達が捕らえられていた、という可能性はほぼあるまい。

どれだけ徹底しようとしても隠し切れるものではないだろうし、実際クロエによってその事実は明らかとなったのだ。

今回だけ偶然に、初めて明らかとなったということは考えにくい。

何よりも、わざわざ隠す必要はないからだ。

皆殺しにしていると見せかけて実は連れ去っていたところで、そこに一体何の意味があるというのか。

無論何か考えがあるのかもしれないが……それよりは、別の可能性を考えるべきだろう。

即ち、その必要性が出てきた、ということに、だ。

悪魔はずっと他国を侵略し続けているという話だが、近年ではあまり悪魔によって滅ぼされた国の話を聞くことはない。

侵略が行われていないのではなく、ずっと均衡状態が続いているのだ。

要するに、悪魔が滅ぼせる国は既になくなった、と言うことも出来る。

今も残っているのは、帝国やアドアステラ王国のように、悪魔の国と国境を接しながらも、耐えることの出来る国ばかりなのだ。

そしてこの流れが続けば、そう遠くないうちに周辺国が協力して悪魔を討ち滅ぼすこととなっても不思議はない。

おそらく悪魔達は、そのことにとうに気付いていたのだ。

王国での将軍暗殺や、帝国での皇帝暗殺など、悪魔らしくない行動をし始めたのも、多分それが理由である。

今までの力押しでは無理になってきたから、手を変えてきた、というわけだ。

実際二つとも暗殺そのものは成功しているわけであり、両国には少なくない混乱が撒き散らされている。

結果的にはその後の混乱を抑えることは出来たものの、未だ完全に立ち直れたとは言い難い。

そこに来ての、ここの拠点だ。

王国南部、辺境の地のさらに先の、訪れる者などほぼいない砂漠。

いつの間にかそんな場所に悪魔の拠点が出来ていて、そこから悪魔が攻めてくるなど、間違いなく厄介そのものである。

幸いにもアキラによってその拠点から悪魔は撤収したらしいが、他にも同じようなものがないとは限らない。

いや……あると考える方が自然だろう。

となれば――。

「んー……何となく、また厄介事っぽいなぁ」

「悪魔が関わってる時点で今更じゃねえですか。それに、今オメエが言った通りです。厄介事に巻き込まれたり首突っ込んだりすんのは、いつものことじゃねえですか」

「まあ確かにそうなんだけどさ」

分かってはいるし、自分から首を突っ込んだことでもあるが、出来るだけさっさと終わらせて、平穏な場所探しを再開したいものである。

そんなことを考えながら、アレンは砂漠を眺めつつ、息を一つ吐き出すのであった。

悪魔の拠点

アキラの言った通り、悪魔が拠点としていた場所には思いのほか早く辿り着くことが出来た。

それはつまり、砂漠の入り口からそれほど離れていないということでもあるが、にも関わらず今までろくに知られることがなかったのは、そもそもこの砂漠に来るものがほぼいなかったのと、来る者がいるとしても気付くことのないよう細工が施されていたからだろう。

近付かなくてはそうと分からないよう、迷彩が施されていたのだ。

しかも、拠点である建物そのものに、である。

「んー、結界とかを使って認識させないようにするんじゃなくて、色とかを工夫して周囲に溶け込ませる、か。なるほど、これは結構盲点だったかもね」

「普通は結界とかを張ってバレにくくするもんですからねえ。それを感じ取ることによって何か隠さなきゃならねえもんがあるって見当を付けるもんですが……結界も張らず堂々と拠点作ってやがったなんて、確かに盲点です」

「オレも実際に来て割と驚いたからな」

その建物は、砂漠を歩いていると唐突に現れたように見えた。

周囲に砂ばかりに広がっているため、砂と同じ色で壁が塗られていたそれは、一見すると周囲と完全に同化していたのである。

砂漠には小高い丘のようになっているところも多く、その一つのように見えていたのも、気付きにくかった要因の一つだろう。

というよりは、敢えてそうしたのだろうが。

「……言われなければ、気付かなかったかも？」

「ちなみに、この迷彩もクロエ達が？」

「ううん、これはアタシ達じゃないかな。以前にも言ったように、アタシ達は力仕事は得意だけど、細かいのは苦手だからねー。かといってここにはアタシ達以外は悪魔しかいなかったから、悪魔がやったんじゃないかな？」

「悪魔が自らの手で迷彩を施す、ですか……別におかしかねえんですが、ちょっと変な絵面に思えるですねえ」

そんなことを話しながら、アレン達はその場をぐるりと見回した。

周囲が砂だらけの中にぽつんとあるそれは、建物とは言ったものの随分と小さい。

一階建てでしかなく、奥行きもほとんどなさそうだ。

拠点とするには、幾らなんでも不釣合いだろう。

無論のこと、これが見たままのだけであるならば、だが。

「んー……これって、露出してるのは入り口部分だけ、って考えていいのかな？」

「そういうこった。入った直後に下に向かう階段がある」

「あー……何で隠し部屋を掘り進めようと思ったのか疑問だったですが……」

「……ずっと掘ってた？」

「うん、ここが出来上がったのって本当につい最近のことだからねー。まあ、出来たと思ったら放棄されることになっちゃったわけだけど。拠点として使われることがなかったのはよかったんだけど、ちょっと複雑でもあるかなー」

「かといって、再利用するにしても、場所が場所な上に悪魔が関わってるんじゃ、さすがに利用したいって人はいないだろうしね」

「一応この辺も辺境の地になるんだったか？」

「本当に一応だけどね。厳密にはこの砂漠のどこかで国境線が引かれてるらしいけど、どこも細かいことは気にしてないって話だし」

「ですがそこを悪魔に突かれかけたわけなんですから、今後は見張っとく必要があるんじゃねえですか？」

「さて……どうだろうね？」

今までこの砂漠が放置されてきたのは、どこも利用することがなかったからだ。

しかし、悪魔を見張るとなれば、一人や二人では意味があるまい。

しっかり拠点を築き、悪魔が攻めてきても持ちこたえられる程度の兵力は必要である。

だが果たして、その兵達が悪魔を見張るためにだけしか使われないと、誰が言い切れるというのか。

悪魔の見張りと称して、砂漠を越えて攻めてこないとは言い切れないのだ。

そのための備えも必要になる。

そして今のヴェストフェルト家、並びにアドアステラ王国にそんなことをしていられる余裕があるかと言えば――。

「……ま、その辺のことを考えるのはリーズの役目か」

間違いなく厳しくはあるだろうが、アレンが考えてどうなるものでもない。

リーズが戻ってきた時にでも話せば、適当に判断を下すだろう。

それに今考えるべきことは、そんな先の話ではなく、目の前にあるもののことだ。

「さて、んじゃここで突っ立ってても仕方ねえし、さっさと行くとすっか。前回来た時に一通り回って目に付いた魔物は全部ぶっ潰しといたが、一応各自で警戒は怠んじゃねえぞ?」

「まあ、新しく魔物が入り込んでいないとも限らないわけだしね」

「むしろその可能性はそこそこ高いんじゃねえですか?」

砂漠に住む魔物は数は少ないながらも、存在してはいる。

砂漠に住んでいるからといって砂漠が快適かと言ったらそんなことはないだろうし、人気のなくなった建物など魔物にとってみれば格好の住処だ。

「再利用されるんだとしても、魔物に、ってのはさすがに嫌かなー」

「……悪魔に使われるのに比べれば、マシ?」

「いや、確かにマシではあるけどさー。比べる相手が悪い気がするんだけど、それー?」

これから向かおうとしているのは、悪魔の拠点だった場所だ。

既に悪魔はおらず、アキラが調査済みだとはいえ、何があってもおかしくはない。

それを考えれば、交わしている会話はどこか暢気《のんき》というか、緊張感に欠けると言えるのかもしれないが……きっと、そのぐらいがちょうどいいのだろう。

少なくとも、緊張でガチガチになっていたり、変に気負っていたりするのに比べればマシだ。

そんなことを考えながら、アレンは眼前の建物を眺めつつ、目を細める。

さて、一体どんなものが待ち構えているのか……あるいは、いないのか。

あっさりと手掛かりが見つかり、あっさりと解決したりしないだろうかと思いながら、アレンは皆と共に悪魔の拠点であった場所へと足を踏み入れた。

†

拠点の中は思ったよりも普通だった、というのが、アレンがそこをざっと眺めて抱いた感想であった。

いや、悪魔などと言ったところで、結局は彼らもまた人間だ。

突飛な構造などをしていたら住みにくいだけであろうし、普通なのは当たり前と言えば当たり前なのかもしれない。

しかし、どうやらそう思ったのはアレンだけではなかったようだ。

「……思ったよりも普通？」

「だな。オレも前回来た時には意外だって思ったもんだが、改めて見ても同じように感じんな。悪魔の拠点だっつーから、こう如何《いか》にも、みてえなのを想像してたんだが」

「まあ、拠点にするからこそ、あんま変なものを作っても邪魔なだけでしょうからね。こんなものだと思うです」

「意外って言えば、魔物に全然遭わないねー？　何でだろー？」

「確かに、それも意外って言えば意外だよね」

少なくともしばらく歩いてみて魔物と遭遇することはなく、また気配を感じるようなこともなかった。

それ自体は面倒事がなくていいことではあるのだが、どことなく腑に落ちない感じもする。

日の光が届くことのない地下にあるからか、あるいは何らかの細工がされているのか、ここは外とは雲泥の差と言って良いほどに快適な場所だったのだ。

魔物だろうと、ここを見つけたら住み着かない理由がない。

となれば、魔物がいない理由は二つに一つだ。

そもそも見つけられていないか、見つけはしたが何らかの理由で住み着けなかったか、である。

「つっても、魔物に通用するほどの迷彩には見えなかったですがね。視覚を誤魔化せても嗅覚は誤魔化せねえでしょうし」

「……逆に、魔物が嫌な匂いがしてるとか？」

「ああ、旅商人とかが使ってるやつか？　だがあれはオレも匂い嗅いだことがあるが、独特な匂いがしたはずだぜ？　さすがに気付くはずだ」

「あっ、じゃあ、ここは別の魔物の縄張りって認識されてる、とかいうのはどうかなー？　実際悪魔が使ってた魔物がいたわけだし、いなくなったのもそれほど前じゃないし」

「んー、有り得るか有り得ないかで言えば有り得そうだけど、魔物の縄張り意識とかってどうなってるんだろうね？　まあそもそもの話、悪魔がどうやって魔物を使役しているのか、ってこともよく分かってはいないんだけど」

魔物と動物の境は、実のところ明確に定められてはいない。

人類にとって脅威となる力ある動物のことを魔物と呼んでいるだけなため、魔物の習性というのは基本的に動物のものと変わらないのだ。

だから縄張り意識があると考えるのはおかしなことではないし、使役出来ること自体にも不思議はない。

だが魔物は危険なものであるため、研究はあまり進んでおらず、分かっていないことも多いのだ。

何故ここに魔物が入り込むことがないのか、ということは分かりそうもなかった。

「ま、悪魔が何かしたって考えるのが一番無難ではあるんだけど……その辺のことを何か知ってたりは？」

「知ってたら言ってるって。ただまあ、悪魔達が何かやってたのは間違いないかなー。ここが妙に快適なのもそのせいっぽいし」

「まあ悪魔だって不快な場所にわざわざいたくはねえでしょうしねえ。その中の一つに魔物が近寄らねえようにするためのもんがあってもおかしくはねえですか」

「……でも、悪魔がもういないのにまだ有効なのはちょっと不思議？」

「……確かにな。少なくとも、ここが快適なままだってのは間違いねえことだ。悪魔の力によるもんじゃなくて、技術によるもんだってんなら有り得るんだろうが……そもそもそれ自体が有り得んのか？」

アキラの言葉に同意するように、皆が小さく頷く。

ここまで見てきた中では、何か特別なことをしているようには見えなかった。

つまり普通に考えれば、ここが快適であることはおかしいのだ。

「奇妙なことなら他にもあるけどね」

「あ？　そんなんあったか？」

「綺麗過ぎるんだよね」

「……綺麗？」

「綺麗、かなー？　埃とか結構溜まってるように見えるよ？」

クロエやミレーヌはよく分からないとばかりに首を傾げているが、アンリエットは分かっていたようだ。

壁の方へと視線を向けながら、その目を細める。

「綺麗、っつーよりかは、傷一つない、って言うべきじゃねえですか？」

「ああ、うん、そうだね。その方がより正確かもね」

「傷……？」

「ここにいた魔物は、全部アキラがぶっ潰したんだよね？」

「ああ、さっき言ったよう……に……？　――っ!?」

アキラも首を傾げてはいたが、その言葉でようやく気付いたようだ。

そう、ここはアキラが襲撃を仕掛けて、悪魔が逃げ出した拠点である。

なのに、アキラが暴れた形跡がまったくないのだ。

倒した魔物の死体も痕跡もなく、埃だけがある。

アキラがわざわざ片付けたりするわけがないだろうことを考えれば、どう考えても不自然であった。

「……なるほどな。つまり、ここには何かある可能性が高いってわけか」

「最初からその想定で動いてたから、今までと変わりないって言えばないんだけどね」

だが今までのような漠然としたものではなく、明確におかしいと思えるようなものが出てきたからか、気は引き締まったようだ。

面白いとでも言わんばかりにアキラは口の端を吊り上げ、クロエとミレーヌは緊張感を増したのが分かる。

ごくりと、誰かが唾を飲み込んだ音が小さく響いた。

何もない可能性はあるが、何かがある可能性が高い。

そんな認識と共に、今まで以上に周囲を警戒しつつ、アレン達は先へと進むのであった。

不自然な場所

何かがあるのは分かるのだが、その肝心の何かが何であるのかが分からない。

現状を言葉にするのであれば、そんなところか。

そしてその思いは、アキラがクロエを見つけたという部屋へとアレン達が辿り着いた瞬間、さらに増すことになった。

何かが見つかった、というわけではない。

その逆で、何もなかったのだ。

そう、アキラが破壊したという床の穴などはそこになく、やはり傷一つ付いていない石造りの床だけが、そこには広がっていたのであった。

「んー……とりあえず、この部屋で間違いないんだよね？」

「ああ、間違いねえ。そもそも、ここまで広い部屋なんてここ以外にはないはずだからな」

「確かに、他の部屋はここまで広くないもんねー。まあだからこそ、隠し部屋なんてものがあったんだろうけど」

「そういえば、ここってオメエらが作ったんですよね？　なのに、オメエは隠し部屋を見つけたとか言ってたですが……」

「あー、うん。正確に言えば、アタシ達がやったのって、拠点を作るために穴を掘り進めたのと、材料の運搬、あとはちょっとした加工ってとこなんだよねー。部屋そのものを作るのには関わってないんだ」

「……クロエ達が部屋を作るのを手伝おうとしたら、その辺穴だらけになる」

「まあそうだねー。それが分かってたからこそ、アタシ達は力仕事以外やらなかったわけだし」

そんなことを話しながら、部屋の中を進み、時折床を叩く。

反響する音や感触から考えると、どう見てもただの石だ。

放っておいたら勝手に穴が塞がるような、不思議素材が使われているようには思えない。

そのまま、クロエを見つけたという隠し部屋があったという場所まで歩き――。

「――ちょっと下がってろ」

そう言った直後、アキラはその手に聖剣を構えていた。

大上段に振り被っているのを見れば、何をしようとしているのかは明らかだ。

その姿を見てアレンが驚くことがなかったのは、何となくこうなるような気がしていたからである。

他の皆もそうなのか、誰もアキラの行動に口を挟むことなく、少しだけ後ろに下がった。

「アキラ、やりすぎないようにね？」

「分かってんよ。ちょっとだけ床石をぶっ壊すだけだから、な！」

言葉と同時に剣が振り下ろされ、轟音と共に地面が爆ぜた。

床石が粉々に砕かれ、その奥にあったものが明らかとなる。

それは、剥き出しの土だ。

話に聞いていたような隠し部屋など、影も形も存在してはいなかった。

「さっきも似たようなこと聞いたけど、場所に間違いは？」

「さすがに正確な位置まで覚えちゃいねえが、この周辺だったことは間違いないはずだ。少なくとも、かすりもしないってことは有り得ねえよ」

「……つまり、戻った？」

「って考えるのが無難なんでしょうねえ。隠し部屋とは言っても、要するに床の下を掘り進んでただけなんですよね？」

「うん。ある程度まで深く掘り進めたら、その後横に掘り進めていって、最終的には上に向かって掘っていってそのまま外に出るつもりだったんだけどね――……」

「その前にアキラが襲撃してきた、と」

その辺のことは以前にも聞いたので割愛する。

ここで重要なのは、掘っていたはずの穴が消えた、ということだ。

魔物の死体が跡形もなく消え失せ、アキラが壊したはずの地面が元通りになっていたように。

一体何が起こったのかと言えば、ミレーヌが口にした通り、ということなのだろう。

つまりは、元の通りに戻ったのである。

「復元系……ギフト――いや、悪魔の力、か？」

「だろうね。単純な修復だと、魔物の死体が消えてることの説明が付かない。この拠点そのものが復元の対象になってて、傷が付いたりすると、時間経過によって周囲を巻き込んだ復元を起こす、ってところかな？」

簡単に言ってはいるが、かなり高度なものではある。

復元ということは、時間への干渉ということだからだ。

物を直しているのではなく、正常な時にまで時間を巻き戻すことにより、結果的に物が直る。

その仕掛けがこの拠点全体に仕掛けられているのであれば、アレンには出来ない、とは言わないが、やろうと思えば相当消耗してしまうに違いない。

無論、実際にその場面を見たわけではないので、他の何かである可能性もある。

だが状況から考えれば、その可能性が高いのだ。

この手のものは制約が厳しく、生物に対して使用するのは不可能と言われている。

それどころか生物がその場に存在するだけで、時間の巻き戻しは発生しなくなってしまうほどだ。

しかし、死体となった魔物は既に生物ではなく、物である。

だから巻き戻しが起こり、傷と共にその死体は消え失せた。

傷が付く前の時間に、その死体は存在してはいないからだ。

物が移動してきた、とかならばそのままだっただろうが、その時点で死体は魔物という生物だったのである。

生物に対して時間の巻き戻しは不可能であるため、死体が消えるという結果だけが残った、というわけだ。

隠し部屋に関してはもっと単純である。

クロエの話によれば、クロエはちょくちょく隠し部屋に行って少しずつ穴を掘り進めていたという。そのため時間の巻き戻りが起こる事はなく、クロエがいなくなったので巻き戻った。

それだけのことだ。

ただ、少々気になることはあるものの……まあ、とりあえずはいいだろう。

一つ確かなことは、本当にここにそういった仕掛けがされているというのであれば、悪魔達はよっぽどこの拠点を作り上げるのに力を入れていたということだ。

使い捨てとするような拠点のために、わざわざそんな大層な仕掛けをすることはあるまい。

「ここから攻め入ることで、本気でアドアステラ王国を滅ぼすつもりだったのかもしれねえですね」

「……アキラのお手柄？」

「さてな。悪魔共をしっかり倒せてりゃあそう言えたかもしれねえが、逃がしてるんじゃあな。少なくともオレは胸張ってそう言えねえよ」

「アタシとしては、結果的にとはいえ、助けてくれたってことだけで十分なんだけどねー」

「それにしたって、オレが悪魔共を倒せてりゃお前の仲間達も一緒に救えてたわけだろ？　やっぱり全然足りてねえよ」

それは謙虚さから来るものではなく、本心からそう思っているようであった。

さすがは勇者……否、アキラといったところか。

この程度の成果では、満足には程遠い。

そんな言葉が聞こえてくるようで、アレンは苦笑を浮かべた。

「ま、とにかく、色々と改めてしっかり調べてみる必要はありそうだね。これまた最初からそのつもりではあったけど、何かがあるのはほぼ確実だろうし」

「悪魔がいなくなったにもかかわらず、復元って現象が起こってるのなら、そのために必要な力がどっかから供給されてるはずですしね。ただの残りカスなら問題はねえんですが……」

「……そうじゃなかったら問題？」

「一旦捨てたように見せかけてここに戻ってくる可能性が高いっつーことだからな。まあそれはそれで望むところだっつーか、手間が省けることではあるんだが」

「ただその場合、皆もここに戻ってくるのかは分からないんだよねー。アタシ達って拠点を作るために連れてこられたわけだし」

「その時は悪魔共から居場所を聞きだしゃいい話だろ？　ま、どうなるかはまだ分からないけどよ」

そんなことを話しながら、その場を見渡す。

とりあえずは、ここの調査からか。

最も大きい部屋ということは、相応のことに使う予定だったということだ。

クロエ曰く、ここには色々な物があったという話であるし、アキラの襲撃が突然であった以上は、その全てを退避できなかった可能性もある。

アキラが調べた限りでは、他に隠し部屋のようなものはなかったとのことだが、通常の手段では分からないようなところに隠されているかもしれないのだ。

そしてそういったものを調べることが出来る人物が、この場には三人いる。

ならば問題はあるまい。

むしろ問題は、本当にそういったものがあるのかどうかだ。

さて、本当に見つかればいいのだけど、などと思いながら目を凝らすと、アレンはその場を見つめるのであった。

不可解な何か

その場を一通り見渡し終わった後、アレンは一つふむと呟いた。

自分の足元を見つめながら、目を細める。

「そんな風にジッと地面を見つめて、どうかしたの？　もしかして、何か見つかったとかー？」

と、そんなアレンの姿に目ざとく気付いたらしいクロエが、声をかけながら近寄ってきた。

初見の時から比べると信じられないほどの気安さだが、どちらかと言えばこちらの方が本来のクロエなのだろう。

友人であるミレーヌと会ったことで緊張がほぐれたのか、あるいはミレーヌ経由でアレンのことも多少信じてくれるようになったのか。

何にせよこちらの方がいいに違いはなく……そしてそんなクロエの声が聞こえたのだろう。

方々に散らばっていた皆の視線がアレンへと集まった。

それなりに大きい部屋とはいえ、何もないということもあって声はよく響くのだ。

皆はそれぞれの方法で何かが見つからないか探してはいたものの、今のところ何も見つかってはいない。

期待するような目を向けられ、苦笑を浮かべた。

「んー、まあ、見つけたって言えば見つけたんだけど……ちょっと何かって言えるほどのものかは分からないかな？」

「何だそりゃ？　得体の知れないもんでも見つけたってのかよ？」

「いや、そういうのともまた違うんだけど……」

壁を叩いていたアキラからの問いかけに、何と言ったものかと考える。

見たままを伝えればいいのかもしれないが、正直それでは意味が分からないだろう。

どうしたもとかと思っていると、壁の方は諦めたのか、首を傾げながらアキラもこちらへと向かってきた。

「ふーん……ま、いいや。直接見てみりゃ分かることだろ。で、下見てるってことはここ掘りゃいいのか？」

「その通りではあるんだけど、ちょっと厳しそうかなぁ……」

「あん？　何でだよ？」

「単純な話だよ。少しばかり深すぎるからね」

「深すぎるって、どれぐらい？　十メートルぐらいとかー？」

「いや、その十倍ぐらいかな？」

「……へ？」

予想外のことを言われた、とばかりにポカーンとした表情を浮かべたクロエは、そのまま反射的にか地面へと視線を向ける。

面白そうにアキラも地面を眺めるが、二人とも透視系の力は使えないはずなので、本当にただ見ているだけだろう。

ただ、この場にはアレン以外にも、そうした力を持っている者は二人おり――。

「……見えない」

その一人であるミレーヌは、少し残念そうに言いながら近寄ってきた。

歩きながらも、その先にあるものを見ようとするように目を細めるが、結局見えはしなかったらしい。

顔を上げると、首を横に振った。

「んー、さすがにミレーヌでは無理だったかぁ……アンリエットはどう？」

「オメエの真下ですよね？　で、百メートルぐらいですか……ああ、確かに何かありやがるですね」

そう言いながらアンリエットが目を凝らし、だが直後に眉をひそめた。

その顔は不可解そうであり、おそらくはアレンと同じことを考えているのだろう。

何せ――。

「何ですか、これ？　部屋……？」

「部屋って、ここと同じようなー？」

「大きさは半分以下だけど、まあそうだね。同じようって言っちゃっていいかもしれない」

「じゃあ何で言いよどんでやがったんだ？　普通にそういや良いだろ」

「いや、それが本当にここと同じような感じでさ。そこにも見た感じ何もないんだよね。しかも妙なことに、その部屋は何処にも繋がっていない」

「……繋がってない？　どういう意味……？」

「そのままの意味ですよ。部屋に行くための道がねえですし、そもそも扉すらもねえんです」

そう、つまりは、部屋はあるものの入ることが出来ないのだ。

むしろ部屋というよりは大きな箱と言ってしまった方がいいかもしれない。

入る手段の見当たらない、密閉された箱だ。

「そりゃ確かに不可解なもんだな。まあ、絶対に行けねえってわけじゃねえんだろうが……」

「……転移が出来れば可能？」

「だねー。ただ、意味があるかは正直疑問だよね？」

「避難場所に使えると言えば使えるけど、転移が出来るんならそもそもそんなところに逃げる必要がないからね」

転移が出来るのであれば、それこそ好きなところに逃げればいいだけなのだ。

わざわざ地面の下の箱に逃げ込む理由がない。

「完全に密閉されてるみてえですから、空気の入り込む余地がなくてそのうち呼吸出来なくなりそうですしね」

「……そのうち何かに使う予定だった？」

「その可能性が一番高そうではあるかな？　んー、でもどうしようね？　念のために直接確認してみる？　まあそのためには百メートルほど掘らなくちゃいけないわけだけど」

「出来ねえとは言わねえが、面倒ではあんな。とりあえず全部見て回ってからでいいんじゃねえか？　それなりに時間かかっちまうだろうしな」

「あ、そこまで掘るっていうんなら、アタシがやるよ？　多分、そんなに時間もかからないと思う」

「クロエが……？」

クロエのギフトは、強化系だとは聞いている。

アマゾネスによくいるタイプのもので、だからここを作ることが出来たのだとも。

実際ざっと歩いただけでも、この拠点は相当に広い。

何人いたのかは分からないが、それでもこれだけの穴を掘れたということは、相応の力は振るえるのだろうが――。

「……クロエなら、大丈夫」

「そうなの？」

「……クロエは、村一番の力持ちだった」

この中で最もクロエのことを知っているであろうミレーヌがそう言うのだ。

それにクロエはクロエで、腕をグルグルと回し、やる気十分であることを伝えてくる。

ならば、とりあえずは任せても構わないだろう。

無理そうだったら、その時はまた考えるということで。

「じゃあ、ちょっとお願いしてもいいかな？」

「うんっ、まっかせてー！」

元気よく頷いたクロエが、笑みを浮かべながら拳を構える。

念のためにアレン達は下がり、その場にはクロエだけが残された。

そして。

「じゃあ、いっくよー！　せーのっ！」

言葉と共に拳が振り下ろされ——瞬間、地面が爆ぜた。

轟音と地響きが発生し、勢いよく地面から土砂が噴き出す。

拳で殴ったというよりは魔法でも叩き込んだか、あるいは地面の向こう側から攻撃をされたのではないか、とでも思えるような光景であり、しかしそれは確かにクロエが起こした現象であるらしい。

二度、三度と同じことが連続して起こり、離れていたところからでも、物凄い勢いで地面が掘り進められているということが分かった。

「……アマゾネスって、皆こんな感じなの？」

思わず聞いてしまった言葉に、ミレーヌは首を横に振った。

さすがに違うらしい。

「……クロエは特に凄い。でも、これはまだ控えめな方」

「全然控えめには見えねえんですが……？」

「……戦いの時のクロエは、もっと凄い。他の皆も」

「そういやアマゾネスって基本的には好戦的な種族なんだったたか？　さすがのオレでも手合わせしようか迷うぐらいだぜ……」

まあ、模擬戦でどれだけ好戦的な面が出るのかは分からないが、最低でも今地面を掘り進めている一撃が攻撃として飛んでくることは間違いないのだ。

直撃すれば大半の人間はミンチにすらなれないだろうし、手合わせを躊躇《ためら》うのは正常だろう。

しかしそれはそれと、アレンは納得していた。

拠点を作るのに種族ごと駆り出されたわけだ、と。

今までミレーヌしかアマゾネスを知らなかったためにいまいちピンと来ていなかったのだが、これ程の力を持つ種族ならばむしろ当然ですらある。

ただ……拠点を作るためだけにわざわざ悪魔がアマゾネス達を捕らえたとまでは、やはり思えない。

それはそれとして、別の何らかの思惑があると考えるべきだ。

だがとりあえずそのことは、今考えるべきことではあるまい。

今考えるべきは――。

「クロエ、あまりやりすぎないようにね!? 多分その勢いのままで部屋にぶつかったら粉々になるから！」

「うん、分かったー！」

轟音に負けないようにアレンは声を張り上げたのだが、どうやらちゃんと届いたようだ。

とはいえ、クロエは具体的にどの辺にあるのかは分からないはずなので、適当なところでもう一度声をかける必要があるだろう。

声をかけるのが遅れたら部屋が木っ端微塵になりかねない。

物凄い勢いで地面を掘り進み、部屋のあるところへと向かっているクロエの姿を捉えながら……ふと、それにしても、と思う。

結局あの部屋は、何のためのものなのだろうか、と。

それを確認するために今クロエが地面を掘り進めているわけだが、果たして直接見たところで分かるのだろうか。

そんなことを考えながら、アレンはクロエの姿をジッと眺めるのであった。

地の底

その部屋……あるいは小屋は、見た目普通の建造物であった。

形は長方形をしており、材質は石で出来ているように見える。

元々は白かったのだろうが、土の中にあったためか所々が茶色く染まり薄汚れていた。

しかし逆に言えば、それだけのものだ。

少なくとも外見からは、何か特別なものには見えない。

もっとも、存在している場所が場所な時点で、どう考えても普通ではないが。

「んー……とりあえずは、やっぱりこれにも悪魔が関わってるって思って間違いなさそう、かな？」

「あん？　どうしてんなことが言えんだ？　これだけだったらそうじゃない可能性だってあんだろ？」

「百メートルも下りれば、普通は上にいるよりも熱く感じるはずです。ですが、今のところそういった感覚はまったくねえですからね」

「……ここも拠点の一部？」

「の、可能性が高そうだってことだね」

「へー、そうなんだー。じゃあやっぱり、これも何か目的があって作られた物だってことなんだねー」

そんなことを話しながらぐるっと一周回ってみるが、やはり中に入れそうな場所はない。

ペタペタと触ってみるも、石の感触が返ってくるだけだ。

「確かに入れそうな場所はねえが……なんか普通にぶっ叩きゃ壊れそうだな？」

「……でも、普通の石なら潰れてそう？」

「だねー。ってことは、普通の石に見えるけど、実は違うってことなのかなー？」

「んー……いや、素材は多分普通の石、かな？」

「だと思うです。特別なのは、やっぱこの場所ってことなんでしょうね」

アンリエットの言葉に何となくその場を見渡すが、特に分かりやすく何かがあるわけではない。

視界に映るのは土の壁だけであり、見上げてみれば先ほどまでいた場所の天井が遠くに見えた。

両脇の土が崩れてきたら簡単に埋まってしまいそうな状況だが、その心配はなさそうだということは確認済みである。

そういう土質なのか、随分しっかりと固まっており、わざと崩そうとでもしなければ崩れてくることはあるまい。

まあ、いざとなれば空間転移をすればいいことではあるし、元々ここから出る時にはそうするつもりだ。

何せ百メートルの大穴の底である。

そんな場所へと往復するための道具などは持ってきておらず、ここにも直接飛び降りたのだ。

アンリエットとミレーヌはさすがにそこまでの身体能力はないので、アンリエットはアレンが、ミレーヌはアキラが抱えてではあるが、しかしだからこそ戻るのは容易ではない。

せめて周囲が岩ならばまだ登っていくことも出来ただろうが、言っても詮無きことだ。

それに戻る手段はあるのだから問題はない。

たとえこれが何らかの罠であったのだとしても、ここで窒息死するようなことはないだろう。

ともあれ。

「んー、まあ、確かにここが普通じゃないっていうのは間違いないんだろうけどー……でもじゃあどうするのー？」

「そうだね……まあ、対処法としては結局同じ、かな？　どう普通じゃないのかっていうのは、試してみないと分からないわけだしね」

「つまり……ぶっ壊してみりゃいいってことだな？」

言うや否や、アキラが聖剣を構えた。

口の端を吊り上げたその顔は楽しげであり、どことなく待ちわびたとでも言いたげだ。

先ほど地面を掘り進めていたクロエが楽しそうだったのが、羨ましかったのかもしれない。

一応アキラの言う通りではあるので、アキラを止める必要はないのだが――。

「どうせ中に入るために入り口作る必要はあるですから、壊すのは問題ねえんですが、ちゃんと手加減しやがれですよ？」

「……入り口どころか、全壊しそう？」

「はっ、分かってるっつーの！　ちゃんと原型は留めといてやるよ……！」

「それ絶対やりすぎるやつだよね？」

そう言っている間にも、アキラの構える聖剣の剣身には蒼い雷が纏《まと》い始めている。

どうやら本気とは言わずとも、あまり手加減をするつもりもないらしい。

だがそれは即ち、アキラがそうする必要があると判断しているということでもある。

アキラは口調こそ粗雑だが、実際にはそれなりに思慮深く、またそれ以上に勘が鋭い。

アキラがまるであの小屋を壊そうとするかのような態度を取るということは、意識的にかと無意識的にかという違いはあれども、そうする必要があるとアキラが感じているということなのだ。

アレン達はそのことを理解しているため、アキラに対してそれ以上の言葉は告げず……だが、当然のようにそこまでの付き合いはクロエにはない。

本当にいいのかとでも言わんばかりの、困惑した顔を向けてきた。

「え、っと……あの、止めなくていいの？ なんか、全部壊しちゃいそうな勢いだけど……」

「まあ、大丈夫だと思うよ。アキラのことだから分かってないわけがないしね。それよりも、下がっといた方がいいかな」

「ですね。まあ、あんま下がれるとこねえんですが」

それでも下がらないよりはマシだろう。

近くにいたら石片やら何やらが飛んでくるに違いない。

背中が土に触れそうになるギリギリのところまで下がった。

クロエはまだ困惑気味ではあったものの、一緒に下がり……そんなアレン達の視線の先で、一際強く蒼い雷が迸《ほとばし》る。

「――走れ蒼雷。いくぜぇ……ぶち壊れやがれ……！」

叫んだ瞬間、アキラが振り被っていた剣を、眼前の小屋へと叩き込んだ。

眩い光と共に轟音が響き、視界と聴覚を一瞬奪われる。

すぐに元に戻るが……戻った時には視界は一変していた。

アキラの眼前に存在していたはずの壁が、跡形もなく消失していたのである。

そう、文字通りの意味で、だ。

「……やっぱりやりすぎ？　出入り口とか穴とか、そういうのじゃなくなってる」

「穴開けるどころか、壁の一辺が丸ごとなくなってるもんね。当然のように中まで焼き焦げてるし」

ミレーヌの呟きに肩をすくめながら、アキラの作り出した結果を眺める。

風通しがよくなり中もよく見えるようにはなったものの、ちょっとよくなりすぎだ。

中に何かがあったら一緒に壊れていただろうし、誰かがいたら大変なことになっていたに違いない。

まあ、中に何もないと言ったのはアレン自身ではあるのだが。

そして。

どうやらアキラは、やはりさすがであるらしい。

「アキラ――分かってやったの？」

「ん？　あー……どうだろうな？　半々ってとこだと思うぜ？」

「それで適切な行動取んですから、さすがだと思うですがね」

「えっ……？　えっ……？」

「……どういうこと？」

アマゾネスの二人が、何を言ってるのか分からないとばかりの顔をするが、説明することはない。

いや……こちらで説明するまでもない、と言うべきか。

すっかり風通しがよくなった小屋の中、何もないその場所、その空間が、唐突にぶれた。

「ふむ……ここを見つけたことといい今の行動といい、さすがは勇者といったところか。足を踏み入れた瞬間串刺しにしてやる予定だったのだが、まさか壁越しに空間ごと焼き払うとはな……」

そんな、どことなく感心を含んだような言葉と共に、『それ』はその場に現れた。

空間の歪みが収まった瞬間、何もなかったはずのその場所に、一人の男が立っていたのだ。

その男は、一見すると普通の男のようであった。

どこにでもいるような、何の変哲もない人類種の男だ。

だが、この小屋がそうではなかったように、やはり男も普通ではないのだろう。

もっとも、この状況で現れたという時点で、そのことは疑いようもないことではあるが。

そしてこの男が何者であるのかなども、今更問うまでもないことだ。

悪魔の拠点であった……否、悪魔の拠点であるこの場所に転移してくるようなモノなど、一つしかあるまい。

「……あ、悪魔……」

そんな思考を肯定するように、震える声でクロエがその存在を示す名を呟いた。

成すべきこと

この状況で現れる存在など他にいないだろうが、それでもその名が呟かれたことは、ミレーヌにとって少なくない衝撃があった。

やはりと言うべきか、悪魔という存在はミレーヌにとってまだまだある意味で特別な存在なのだ。

無論のこと、良い意味ではない。

クロエと無事に再会でき、故郷の他の者達もどうやら無事ではあるようだが、だからといって悪魔が故郷を襲ってきたことと、しばらくの間自分が悪魔の奴隷をさせられていたことに変わりはないのだ。

あれからそれなりの時間が経ってはいるが、まだ完全に吹っ切れたわけではなかった。

ただそれでもすぐに立ち直る事が出来たのは、この場には自分よりも衝撃を受けているだろう者がいるからだ。

悪魔から注意を外さないままにちらりとクロエへと視線を向けてみれば、先ほど聞こえた声の通り呆然としたままであった。

「……知ってる顔？」

「……うん。ここにいた悪魔の一人」

ミレーヌの声に返答はあったものの、その動きはどことなく緩慢だ。

だがそんなクロエのことが気にはなりつつも、ミレーヌは睨みつけるように悪魔の男の姿を見つめた。

そうだろうと思ってはいたものの、やはり実際に肯定されると感じるものが違う。

悪魔の奴隷となっていたからこそミレーヌはよく知っているのだが、悪魔というのは基本的には個人主義者である。

あるいは利己的と言うべきかもしれず、その行動の根元にあるのは自分にとって利益があるか否か、というものなのだ。

他の悪魔と協力することはあっても、それは誰かのためではなく、結局は自分のためでしかない。そういったこともあってか、悪魔というものは自分の物を他人に与えるどころか貸すことすら極端に嫌う。

要するに、捕らえたアマゾネス達がここで働かされていたということは、ここにいた悪魔達が彼女達を捕らえた張本人である可能性が……あの時故郷を襲った悪魔である可能性が高いということである。

そんな相手を前にして平静でいることなど、出来るはずがなかった。

しかしそれでいて即座に何らかの行動に移る事がなかったのは、皆が無事だということを知っているからだ。

それで恨みが消えるわけではないし、今も無事かも分からないものの……だからこそ、ここで先走るわけにはいかないのである。

皆の行方についての手がかりが、わざわざ向こうから来てくれたのだ。

この機会を逃すわけにはいかなかった。

そうしてどうやって情報を手に入れようかと考えていると、悪魔の顔がこちらを向いた。

いや、ミレーヌを見ているというよりは、その視線の先にいるのはクロエか。

その顔を確かめるように目を細める。

「ふむ……私のことを悪魔と断定するだけではなく、ここにいた、とも口にするか。そういえば、アマゾネスが一匹足りてはいなかったが……なるほど、どうにかして逃げおおせていた、ということか」

そう呟きながら、周囲をぐるりと見回す。

一人一人の顔を確認するように眺めた後、嘲るように口の端を吊り上げた。

「だがそうして逃げおおせておきながら、またここに戻ってくるとは。どのようにして勇者と知り合ったのかは知らぬが……いや、勇者がここを襲撃してきた時にでも遭遇したか？　そしてそれによって気が大きくなったというのであれば、愚かとしか言いようがないな」

「はっ……オレにビビって慌てて逃げ出したやつがよく言うぜ。愚かだってんなら、それにもかかわらずこうしてオレの前に堂々と姿を見せたお前の方だろ？」

「ふむ、逃げた……そう捉えられてしまっているのはあまり愉快なことではないが、まあ構わぬか。愚者が賢者の行いを理解出来ぬことなど、よくあることだ」

「何だよ、違うってのか？　オレにはそうとしか思えなかったけどな」

「無論だ。何故ならば、貴様の襲撃は予見済みだったのだからな」

「……へえ？」

その言葉に、アキラがすっと目を細めた。

聞き逃せない言葉だと、全身で主張している。

それはそうだろう。

アキラがこの拠点を襲撃するに至った経緯は聞いている。

アキラは勘などでここを見つけたわけではなく、そういった情報を買ったことで知ったのだ。

情報屋、と呼ばれている者達がいる。

文字通りの意味で情報を扱う者達であり、彼らに集めることの出来ない情報はないという。

さすがにそれは誇張された話ではあるものの、彼らが様々な情報を扱い、時に他国の機密であったり、誰にも知られていないような秘密を知っていることがあるのは事実である。

そして彼らは情報を扱うがゆえに、誰よりも情報の価値を知っているし、情報に対して真摯だ。

金を払えば大抵の情報は流すものの、絶対に売ることのない情報というものもある。

顧客の情報と、偽りの情報だ。

また、噂話程度の情報を事実として売ることもない。

彼らが事実として売る情報は、相応の根拠のあるものでしかないのだ。

その分値が張るものではあるが、それだけの価値はある。

彼らは情報を扱うからこそ、友誼を結ぶことは叶わない。

彼らには情報屋としての矜持があるからだ。

その矜持《きょうじ》によって、時に友の情報を売ることも厭《いと》わない。

彼らと必要以上に接するということは自らの情報を無料で売り渡すことと同義であり、余程の事情でもない限り彼らと親しくすることはないのである。

だがゆえに、彼らのことはそのもたらす情報含め信頼出来るのであり……悪魔の弁は、その信頼を打ち崩すものだ。

アキラはここの情報を手に入れるや否や、即座にここに向かったという。

つまり、アキラが襲撃してくるのを予《あらかじ》め分かっていたというのならば、アキラが情報を買ったという情報が流されたということに他ならないのだ。

が、まあ……それは、そう考える事が出来る、ということでもある。

悪魔はあくまでも予見という言葉しか使ってはいないのだ。

その他の何らかの手段でアキラの襲撃を知ったのかもしれない……あるいは、単純に予想していただけの可能性もある。

勇者のことだからそのうち襲撃してくるに違いない。

そう予測していただけだとしても、悪魔は嘘を言っていないということになるのだ。

いや、そもそもの話、悪魔が嘘を言っていないという保証すらもない。

結局のところは戯言の域を出ないものでしかなく、アキラもそのことを理解しているのか、くだらなげに鼻を鳴らした。

「こっちの動揺でも誘おうってか？　悪魔のくせに随分と……いや、お前らが卑怯なのはいつものことだったな」

「何とでも言うがいい。真の知性を持つ者とは、貴様のような愚者にはそのように見えるというだけのことだ。が……だからこそ、気になるな。貴様、どうやって私の仕掛けを見抜いた？　貴様らは誰一人として気付いてはいなかったはずだ」

先ほどの言葉からして察してはいたものの、やはりあの一見何もないように見えた小屋の中には何らかの仕掛けが存在していたらしい。

しかしアキラの一撃によって、諸共消し飛ばされたようだ。

もっとも、あれが意図的であったのかどうかは、何とも言えないところである。

少なくとも、ミレーヌは小屋の中に仕掛けられていたというもののことに気付かなかった。

しっかり自分の目で確かめたにもかかわらず、何かがあるようには見えなかったのだ。

だが、意図的でなかったのだとしたら、明らかにやりすぎであった。

そしてミレーヌはアキラとの付き合いがそれほどあるわけではないが、アキラが無意味にそんなことをする人物ではないということぐらいは知っている。

ということは、明確には分かっていなかったとしても、何かを勘付いていた可能性が高いということになるわけだが――。

「あ？　どうやってて、んなもん勘に決まっててんだろ？」

そう言ったアキラは何の気負いもなく、ただ事実を言っていると言わんばかりの態度であった。

いや、おそらくは実際その通りなのだろう。

誰も気付くことの出来なかったものを、単なる勘で見抜いたと、そう――と、そこまで考えたところで、ふとミレーヌは気付いた。

誰も気付くことが出来なかった。

――本当に？

思ったのと、視線を向けたのは同時であった。

向けた先にいるのは、アレンである。

悪魔が現れて以降一度も口を開いていないアレンは、ただジッと悪魔のことを見つめており……ミレーヌの視線に気付いたのか、アレンはこちらに顔を一瞬だけ向けると、小さく肩をすくめた。

それで理解する。

やはり、アレンは小屋の中に何かがあるということに気付いていたのだ。

しかし何故そのことを伝えなかったのか、と思ったところで、先ほどの悪魔の言葉を思い出す。

誰一人として気付いてはいなかった……悪魔はそう言っていたはずだ。

その言葉は、こちらの行動を知っていなければ出てこないものである。

それに考えてみれば、悪魔が現れたタイミングもピッタリすぎた。

至った思考に、なるほどと頷く。

どうやら、あの悪魔は何らかの方法でこちらのことを監視しており、アレンはそのことに気付いていた、ということのようだ。

おそらくは、アレンの言葉に同調していたアンリエットもそうなのだろう。

二人が悪魔への対応を完全にアキラに任せているのも、その辺のことに関係しているのだろうか。

情報を得ることに徹しているのか、二人は悪魔の言動を注視しており……そんな姿にミレーヌは、唇を噛み締める。

不甲斐なかった。

二人は……いや、アキラも含めれば三人共、悪魔に対してしっかり対応出来ているというのに、自分がしたことは驚いているだけだ。

こんな有様では、皆のことを助けることも、折角やろうと決意したことも果たせるわけがない。

情けないにも程があった。

だが、そこで終わらせてしまったら、それこそ何にもなるまい。

反省は後だ。

アレン達を見習い、ミレーヌも悪魔の言動を注視する。

「ふむ、勘、か……そのようなもので私の策謀を切り抜けるとはな。やはり勇者とは厄介なもののようだ」

「ならどうするってんだ？　また卑怯な手段で逃げでもすんのか？」

「そんな挑発に乗る理由はないのだが……まあ、よかろう。ある意味ちょうどいいとも言える。どれだけ厄介であろうとも、死んでしまえばそれまでなのだからな」

「はっ……やれるもんならやってみやがれ……！」

言葉と同時、アキラが飛び出した。

アキラだけで十分だと思っているのか、やはりアレン達に動きはない。

ミレーヌはどうするかを一瞬考え……結局、二人に倣うことにした。

アキラの実力は知っているし、悪魔の実力が分からない以上は、手助けをするにしてもまずは悪魔の手の内が多少なりとも分かってからの方がいい。

そんなことを考えながら……ちらりと一瞬だけ横を見る。

それに、クロエがどう動くのかも分からない。

ミレーヌよりも余程クロエの方が直接的に恨みを抱いているはずだ。

今はジッと悪魔のことを見つめているだけだが、その横顔から何を考えているのかは読めない。

何をしても不思議はなく、その時のために待機しておきべきだろう。

というか、正直なところここまでクロエが動きらしい動きをしていないことの方が驚きなのである。

クロエは基本的に直情型の性格だ。

考えるよりも先に行動するタイプであり、ミレーヌの知るクロエならば、既に悪魔へと襲い掛かっていそうなものであった。

ただ、それだけのことがここで……悪魔からされていたと、そういうことなのかもしれない。

表面上はミレーヌの知るクロエと変わりがなく、あっけらかんとしているようではあったが、時折何とも言えない違和感のようなものを覚える時があった。

それは多分、ミレーヌの知らない何かが原因なのだろう。

再会するまでそれなりの時間があったし、ミレーヌもクロエの知らない経験を色々としている。

まだ話せていないことも多く、聞けていないこともきっと多い。

しかし今は、こちらが優先だ。

ミレーヌはアキラの方へと意識を向け直すと、隣を気にしながらも、ジッと注視するのであった。

勇者の力

眼前の光景を眺めながら、アレンは一つ感嘆の吐息を漏らした。

迸る蒼雷に、連続して響き続ける剣戟の音。

アレンが以前アキラと手合わせをしてから一年も経っていないというのに、随分と腕を上げたらしい。

今手合わせをしたらさすがにあの時のように簡単に手玉に取ることは出来ないかもしれないと、そんなことを思いながらアキラの動きを視線で追っていく。

そして同時に、だが、とも思う。

正直なところ、アキラがここまで腕を上げているのは意外というわけでもない。

元々アキラは二年だかそこらの時間であそこまでの腕前となっていたのだ。

そこから半年も経てば、さらなる飛躍を遂げたとしても不思議ではあるまい。

ゆえに、アレンが感心していたのは、実はアキラにではなかった。

そんなアキラの猛攻をしっかりと防いでいる悪魔に対してであったのだ。

「てっきり言動から後衛タイプかと思ってたんだけど、意外とそうじゃなかったみたいだね？」

「まあ、堂々と姿を現すだけはあるってことですかね。ですが、ってことはアンリエット達のことを監視してたのはアレじゃなかったってことですかね？」

「んー……いや、多分アレだと思うよ？　見られてる感覚がまったくなくなったしね」

当然と言うべきか、アレンはあの小屋の中に何かが仕込まれていた、ということに気付いてはいた。

厳密には、何もなかったのは事実なのだが、所々に空間の歪みがあることに気付いたのだ。

何かが仕込まれていると考えるのは自然なことだろう。

なのにそのことを伝えなかったのは、誰かが自分達のことを監視していることにも気付いていたからである。

その相手に余計なことを知らせないために、監視されている事実も、小屋の中のことも話さなかったのだ。

状況から考えれば、自分達のことを監視している相手は悪魔である可能性が高い。

つまりは、手がかりを得るのに最適な相手だ。

下手な情報を与え警戒されないように、敢えて泳がせておいたのである。

ちなみにアンリエットにも話してはいないので、アンリエットも同調したのは察して合わせたのだろう。

ともあれ、こうして悪魔が実際に姿を現したことを考えれば、こちらの目論見は一先ず成功したと言っていいに違いない。

あとはアキラ次第ではあるが——。

「手助けは……した方がいいですかね？」

「どうかな？　防いでるとは言っても、今のところアキラが優勢だしね。下手に手を出したら邪魔すんなって言われるんじゃないかな？」

「あー……言いそうなタイプですねえ」

そんなことを話している間も、視線の先では攻防が続いている。

アキラが剣を振るうたびに蒼雷が走り、床や壁が焼き焦げていく。

一見するとそれほどの威力でもないように思えるが、あの蒼雷が本領を発揮するのは魔に属するモノに叩き込まれた時だと聞いたことがある。

聖剣の力によって何倍も増幅され、周囲に漏れる雷はあくまでも余波に過ぎないのだとか。

まともに直撃すれば龍も倒すことが出来るほどの代物らしいので、悪魔を倒すには十分だろう。

だがそんな一撃も、結局は相手の身体へと到達すればの話だ。

アキラの腕が振り下ろされた瞬間、何度目かとなる甲高い音が響き、アキラが舌打ちを漏らした。

「ちっ……またそれかよ……！　いい加減てめえの腕で防ぎやがれ……！」

「ふむ……これは異なことを。これが私の力である以上は、自らの腕で防いでいるも同然のこと。文句があるのならば、貴様もその忌々しい雷を収めたらどうだ？」

「お前らに効果があるって分かってるってのに、引っ込める馬鹿なんぞいるわけねえだろうが」

「ならばこちらも同じことだ。とはいえ、ふむ……さすがは勇者。歪曲した空間を押し込もうとするか」

振り下ろされた聖剣は、悪魔の眼前で静止していた。

ただしアキラにその意図があってのことでないのは、その顔を見れば分かる通りだ。

そして目を凝らせば、ちょうど聖剣のある場所に僅かな空間の歪みがあるのが見える。

先ほどからあれのせいでアキラの攻撃がまったく通ってはいないのだ。

ここまでの言動から分かってはいたが、あの悪魔の能力は空間に対する干渉であるらしい。

こちらの監視に罠、突然現れたのもそうであろうし、さらには防御にも使えるとなると、随分と応用に富んだ能力だ。

空間系はかなり操作の難しい力であるにもかかわらず、戦闘中にも使え勇者と渡り合うことも出来るとなれば、悪魔の中でも相当の使い手に違いない。

しかしそんな相手に、アキラは劣るどころか、先ほども言ったように勝っている。

あと一歩が届いていないが、それだけでもあり、しかも悪魔の言うように僅かにではあるが押し込みつつもあった。

歪曲した空間を押し込むということは、固定された空間を斬り裂くのと同義だ。

先ほどまでは防がれるばかりだったのを考えれば、つい今しがた出来るようになったのだろうし、恐ろしいまでの学習能力と成長速度である。

さすがは勇者と呼ばれるだけの存在だと、アレンがそう思ったのと、アキラが腕を振り切ったのはほぼ同時であった。

空間を操りながら他のことをやるのはさすがに難しいのか、先ほどから悪魔は空間を歪曲させる際はその場を動けていない。

すぐそこにある悪魔の身体へと、聖剣が振り下ろされ――だが、再び聖剣の一撃が届くことはなかった。

その直前に、悪魔が後方へと飛び退いていたのだ。

おそらくは歪曲した空間が破られると判断して、その維持を放棄し回避することを優先としたのだろう。

一瞬でも判断が遅れていれば斬り裂かれていただろうことを考えれば、中々の判断能力であった。

しかしまた逃がしてしまった形となったアキラだが、その顔には苛立ちすら浮かんではいない。

むしろ得意気な顔で口の端を吊り上げていた。

「はっ……ついに破ったぜ？　コツも掴んだし、次は外さねえ。降参するっつーんなら今のうちだぜ？」

「ほう……？　降参を認める、と？」

「お前に聞きてえことは沢山あるからな。知ってんだろ？　色々とよ」

悪魔の命令系統やらがどうなっているのかは不明だが、少なくともアレンの知る限りではあの悪魔が今のところ最も強い悪魔だ。

フェンリルという魔物を加味して考えるとどうなるかは何とも言えないところだが、それでもあの悪魔が相当な腕を持っていることには変わりはない。

それに、拠点の監視などというものを任されているのだ。

それなりの情報を持っているのは間違いあるまい。

アレン達が戦闘をアキラに任せて様子を窺っているのもそのためであり――。

「ふむ……なるほど、確かに私はそれなりに色々と知っているだろうな。貴様らがここに何をしに来たのかは分からぬが……まあ、ここから逃げたはずのアマゾネスがいることを考えれば見当は付く。

それに関しても、私は知っているな」

「へえ……そりゃ好都合じゃねえか。なら――」

「――ふっ。確かに貴様は、勇者というだけのことはあるようだ。しかし、やはり所詮はガキだな」

「あ？　お前一体何を――」

アキラの言葉が最後まで発されることはなかった。

それよりも先に、悪魔が唐突にその腕を振るったからだ。

一見無意味にも思える行動だが、無論そうではない。

音はなく、姿も見えず、だが確かに悪魔が腕を振るった先には何かがあった。

それは空間の歪み……アキラの攻撃を防ぎ続けていたものと同じものである。

しかし今度はそれが、攻撃のために撃ち出されたのだ。

アキラもそのことに気付いたのか、目を見開くも、既にその歪みは目の前に迫っている。

確信を持った笑みを悪魔が浮かべた。

だが。

「はっ……おいおい、人の話はちゃんと聞いておけよな」

「――なっ⁉」

直後に、今度は悪魔の方が目を見開くこととなった。

代わりとばかりにアキラが口元に笑みを浮かべ、当然のようにその身体には傷一つない。

「馬鹿な……今のをどうやって……⁉」

「あ？　だから人の話はちゃんと聞けって言ってんだろ？　――コツは掴んだって、そう言ったはずだが？」

「っ……勇者が……！」

「まあとりあえず、お前の言いたいことは分かった……要するに、痛い目みなきゃ分かんねえってことだろ？　なら、そうしてやるよ。――走れ蒼雷」

「っ、舐め――」

瞬間、悪魔が何かをしようとしたが、それよりもアキラが動く方が早かった。

一瞬で悪魔の懐へと入り込むと、そのまま聖剣が叩き付けられる。

蒼い雷が柱のようにその場に立ち昇り、悲鳴を上げることも出来ないまま、悪魔がその場へとくずおれた。

「っと……ちとやりすぎたか？　まあ、生きてはいるみてえだし、問題はねえだろ。ここまでやられりゃさすがに口も軽くなるだろうしな」

そんなことを嘯《うそぶ》きながら、アキラは得意気な表情を浮かべる。

最初から最後まで、アキラの圧勝であった。

「んー……やっぱり大分腕を上げてるなぁ」

「まあ、さすがは勇者ってとこですか。結局出番まったくなかったですね」

「ま、出番がないに越したことはないしね」

言いながらミレーヌ達へと視線を向けてみれば、彼女達も安堵したように息を吐き出していた。

アキラが戦っている間一言も口を開くことはなかったが……まあ、相手が悪魔であり、彼女達の境遇を考えれば無理ないことではあるのだろう。

と。

「っ……くくっ、なるほど、これが勇者か。確かにこれは、思っていた以上に厄介だな」

「なんだ、意識保ってやがったのか。結構丈夫なやろうだな。まあだが、これで身の程ってやつを知っただろ？」

「ああ、驕《おご》りがあったということにもな。……この屈辱は、必ず返させてもらおう」

「ああ？　次なんてもんを与えるとでも思ってんのか？」

「ふっ……勇者よ、貴様こそ忘れているのではないか？　――我々を捕らえることは出来ない」

「あ？　――ちっ！」

悪魔が言ったことを理解した瞬間、アキラは倒れている悪魔に向かって聖剣を突き出していた。

切っ先が地面に突き刺さり……しかし、悪魔の身体には届いていない。

悪魔の身体は半透明となり、聖剣もすり抜けていたのだ。

「やろう……！」

「くくっ、ではな、勇者よ。追ってこれるものならば、追ってくるがいい。まあ、何の手がかりもなくそれが可能ならば、だがな」

そんな言葉を残し、悪魔は消え去った。

煙のように跡形もなく、地面に突き刺さった聖剣だけがその場には残されている。

苛立ちをこめるように、アキラが拳を地面に叩き付けた。

「くそっ……やられた……！　そういや、あいつら捕まりそうになったら消えるとかいう話がありやがったな……」

「まあそうだね。ちなみにアンリエットどうだった？」

「そうですね……まあ、そこそこって感じですかね？　特定すんのは無理ですが、大体の位置なら掴めたです」

「んー、ならちょうどいいかな？　僕は周囲の状況なら掴めたんだけど、具体的な場所が分からないから」

「あ？　お前ら何言って……いや、まさかお前ら……？」

アレン達がどうしてアキラに戦闘を任せきりで何もしていなかったのか。

それは既に言ったように、情報を集めるためである。

つまりは、そういうことであった。

「まあもしかしたらここで捕らえておくことも出来たのかもしれないけど、それで得られる情報が事実かは分からないからね。それよりも、潜伏先に案内してもらうのが一番手っ取り早いでしょ？」

唖然とするアキラに向けて、アレンはそう言って肩をすくめてみせるのであった。

助けるために

アレン達が何をやったのかと言えば、要するに逆探知だ。

悪魔は捕らえられそうになると、煙の如く消え去る。

そのことが事実だということを、アレンは知っていた。

以前王都で起こった一件の際、捕らえたはずの悪魔がいつの間にか消えていたという話を聞いていたからだ。

その話を聞いた時、アレンが想像したものは二つある。

一つは、捕らえた悪魔は分身のようなものであったため、文字通りの意味で消えてしまったということ。

もう一つが、緊急時に空間転移のようなものをするようになっているのではないか、ということだ。

ただし、そのうち前者をすぐにないだろうと結論付けたのは、捕らえられた悪魔のことをアレンが一度視ていたからである。

分身のようなものであるならば、その時に気付いたはずだ。

つまりは後者、空間転移のようなもので逃げている可能性が高いということになる。

そして何故空間転移と断言しないのかと言えば、空間転移で逃げても、煙のように、とはならないからだ。

故《ゆえ》に似て非なるものだと考えた、というわけである。

だが違うものだとはいえ、現在位置から異なる位置へと瞬時に移動しているのだろうことは確かだろう。

ということは、その場にいればアレン達ならば移動先を掴むことが出来る可能性が高い。

そういうわけで、アレン達は見に徹し、見事退避先を把握することに成功した、というわけであった。

「ちっ……つまりはなんだ、結局またお前に良いとこ持ってかれたってことかよ……」

「いや、良いとことかそういうのじゃなくて、適材適所ってだけだよ」

これは慰めとかではなく、ただの事実だ。

悪魔がいつ消えるのかなど分からなかったのである。

アキラが戦ってくれていなければ、移動先を捉えきれなかった可能性は十分にあった。

もちろんそれでもアンリエットがいればある程度は把握できただろうが、それも完全ではない。

大雑把な位置が把握出来たというだけであり、そこから実際の場所を探すには相応の時間がかかってしまっただろう。

アマゾネスが現在どうなっているのか分からない以上は、救出に向かうのは出来るだけ早い方がよく、そのことを考えればやはりアキラが戦いアレン達が情報を得るという形が一番だったのである。

「ま、アキラの活躍はこれからだってことですよ」

「そうだね。むしろ本当に大変なのはこれからだろうし」

相手の数が分からなければ、アマゾネス達がどんな状況なのかも分かってはいないのだ。

かといってその辺のことを調べるのに時間をかけてしまえば、それこそどんなことになるか分かったものではない。

移動してしまうかもしれないし、アマゾネス達が殺されてしまう可能性だってないわけではないのである。

そんな中で悪魔達を倒し、アマゾネス達を救出するということがどれだけ大変かということは、改めて言うまでもあるまい。

「ちなみに、クロエ達のいた村ってどのくらいの人がいたの？」

「え？　あ、うん、そうだなぁ……確か五十人ぐらいだっけ？」

「……正確には、五十二人？」

「ってことは、ここに二人いることを考えればちょうど五十人ってことか……そう多くはねえが、少人数で守りきれる数でもねえし、確かに大変そうだな」

「うーん……それなんだけど、もしかしたら、五十人はいないかも。アタシがここで見たことあるのは三十人ぐらいだったし。お年寄りや子供の姿を見かけなかったんだよね。単純にここには連れられてこなかった、ってだけならいいんだけど……」

「あの悪魔が逃げた先にもいなかった場合はちと面倒なことになるですね……」

その場合は、どこか別の場所にいるということになる。

その場所も見つけ、救出に行かなければならないのだから、手間は二倍だ。

守らなければならない人数が少なくなるので一概にどちらが大変とは言えないが……その可能性があるということは頭に入れておく必要があるだろう。

本当にそうである場合、悪魔達からその情報も得なければならないからだ。

年寄りや子供……即ち、足手まといとなるような者達を悪魔が生かしておくかどうかは分からないが……それでも最初から駄目だと決め付けておくわけにはいくまい。

「まあそれはともかくとしてだな、で、結局あのやろうはどこに逃げやがったんだ？」

「そうですね……まあ、大雑把でいいなら教えてもいいんですが、後にした方がよくねえですか？」

「あ？　何でだよ？」

「下手に教えちゃったら気になって注意力散漫になりそうだからじゃないかな？」

「……ちっ」

言われた言葉に、アキラは舌打ちすると顔を逸《そ》らした。

自分でもそう思ったのだろう。

地面を掘り進めた先とはいえ、悪魔が現れたのだ。

悪魔の移動した先が分かるといっても、他にも情報があるに越したことはない。

拠点の他の場所もやはりしっかりと調べてみようということになったのである。

それにどちらにせよ、ここで詳細な場所を調べることは不可能だ。

そのためには地図か何かが必要である。

地下にある小屋を見つけた時にも言ったように、アンリエットが認識出来る対象というのは基本的に大雑把だ。

大雑把な位置に認識対象がいるということは分かっても、誰かが明確な位置を指定してやらなければ具体的な位置は曖昧なままである。

単純にアンリエットが基本としている基準が大きすぎるがゆえに起こる事であり、大は小を兼ねるとは言っても限度があるということだ。

そこを補完するのがアレンの役目であり、悪魔が転移した際に大雑把な位置を逆探知したアンリエットに対し、アレンが調べたのは転移先の詳細な情報である。

具体的な場所としなかったのは、その場合辿りきれない可能性があったからだ。

基本転移は一瞬で行われるものなので、解析する時間も一瞬である。

当然解析出来る情報にも限りがあり、中でも場所の座標を探るというのはそれなりにリスクの高い行為なのだ。

自分一人であればそれでもそちらを調べることを選んだかもしれないが、大雑把な位置はアンリエットが把握してくれる。

だからこそ、アレンは敢えて転移先の情報を得ることを選んだのだ。

そして場所を特定するには、アレンの情報だけでもやはり足りない。

アンリエットが指定した範囲から該当する場所を探す必要があるので、地図などが必要、というわけである。

「……地図は持ってきてないから、一度戻る必要がある？」

「だね。ま、それは転移で戻ればいい話ではあるんだけど」

「でもそれも結局は、全部一通り回ってからの話だよねー」

「あー、もー分かってるっつーの。まんまと逃がしちまったあの野郎に借りを返したい気持ちはあるが、優先順位を取り違えるようなことをするつもりはねえよ」

そう言いつつも、どことなく不満気な雰囲気を漂わせているアキラではあるが、その辺はさすがに仕方のないことではあるだろう。

実際ミレーヌなどもいつも通りの無表情に見えるが、若干の焦りのようなものが見える。

故郷の人達がどうなっているのか分からないとなれば当然のことであり、だがここで焦っても仕方ないということも分かっているのだ。

今アレン達に必要なのは、より多くの情報である。

一見遠回りのように思えても、後から考えれば、ということは十分に起こり得るのだ。

無論、完全に無駄に終わってしまう可能性もまたあるが……それはもうどうしようもあるまい。

どちらがいいかを検討して、結果調査を続行することを選んだのだ。

一先ずここの調査を行ない、その後で一旦町へと戻った後で、改めて悪魔達のいるだろう場所へと向かう。

それが今のところの予定だ。

正直なところ、色々と気になるところはある。

この小屋のこともそうだし、あの悪魔も妙にあっさりと倒されてすぎだったような気がするのだ。

アキラの実力がどうという問題ではなく、まるである程度のとこで引くことを最初から想定していたような動きだったように思えたのである。

まあ、気のせいと言われてしまえばそれまでのことではあるのだが。

ともあれ。

「さて……じゃあとりあえず、一度上に出ようか。ここでやることはもうないしね」

「ですね。この小屋には結局手掛かりとなるようなものは何もなかったわけですし」

「……罠のためだけのものだった？」

「にしてはちとリスクが高すぎる気がするが……ま、考えたってどうしようもねえか」

「だねー。何も見つからなかった以上は、そう考えるしかないわけだし」

そんなことを話しながら、一箇所に集まり、軽く手を繋ぐ。

全員が手を繋いだのを確認すると、アレンは転移をするため意識を集中するのであった。

悪魔と奴隷

眼前の建造物を眺めながら、男はふと目を細めた。

これをこのまま壊したらどうなるだろうかと、そんなことを思ったのだ。

だが結局実行する事がなかったのは、そんなことをしたところで無意味に終わるだけだということを理解しているからである。

その程度でアレを――忌々《いまいま》しい勇者を殺せるのならば、とうに始末出来ているはずだ。

逆説的ではあるが、そうでないという事実そのものが、これを壊したところで意味などはないという証拠なのである。

あるいは、万に一つ程度の可能性ならばあるかもしれないが、その程度ではこれを壊すことなど出来るわけがない。

自分達は対して苦労していないとはいえ、それなりの時間がかかっているのだ。

もう一度作り直す手間を考えれば、気軽に実行出来ることではなかった。

何よりも、そもそも男にはそんな権限はない。

故に男に出来ることは、精々がくだらない妄想を弄ぶことぐらいなのだ。

と、そうして暇を潰していると、眼前の建物――先日まで拠点とすべく整備していた場所から、人影が現れた。

アマゾネスであることを示す、浅黒い肌を持つ少女だ。

そんな少女の存在に気付きながらも、男に焦ったりする様子がないのは、元々その少女と会うためにそこにいるからである。

ある程度の距離にまで近付いてくるのを待った後で、口を開いた。

「ふむ……遅かったな」

「……無茶言わないでくれるかな？　これでも抜け出してくるのに苦労したんだけど？」

「そんなことは私の知ったことではないな。貴様……まさか少し離れていただけで自分の立場を忘れたわけではあるまいな？」

「っ……」

睨むでもなく視線を向けただけで、少女はビクリと身体を震わせた。

どうやら忘れてはいないようだと満足気に頷くと、男は話を続ける。

「まあ、貴様のことはどうでもいい。それよりも、首尾はどうなっている？」

「……今は見ての通り、手分けしてここを調べてるところだよ。まあだから、アタシもこうして抜け出してこれたんだけど」

「ふむ……そのようだな」

そう言って目を細めた男の視界には、眼前の光景に重なるようにして複数の景色が映し出されていた。

合計で三十ほどあるその中では、見覚えのある少年や少女が何かを探るように壁や床などを叩いている。

この建物の中で現在行われている光景であった。

男の持つ『スキル』の力によって、男は遠く離れた複数の地点の光景を眼前の空間に映し出す事が出来る。

今は必要がないために切っているが、やろうと思えば音を拾うことも可能だ。

予め定められた場所に限定されるため、正直それほど使い勝手はよくないが、特定の状況には滅法強い。

自分達の拠点に侵入してきた者達を監視したり……あるいは、使い方次第では特定の人物と誰にも知られずに連絡を取り合うことも出来る。

基本的には一方通行ではあるが、見ている先にこちらの音や姿を届けることも可能だからだ。

目の前の少女をこの場に呼び出したのも、その方法を使用したのである。

「この状況は、貴様が作り出したのか？」

「……そうだよ。一塊になってても時間がかかっちゃうだけだから、手分けして探そう、って提案した。そうでもしなきゃ、抜け出せなかったし」

「ふむ……だが、計画の変更が必要だと言ったのは貴様だったはずだが？」

「そうだけどさ……すぐに呼び出すなんて思うわけがないじゃん」

「先ほども言ったはずだぞ？　私は貴様の都合など知ったことではない、と。そもそも計画に変更の必要があるのならば、何故必要なのかということを尋ねるために貴様を呼び出すのは当然であろうに」

「それもそうかもしれないけど……下手したらバレちゃうかもしれないいんだよ？　折角――」

「――別に構わんが？」

「……え？」

まるで予想外のことを言われた、と言わんばかりの呆然とした顔を晒す少女に、男は鼻を鳴らした。

どうやらこの奴隷はまだ自分の立場が分かってはいないらしい。

「貴様の正体が露見したところで、私に……否、私達にとって、何の関係があるというのだ？　別に私達には何の問題もない」

「え……だ、だって、それじゃあ……」

「ふむ……確かにその時は、勇者に警戒されることとなるだろう。計画の建て直しも必要になるやもしれん。だが、それだけだ。その時は、正面から勇者を滅ぼすだけのことよ」

「そ、そんな……それじゃあ……」

「ふんっ……何度も言わせるなよ？　身の程を弁えろ。見つかって困るのは貴様だけであって、私達ではない。貴様が同胞達を助けたいのならば、精々私達の役に立つことだ」

「っ……はい」

俯き震えながら頷く少女の姿に、男は再度鼻を鳴らす。

実際のところ、男の言葉の半分程度は嘘だ。

少女のことがバレて困るのは、男達も同じなのである。

勇者と正面から戦えないとは言わないものの、その時には相応の被害が出てしまうだろう。

出来ればそれはよろしくない。

可能ならば計画通りにいくのが一番なのだ。

だがそのことを少女に悟らせてはいけない。

裏切ることは考えにくいが、妙なことを考えないとも言い切れないのだ。

しっかりと思い知らせ、立場を叩き込む必要があった。

「さて、私達の奴隷でしかない貴様が立場を弁えたところで話を戻すが、それで、計画の変更が必要だとはどういうことだ？　この後は貴様が記憶を頼りに私達の拠点へとやつらを案内する予定だったはずだろう？」

「えっと、それが……アタシが案内するまでもないみたいで……」

「……なに？」

案内するまでもないということは、既に拠点のことを知っているということか。

しかしそれは有り得ないはずだ。

ここはともかくとして、あそこは自分達のみの力で作った場所である。

周囲に情報が漏れるはずがない。

ならば、有り得るとするならば――。

「……まさか、あの一瞬で拠点の位置を逆探知したとでもいうのか？」

それしか考えられまい。

自分達ですら出来る者はいないだろうが、他に方法がない以上はそれが事実だ。

「う、うん……そうみたい」

「……そうか。どうやら私達はまだ勇者の力を侮っていたようだな。いや、それとも共にいた誰かのギフトか？　まあ、どちらでもいいことだが……」

何にせよ、拠点の場所が知られてしまったというのならば、確かに計画の変更が必要である。

結果的には変わらずとも、過程こそが重要だったのだ。

だがこの調子では、それとなく困難な道を案内させ消耗させる、という手段を取ることは出来ないだろう。

記憶が曖昧だと言ってそうさせるつもりだったが、場所が判明している状態でそういうことをするのは不自然になりかねない。

計画の練り直しが必要だ。

「ふむ……もっとも、大幅に変える必要はあるまい。最終的に目指す状況は同じだ。あとは過程をどうするかだが……まあ、いい。多少の時間はある。場所が分かったところで、一度引き返す必要はあるだろう。その時間と準備の時間を考えれば……」

「えっと……引き返す時間は、必要ないって。一瞬で戻れるから。アタシも体験したから、多分事実」

「なに？　……まさか、空間転移、ということか？」

頷く少女の姿を眺めながら、思わず男は舌打ちを漏らした。

まさかそんなことすら可能だとは。

まだ見積もりが甘かったようだ。

しかしそうなると、あまり時間は残されていまい。

早急な計画の練り直しが必要そうであった。

「まあ、貴様の言いたいことは理解した。一先ず計画を変更することは確定だ。詳しい話は決まり次第知らせよう」

そしてそうと決まれば、いつまでもここにはいられない。

早急に戻り話し合いを行う必要があるだろう。

どうせ互いに足を引っ張り合うだけではあるが、やらないわけにはいくまい。

「さて、では私は戻る。……分かっているとは思うが、くれぐれも妙なことは考えるなよ？」

「何度も繰り返し言われなくたって、分かってるよ。アタシ達が助かるには、これ以外ないんだから……」

「ふむ……そう願いたいものだな」

仮に裏切ったところで、問題ないようにはしてある。

だが勇者との決戦を前に、余計なことなどないに越したことはないのだ。

男――悪魔は、そうしてクロエという名のアマゾネスへとしっかり釘を刺すと、その場から姿を消し、急いで自分達の拠点へと戻るのであった。

逃走した先

端的に結論を言ってしまうのであれば、あの拠点から新たな情報らしい情報を得ることは出来なかった。

だがそれは想定内のことである。

特に落胆することもなく、またその暇もなく、アレン達は一旦街へと戻ると次の目的地を探り当てるため地図を睨みつけていた。

「んー……アンリエットが掴んだ情報と僕が掴んだ情報。その二つが合致する場所ってなると、ここ、かな……？」

そう言いながらアレンが指差したのは、アドアステラ王国の中でも南東の端に位置する場所であった。

生い茂った森の広がる場所であり、辺境の地というわけではないが、他国との国境に面している割には監視の目が緩い場所でもある。

その理由は単純で、ここは非常に危険な場所だからだ。

レベルに直せば二十を軽く超えるような魔物がゴロゴロいるような場所であり、基本的に国境を接している全ての国が手出しを禁止している。

単純に危険であることと、本格的に乗り込むほどの余力がないこと、何よりも危険ではあっても魔物達が森から出てくることがないために一先ず放置しておくことを選択したのだ。

無論いざという時のために最低限の監視はされているし、ある程度の調査も定期的に行われてはいる。

だが森の広さが小国ほどはあるために奥深くまでは調査の手が及んでいない上に、危険な森を突っ切ってやってくるような者がいるとは考えられていないため、監視の目は非常に緩い。

悪魔が拠点を築くのに適した場所だと言えるだろう。

というか、実のところ悪魔の拠点がある場所として有力とされているところの一つであったりする。

見つからないということは、人の目に届かないような場所にあると考えるのが自然だろう。

悪魔が魔物を使役している節があることも考えれば、人にとっては危険だが悪魔にとってはそうではない場所となる。

繰り返すこととなるが、悪魔が拠点を築くのにとても適した場所なのだ。

そのことが分かっていながらも調査の手が進んでいないのは、前述の理由に加えてそこの森から悪魔が何かをしている様子がないからだ。

そこの森は四つの国境が交わる場所であるというのに、どこにも攻め入っていない。苛烈な悪魔達のことを考えれば、そんな絶好の場所にいるにもかかわらず何もしないとは考えにくいため、有力ではあるものの優先度は低いと考えられているのであった。

「まああいつら卑劣ではあるけど、世間で言われてるほど苛烈なわけじゃねえしな。いや、むしろ卑劣だからこそ苛烈なように見せてんのか？」

「それが正解だと思うです。その結果、こうして見事に拠点を隠しきれてたわけですからね」

「で、そのど真ん中もど真ん中にある、と。いやー、具体的な場所が分かるのは助かったね。さすがにここを全部調べるとなると大変だっただろうし」

「……アレン達がいれば魔物は大丈夫そうだけど、途中で接近してるのがバレそう？」

「んー、どうだろうね？　悲観する必要はないけど、楽観することも出来ない、かな？」

森の奥の方は本当に手がまったく付けられてはいないのだ。

どのような魔物がいるのかも分かっておらず、あのフェンリルという魔物のようなものや、それ以上の魔物がいても不思議はない。

確実にどうにか出来るとは言い切れなかった。

「まあそれに、具体的な拠点の位置が分かったところで、どうやってそこに行くのか、って問題もあるしね」

「結局森の中を通ることに違いはないんだもんねー」

「途中で魔物とまったく遭遇しない、ってのはさすがに難しいだろうしな」

「……ノエルに手伝ってもらえれば可能？」

「あー……まあ、可能性は高くなるとは思うですが、あくまでもエルフは森の様子が把握できるってだけでもあるですしね。状況次第ではノエルでもどうにも出来ねえことも起こり得ると思うです」

「そもそもノエルは今仕事中だしね」

言えば手を貸してくれるかもしれないが、向かう場所が場所である。

危険なことに巻き込まれる可能性が高いとなれば、気軽に助けを求めるわけにはいくまい。

「ま、とりあえずノエル抜きで考えるとして……そういえば、クロエはここについて何か知ってたりしないの？」

「え？　ア、アタシ？」

「ああ、確かに、捕まった直後にあの砂漠に連れてこられたわけじゃねえだろうしな。まずはここに連れてこられてた可能性があんのか」

「……覚えてること次第では手がかりになりそう？」

「ですねえ。どこからどんな風に歩いたのかとか、その時の周辺の様子とかが分かったりすると助かるんですが……」

そんなことを言いながら、一斉にクロエに視線が集まる。

突然のことに驚いたのか、僅かに身を仰け反らせながら、クロエはどことなく気まずげに口を開いた。

「あー、うん、ごめん。確かにあそこに行く前には別のところにいたんだけど……」

「……覚えてない？」

「まったく、ってわけじゃないけどね。当時は混乱もしてたし……色々とあったからか、正直よく覚えてないんだ。拠点の中なら、まだ多少は覚えてることもあるけど……」

「まあ、覚えてないってんならしゃーねーだろ。それにそもそもの話、覚えてないんじゃなくて最初から知らないだけって可能性もあるしな」

「確かに、拠点の中ならばともかく、外の情報が漏れちまったら大変ですからねえ。最初から外は見てねえだけで、混乱してたせいでそのこと自体を忘れてるって可能性はあるですね」

「ま、分からないっていうんなら、それを前提に考えるだけだしね。気にする必要はないよ」

元より駄目で元々だ。

何か情報が得られれば、そこから考えようとはしていたものの、ないならないで問題はない。

「んー、ただそうなると、結局は出たとこ勝負になるかな？」

「まあ、現地で情報を得ながら進むしかないでしょうしね」

「しかも悪魔達の警戒付き、か。面倒なことは考えずに突撃するのが手っ取り早いんだが、オレはそれやって失敗したばっかだしな。ま、任せるぜ」

作ったばかりであったあの砂漠の拠点とは異なり、この森にある拠点は以前から存在していたものだろう。

警戒はしっかりしていると考えるべきだろうし、あるいは迎撃のための仕掛けなどもあるかもしれない。

そしてその上で、魔物の警戒もする必要があり、さらにそれはあくまでも前哨戦《ぜんしょうせん》なのだ。

本当に大切なのは拠点に無事侵入出来てからである。

かといって拠点に侵入するまでを雑に処理してしまえば、アキラの時がそうであったように再び逃げられてしまう可能性もあり——。

「ま、確かに面倒と言えば面倒ではあるよね。色々と考えなくちゃいけないことはあるし」

「……本当にごめんね、色々と」

「ですね。好きでやってることだから、問題ない？」

「……好きでやってることだから、問題ない？」


「ですね。別にやめようと思えば今すぐにだってやめられるわけですし、クロエが気にすることじゃねえです」

「オレはどっちかってぇや逃がしちまったあいつを今度こそぶちのめすためだしな」

アキラの言葉は本音半分気遣い半分といったところなのだろうが……まあ、それぞれが好きでやっていることなのは事実である。

とりあえずの脅威は取り除けたわけではあるし、そもそもここから先は本来ならば国に任せるべきことだ。

そうしないのは、それでは時間がかかってしまうというのと、その場合アマゾネス達の安否が省みられない可能性が高いからである。

数十人の命と悪魔を討てる可能性とを天秤に乗せた場合、生憎と命の方に傾く可能性は低い。

しかも捕まっているのは自国民ではないのだ。

尚更省みられる可能性は低いだろう。

それを厭うから、というのは、結局のところそうしたいからしているということに他ならないのである。

「ま、ここで見捨てちゃったら寝覚め悪いしね。でもまだ大事なのはこれからなわけだし、とりあえず今考えるべきことは、どうやったら今度こそ成功させられるかってことかな」

謝罪にしろ感謝にしろ、それらの言葉を受け取るのは全てが終わってからのことだ。

そのためにも、アレンは地図に視線を向け直すと、さてどうしたものかとこれからのことを考えるのであった。

悪魔の潜む森

視界に広がる広大な森を眺めながら、アレンは息を一つ吐き出した。

その入りの場所から中を見るだけでも、辺境の地にある森よりも遥かに深いということがよく分かる。

なるほどここならば、悪魔が拠点を構える場所として色々な意味で相応しそうであった。

「さて……とりあえずは、目に見えてる範囲で問題はなさそう、かな？」

「まあ、さすがに森全体を監視するなんて無駄なことはやってねえでしょうしね」

「魔物の気配もねえな。って、それはいいんだけどよ、ここを監視してるはずのやつらの姿もねえ気がすんだが？」

「んー……どうやら監視は監視でも、対魔物に特化してるみたいだね。森の外周部に結界を張って、魔物が触れた時だけ知らせるタイプかな？」

機能を限定することで長時間調整の必要がなく稼動するようにし、さらには間違いも起こりにくくしているようだ。

この森の周辺は万が一のことを考え、町どころか村すらも作られていない。

そんなところでずっと目視での監視を行わないで済むように考えられたものなのだろう。

「随分と手抜きっていうか……監視がそれでいいのかなー？　まあそのおかげでアタシ達は怪しまれずに森に入ることが出来るわけだけどさー」

「……でも、ここでジッと見張ってろっていうのも酷？」

「その分別のとこに人手を割けるわけですしね。そう考えれば、まあ、仕方のねえことだとは思うです」

まあ、この辺はヴェストフェルト公爵領ですらないのである。

そういったことはアレン達が考えることではないし、そもそも今までそれで上手くやってこれているのだ。

尚更口を出すようなことではあるまい。

「ま、とにかく行くとしようか。折角ここまで急いできたんだしね」

ここでグダグダやっていたら意味がない。

互いに顔を見合わせ、頷き合うと、森の中へと足を進めた。

「……外から見ただけでも分かってたですが、やっぱ大分深い森ですねえ。しかも人の手が全然入ってねえですから、あっちの森よりもこっちの方が辺境の地って感じがしやがるです」

「こっちは辺境ってよりかは未踏の地って感じじゃねえか？　獣道すらろくになかったり奥に進むにつれて薄暗くなっていったり、何か出そうな雰囲気すらあるぜ。まあ実際にこの先に悪魔の拠点がありやがるわけだけどよ」

「……逆に明るい雰囲気だったら困る？」

「まあ確かに、変に整備されてたり程よく伐採されてて明るい雰囲気だったりしたらそれはそれで怪しいよね」

ちゃんとした道があったりしたら、怪しんで通ることはなさそうだ。

まあ、そういったものがあろうがなかろうが、結局は警戒することに変わりはないのだから、どちらでも違いはないのかもしれないが。

そんなことを話しながら、アレン達は森の奥へと進んでいく。

無論警戒しながらであり、それを考えれば本来ならば話をすべきではないのだろう。

声を抑えているとはいえ魔物に聞こえてしまうかもしれないし、あるいは聞こえてしまう先は悪魔かもしれない。

万全を期すのであれば、黙々と進むべきではあった。

だが先は長く、人の集中力というのはそれほど長く持続するようには出来ていない。

そもそもの話、ここでそこまで集中し警戒する必要があるのか、という問題もある。

悪魔の拠点に侵入してからが本番だということを考えれば、ここは程よい警戒を保ち続けるためにも、会話をしながら進むべきだ。

という結論を予め出していたために、アレン達は現在の状況にもかかわらず話を続けていたのである。

当然と言うべきか、今は会話をしていても問題のない状況だから、ではあるが――。

――全知の権能《コード・アカシック》：天眼通。

「っと……」

瞬間、アレンは右手をその場で上げた。

その途端皆が一斉に口を閉ざし、周囲を探るような目で見始める。

今のは予め決めておいた合図の一つであり、近くに魔物の姿あり、というものだ。

ただし近くとは言ってもこちらの声が届かない程度の距離はあるし、木々が生い茂っているために皆の目からは見えないし、気配も感じ取れてはいないだろう。

アレンも全知を展開していなければ分かったかは怪しいところである。

というのも、どうにもこの森は認識を阻害する効果があるようなのだ。

しかも結界などによるものではない、自然に形成されたものである。

そうでなければ、見えていないとはいっても、アキラあたりならば気配を感じ取れていたはずだ。

あるいは悪魔達がここに拠点を築いたのも、これがあったからなのかもしれない。

阻害の効果は無差別に発揮されるようだが、だからこそ余程奥深くにいくか、確信を持っていなければ、ここに悪魔がいることに気付くことはないはずだ。

本当にここは拠点を築くのに適した場所なようである。

しかしその効果は、悪魔にだけ有利に働くわけではない。

いや、むしろこの状況においてはアレン達の方にこそ有利に働くと言って良いだろう。

既に悪魔達がここにいるということは掴んでいるし、その効果のおかげでアレン達は悪魔や魔物から見つかりづらいのだ。

これ幸いと、口を噤んだまま、慎重に先へと進んでいく。

そうしてしばらく歩くと、僅かに開けた場所へと出た。

頭上からもほんの少しだけ多くの日の光が差し込んできており、まるで深い森の中に存在している休憩所のようだ。

だがそこは、実際にはそんな生易しい場所ではなかった。

安堵するように息を吐き出したアンリエット達に視線を向けると、指先だけで左を見るよう示す。

どういう意味かと首を傾げるが、素直にそちらへと顔を向け……皆が一斉に息を呑んだ。

「……っ」

その方向にいたのは、魔物だ。

それも見上げるほどに大きな、十メートルはあろうかという巨大な亀のような魔物であり、そんなものが五メートルも離れていない場所に鎮座していたのである。

驚くなという方が無理というものだろう。

しかし慌てて向けられた視線に、アレンは肩をすくめて返した。

余計なことをしなければ気付かれる心配はなさそうだからだ。

アレンも初めて見る魔物なのだが、そんな魔物が相手でも全知は正確な情報を与えてくれる。

そして全知によれば、この魔物は音に対しては鈍感なようなのだ。

向こうを向いているし、喋ったり派手な音を立てたりしなければ、気付かれる心配はない。

もっとも、本来はその分気配に敏感らしいので、この森でなければ戦闘になっていたに違いない。

それなりに血気旺盛な魔物であり、自らの縄張りにやってきた生物には問答無用で攻撃を加えるという。

亀のような外見をしているだけあって甲羅が硬く、鍛冶師泣かせな魔物らしい。

レベルも50と無駄に高いので、ここは無視して進むべきだ。

そんなこちらの意図が伝わったのか、止めていた足を再開させれば、皆も黙って付いてきた。

それでも気になるのか、アキラやクロエは時折後ろを振り返っていたが……おそらく二人の考えていることはまったく異なるものだろう。

だが何事もなく距離を離すことに成功し、もう大丈夫だろうと思えたところでアレンは口を開いた。

「皆、もう喋っても大丈夫だよ」

「っ……はぁ。さすがにちと肝が冷えたですね」

「ここに入ってから妙な感覚がすると思っちゃあいたが……なるほど、気配を掴む感覚が曖昧になってやがんのか？」

「……隠遁系？　あんな近くにいたのに、アレンに指摘されるまで何の気配も感じなかった」

「まあ似たようなものっぽいね。ただ気配に限定されてるから、下手に戦闘でも行ったらすぐにバレちゃうだろうけど」

「戦い甲斐のありそうなやつだから、ちと戦ってはみたかったんだけどな……」

予想通りのアキラの感想に、苦笑を漏らす。

聖剣は効果がありそうだったので、戦ったところでアキラが負けることはないだろうが、間違いなく大音量の戦闘音が奏でられる。

さすがに許可するわけにはいかなかった。

「ま、戦えなかった分の憂さは悪魔で晴らしてもらうしかないかな？」

「分かってるっつの。ただ、この件が片付いたらここに遊びに来るのもありだな」

「まあそれは好きに……っと」

再び右手を上げ、アキラからまたかとでも言わんばかりの視線を向けられるが、こちらに言われてもどうしようもないことである。

目を細めて前方を眺め……一つ息を吐き出す。

どうやら今のと同じ方法を取ることは出来そうになかったからだ。

前方にいる魔物は、フェンリルという名であった魔物と同種の存在のようである。

そしてあの種は体質的に力場の影響を受けにくいらしく……要するに、ここの認識阻害の効果も半分程度しか受けていないのだ。

さらに言えば、その魔物の現在の認識範囲にアレン達のいる位置はギリギリで含まれてはいないが、ここから移動しようと思えば間違いなく引っかかる。

かといって引っかからないように移動するには少々面倒そうなので……ここは、仕方があるまい。

そう結論付けると、アレンは右手を上げたまま掌を水平にし、そのまま下ろした。

この場に待機の合図だ。

その上で――。

――剣の権能《ワールド・エンド》：神速。

瞬間視界から色が消え失せ、時間の流れがゆっくりに感じられるようになった中を、一気に駆けた。

背中に視線を感じるような気がするのを気のせいだと断じ、魔物との距離を一瞬で詰める。

懐に飛び込んだ時には魔物も何かを感じたように動き始めたが、遅い。

——剣の権能《ワールド・エンド》：一刀両断。

余計なことをされる前に、問答無用で両断した。

直後に視界に色が戻り、時間の流れも元の速さに戻る。

「ふぅ……よし」

真っ二つになった魔物がその場に倒れたことで僅かな地響きがしてしまったが、それは仕方があるまい。

周囲を眺めてみるが、特に問題はなさそうなのでよしとする。

と、そんなことをしている間に、アキラ達が追いついてきたようだ。

後方から姿を現した四人の姿に、あれ？　と首を傾げる。

「待機はまだ解除してないと思うけど？」

「すぐに追いかけたところで、お前ならその間に終わらせてんだろ。……ちっ、相変わらずな野郎だ」

真っ二つになった魔物を眺めながらアキラがどことなく悔しそうに舌打ちを漏らすが、フェンリルの同種とはいえ、身体の大きさは一回り小さいし、レベルも１０は低かった。

正直今のアキラならば、真っ向から戦っても普通に勝てる相手だろう。

勝てるとは言ってもさすがに瞬殺するのは無理だろうから、アレンが倒してしまったが。

「その差に悔しがってんじゃねえかと思うんですがね」

「……相変わらず非常識？」

「まあいいさ。差が実感出来るってことは、差が縮まってるってことだ。見てやがれ？　そのうちお前と同じこと……いや、それ以上のことが出来るようになってみせるからよ」

「……それは楽しみだね」

その言葉は本心からのものであった。

むしろ早くそうなって欲しいとすら思う。

アレン以上のことが出来るということは、全てをアキラに任せることが出来るということだ。

それだけアレンが平穏に暮らすことが出来る可能性が高まるということなので、是非とも頑張って欲しいところである。

しかし、今はまだアキラはそこまで到達してはいない。

ならば、アレンも今しばらくは頑張る必要があった。

ともあれ。

「さて……それじゃあ、引き続き先に進むとしようか。気を引き締め直して、ね」

ここまで順調に進めているとはいえ、遭遇した魔物は二体とも状況次第では厄介なことになりかねない相手であった。

森の様子も予想外ではあったし、順調だからといって気を緩めることは出来ない。

現場の状況が分からなかったため、作戦と方針は大雑把に決めただけだったのだが、やはり正解だったといったところか。

この先もきっと柔軟な対応が必要になるに違いない。

そんなことを思いながら皆と頷き合うと、アレンは再び森の先へと足を進めるのであった。

森の中心

幾度となく魔物との遭遇を繰り返し、時には撃退し、時には気付かれないようやり過ごしながら、アレン達はようやく森の中心へと辿り着いた。

そう断言出来るのは、そこに辿り着いた瞬間森が開けたのと、視線の先には洞窟の入り口のようなものがあったからだ。

「……ある意味らしいと言えばらしい？」

「まあ、砂漠にあったアレみてえに人工物があったらバレバレですしね。万が一見つかった時のことも考えれば、真っ当だと思うです」

ミレーヌの言葉に頷きながら、アンリエットが空を見上げたのは、現在位置を確認するためだろう。

中心部に向けてアレン達は真っ直ぐに歩いてきたつもりだが、少しのずれもなかったかと言われればさすがに自信はない。

偶然それらしい場所に当たったという可能性もあるため、確認は必要だ。

「それに異論はねえが、で、ここで合ってんのか？　悪魔の拠点だと思って勇んで向かったら実は違ってましたなんてことになったら、さすがに間抜け過ぎるしな。二度目の空振りは御免だぜ？」

「大丈夫だとは思うけどね。僕が視たのも、ちょうどここら辺からあの洞窟の入り口あたりを見たような光景だったし。この規模の森なら洞窟のようなものが他にもあっても不思議はないけど、さすがに似たようなのはないだろうしね」

「そうですね……とりあえず、ここが森の中心部で間違いはねえようです。アレンが視た光景とも一致するってんなら、アレが拠点への入り口ってことで間違いねえんでしょう」

アンリエットのお墨付きも貰えたのであれば、やはりあそこが悪魔の拠点への入り口だと確定してしまって構うまい。

ただし、だからこそ、ここから先は今まで以上に気を引き締める必要がある。

「ここまで来る間に、悪魔からの監視ようなものは感じられなかった。多分それにはこの森の特性も関係があるんだろうけど……」

「だからこそ余計にこの中はしっかり監視されてると思って間違いねえでしょうね」

「ま、だろうな。でもじゃあどうすんだ？　アレンが一気に攻め落としでもすんのか？」

アキラの言葉は冗談交じりではあったが、幾分かは本気で言っているようにも感じられた。

確かに、可能か否かで言えば可能ではあるだろう。

だが前提として、内部の状況と構造を把握出来ているのならば、という条件を満たしていればの話である。

その条件を満たす事が出来ない以上はさすがに無理だ。

「あ？　何でだよ？　お前らは透視系の力が使えんだろ？　それで中を覗けばいいじゃねえか」

「透視系の能力は万能ってわけじゃないからね」

「見ることが出来るってことは、見られる可能性があるってことでもあるですからね。まあアレンならそこまでのヘマはしねえでしょうが、それでも見られてることに気付かれる可能性はそこそこあるです」

アレンが砂漠の拠点で感じ取ったのと似たようなものだ。

それなりの使い手がいれば間違いなく覗いていることに気付かれてしまうだろうし、おそらく砂漠の拠点であったあの悪魔は気付くことが出来るだろう。

そしてそれはつまり、襲撃を知らせることと同義である。

どうしても必要であるならばともかく、出来れば避けるべきことであった。

「ちっ……さすがにそう何でもかんでも都合よくはいかねえってことか」

「……でも、じゃあどうする？」

「んー、そうだね、一応幾つか考えてることはあるんだけど……その前に一つ。クロエ、大丈夫？」

「………………っ、えっ？」

声をかけられるとは思っていなかったのか、数瞬遅れてクロエが反応を返した。

その顔には驚きが浮かんでおり、しかしその反応の遅さこそがアレンが声をかけた理由だ。

「だ、大丈夫って、何が？　アタシは見ての通り、何の問題もないよ？」

「本当にそうなら、僕もわざわざ大丈夫かなんて確認しなかったんだけどね」

「……そういえば、クロエさっきからずっと喋ってない？」

「あー……言われてみりゃそうだな。確かに、大丈夫なのかどうか確認する必要はありそうだ」

「うっ……」

全員の視線を受け、怯むようにクロエは身を仰け反らせた。

それでも見続けていると、見られることに耐えられなくなったのか、僅かに顔を逸らす。

それから、その口から諦めたような溜息が吐き出された。

「はぁ……何で分かっちゃうかなぁ。まあ、そうだねー……大丈夫かどうかで言えば、正直あまり大丈夫じゃないかなー」

「何か思い出しでもした？」

「そういうんじゃないんだけどねー。ほら、ここに来る前にも言ったみたいに、中でのことなら少しは覚えてるからさ。これからまたそこに、自分から行くんだと思うと、やっぱりどうしてもねー……」

そう語るクロエの身体は、僅かに震えていた。

そんな姿を眺めつつ、アレンはふーむと呟く。

「まあ確かに、当然のことっちゃあ当然のことではあるですね」

「んー、そうだね……じゃあ、ここで待ってる？」

「ちょっと、それもそれで、厳しいかなー。ここで一人で待ってる度胸はないし……それに、ここまで来ておきながら後は任せきりにしちゃうっていうのも、どうかと思うしねー。まあ、足手まといだから来るなって言われたら大人しく待ってるけど……」

「そんなことを言うつもりはないけど……うん。よし、なら、ミレーヌに任せるとしようかな」

「……？　ミレーヌ？　何が？」

「どうやって侵入するのかについては、ミレーヌに任せようってこと。ミレーヌ主導なら、クロエも少しは安心出来るだろうしね」

その言葉に、ミレーヌはしばらく首を傾げたままであったが、やがてどういうことか理解したらしい。

クロエのことを見つめながら、こくりと頷く。

「……分かった。それでクロエが少しでも安心出来るなら、やる」

「……本当に今ので何するか分かったのか？　オレは分かんなかったんだが……」

訝《いぶか》しげな顔をしてアキラがこちらを見つめてくるも、ミレーヌが分かったようなのだから問題はあるまい。

それにどうせアキラにもすぐに分かることだ。

「……手」

「いえ、そうやって両手を横に出されても……まあ、握れって意味なのは何となく分かるですが。それって、全員がミレーヌの手を握る必要があるんですか？　それとも、間接的にでもいいんですか？」

「……間接的でも大丈夫なはず？」

「そこは自信持って欲しいとこかなぁ……」

そう言って苦笑を浮かべながらも、とりあえずは言われた通りに動く。

右手はクロエが、左手はアレンが握ることになり、クロエとアキラが、アレンとアンリエットがそれぞれさらに手を繋ぐ。

そして、その状態で無造作にミレーヌが洞窟に向かって歩き出した。

「って、おいおい、手を繋いだだけで歩き出したんだが？　大丈夫なのかよ、本当に……？」

「まあ不安になるのは分かるけど……なら、自分の足元見てみればいいんじゃないかな？」

「足元？　足元がどうか――うおっ!?　オレの足が……!?」

アキラが驚くのも当然のことだろう。

何せアキラの——否、ミレーヌと手を繋いだ全員の足が消え失せていたのである。

驚かないわけがあるまい。

「えっ、ええっ⁉　アタシの足も……って、でも、地面を歩いてる感覚はあるよ？」

「……見えなくなっただけだから、当然。あと、外からはまた違って見える」

「完全に姿が見えなくなってるだろうね。一瞬でも手を離してみれば分かるんじゃないかな？」

「どれどれ——って、確かに手を離した瞬間お前らの姿が消えたな……なるほどな、これで侵入するってわけか」

「そういうこと」

これが案の一つだった、というわけだ。

ただ、相手の能力次第ではバレる可能性もあるため、過信は出来ない。

あとは五人中三人の手が塞がってしまうため、いざという時に危険でもある。

少しでも危険を減らすためにアレンが端だった方がよかったのだが、ミレーヌが手を繋ぐ相手としてクロエとアレンを指定してきたため仕方があるまい。

まあ、しっかりと警戒していれば、バレたとしてもそれほど問題はない……はずだ。

その時はまた別の問題が発生するものの、その時はその時である。

「透明になる、か……ミレーヌ、いつの間にかこんなことも出来るようになってたんだね。……やっぱりミレーヌは器用だなぁ」

と、クロエがミレーヌを眺めながら、ふとそんな呟きを零した。

そこには色々な思いが込められているように聞こえ……しかしそのことについて問いかけている暇

はない。

目の前に、洞窟が迫っていたからだ。

そして。

「……透明になるって言っても、本当に見えなくなるだけ。声は響く」

「つまりこっから先は黙る必要があるってことですね」

「厳密には、喋るのは必要最小限且つ喋る時も可能な限り抑えて、ってとこだな」

「だね。さて、じゃあ……悪魔の拠点へと、お邪魔するとしようか」

そんな言葉と共に、アレン達は悪魔の拠点へと足を踏み入れたのであった。

薄暗い中で

薄暗い洞窟の中を、ゆっくりと先に進んでいく。

一見するとただの洞窟にしか見えないが、ここは既に悪魔の拠点である可能性が高いのだ。

さすがのミレーヌも緊張を隠せず、こくりと喉を鳴らす。

それにアキラによれば、砂漠にあった拠点では魔物が所々に配置されていたという。

魔物の中には特殊な力を操るものもいれば、人よりも遥かに感覚の鋭い存在もいる。

今のミレーヌ達は姿が見えないというだけなので、気付かれてしまう可能性は十分に有り得るのだ。

森そのものが天然の要塞と化しているためここにも魔物が配置されているかは不明だが、油断出来ないことに変わりはない。

慎重に、焦らず、それでいて必要以上に怯えることのないよう、警戒を続けながら足を動かしていく。

実のところ、ミレーヌは悪魔の拠点に来るのがこれが初めてである。

砂漠には同行したものの、悪魔が既に引き払っていたあそこは厳密な意味では拠点とは呼べまい。

ミレーヌが悪魔の奴隷をやっていた時は、各地を転々としていただけだったのである。

他の悪魔に会ったことはあるが、拠点に寄ることはなかったのだ。

そのため、内部がどうなっているのか、悪魔達が拠点何をしているのか、ということを予測するのは非常に難しい。

中心となっている現状ミレーヌが先導しなければならないのだが、正直なところどう動いたものか迷っていた。

無論のこと、優先とすべきことが何であるのかは理解している。

まず優先すべきは、情報を得ることだ。

故郷の人達を助ける、というものでないのは、そのためにも捕らえられている場所を知る必要があるし、何よりも本当にここに捕らえられているのかを知る必要があるからである。

アレン達が掴んだ情報である以上は、ここが悪魔の拠点であるのは間違いないのだろう。

砂漠で遭遇したあの悪魔がここに逃げてきたということも含め、疑う理由はない。

だがそうだとしても、ここに故郷の人達が捕らえられているとは限らないのだ。

最初からここに連れてこられていない可能性もあれば、別のところに移動した後な可能性もある。

だからこそ、まずはそこを調べる必要があるのだ。

とはいえ――。

「……どうするべき？」

小さい呟きと共にミレーヌが見上げた先は、やはりと言うべきかアレンであった。

自分でも少々アレンに頼りすぎであることは自覚しているものの、これは仕方のないことでもある。

今までのことを考えれば、間違いなくこの中で最も頼りになるのはアレンなのだ。

クロエのことは親友だと思ってはいるが、こういう時に頼る先ではない。

それに、おそらく今はそもそも頼ること自体が難しいはずだ。

既に繋いだ手から伝わってくるものは温もりだけとなっているが、手を繋いだ直後は僅かではあるが震えていたのである。

今も落ち着いたというよりは我慢しているだけにしか見えず、どちらかと言えばミレーヌの方が頼られ支えなければならない立場であった。

昔からクロエには世話になっているのだし、こういう時こそ役に立つべきだ。

それはミレーヌが最近やりたいと、やろうと思っていることとも合致している。

今こそ昔とは違う自分を見せる時であり……だがそう決意したところで、人の得意不得意というものは簡単に変わるものではない。

そして正直なところ、クロエはあまり考えることが得意ではないのだ。

適材適所とばかりにアレンのことを見つめれば、アレンは苦笑を浮かべた。

それから、繋いだ手の甲を軽く二回叩いてくる。

このままで問題ない、という合図だ。

どうやらとりあえずは、適当に歩いてみる、という方針でいいようである。

頷きを返すと、安心してそのまま足を進めた。

洞窟の中は薄暗くはあるも、視界が利かないということはない。

壁が僅かに発光しているからだ。

しかし似たような光景だけが続き、今のところは魔物の姿もない。

まあ、天然の洞窟であるらしく、歪な形に広がっているその場所は、五人が並んでもまだ余裕がある程度には横に広いが、高さはアレンがその場で跳べば届いてしまうだろう程度しかないのだ。

魔物が下手に暴れてしまえば崩落の危険もあることを考えれば、さすがにここには置けないのだろう。

だがそんなことを考えながら歩いていると、不意に視界に変化があった。

「……さらに奥に続く穴……下に続いてる？」

「みたいだね。ただ、狭いなぁ……二人は厳しいし、一人ずつ、かな？　ミレーヌのこれって、手を繋ぐ以外でも大丈夫だよね？」

「……問題ない」

「なら、念のためにアレンを先頭にしとくべきですかね？」

「だな。認めるのはシャクじゃあるが、オレじゃ応用力が足りないからな。オレは素直に最後尾につくぜ」

「了解。じゃあ僕の後ろがミレーヌで、アンリエットはアキラの前かな？」

「むぅ……ちと気にいらねえですが、まあここは我侭《わがまま》言う場面じゃねえですか」

素早く状況を確認し、方針と隊列を決めると、アレンが繋いでいた手を離し、先頭に立った。

手を離してしまったことでアレン達の姿は見えるようになってしまったが、当然、問題ないと考えてのことだろう。

しかし状況を考えれば、なるべく早く再開すべきだ。

そのままアレンの腰に抱きついた。

「……えーと、ミレーヌ？」

「……身体の一部が接触してればいいから、これで問題ない。あとはアキラがミレーヌの肩を掴んで歩けば完璧」

「アレンがどう考えても歩きにくいあたりどう見ても完璧から程遠いじゃねえですか」

「つーか一部って自分で言っときながら全身で接触してんのはどういうこった。まあ別にオレはそれでも構わないけどよ」

「いや、僕が構うかな。慎重に歩かなくちゃならないから歩くことそのものは実際それほど問題にはならないだろうけど、いざって時に困るしね」

「……残念」

無論冗談……半分ぐらいは冗談なのでさっさと離れ、少し考えた末に服の裾を掴む。

さっきは身体の一部と言ったものの、実際にはこれでも問題はないはずだ。

周囲から何か言いたげな視線を感じるが、無視しつつクロエへと視線で促す。

それだけ分かったらしく、クロエはミレーヌの肩を掴み……そんなクロエの姿を横目で眺めながら、ミレーヌは僅かに眉をひそめた。

相変わらずクロエの様子が少しおかしいからだ。

クロエが混ざる必要がなかったとはいえ、会話にもまったく参加しなかったし、気もそぞろといった様子である。

やはり自分が一緒にいるというだけでは心の安定は得られないということか。

だがそのことを悔しくは思うものの、ミレーヌが眉をひそめたのはそれだけが理由ではない。

どことなく妙だとも思ったからだ。

ミレーヌの知るクロエというのは、ぶっちゃけるとかなり能天気な性格をしている。

なのにここまで静かに行動するだけだというのは、違和感を覚えるほどなのだ。

確かに悪魔の拠点に来ているのだし、緊張したり怯えを感じたりするのは当然ではあるだろうが……それでも、過剰な気がした。

それとも、そう感じるのはミレーヌが助けられてから時間が経っているからだろうか。

ミレーヌもまた悪魔の拠点に来て思うところがあるとはいえ、正直その思いはかなり薄くなっている。

一般人が悪魔に対し感じるのに比べれば多少強いぐらいだろう。

それに対し、クロエが助けられたのはついこの間のことである。

そう考えれば、別におかしくもないのかもしれないが……。

まあ、妙だと思ったところで、具体的に何がとか、何故だとか、そういったことが思い浮かぶわけではない。

大体何かあれば、多分アレン達が先に勘付いているだろう。

ということは、単にミレーヌが考えすぎているというだけなのかもしれない。

何せ、どう見てもここからさらに悪魔の拠点の奥深くへと向かおうかというところなのだ。

多少神経質になってしまったとしても、仕方ないに違いない。

……そうであればいいと、そうであって欲しいと、そんなことを思いながら、ミレーヌは薄暗くなっていく先を眺めつつ、アレンに続いて狭い洞穴の中へと足を踏み出すのであった。

縦穴

狭い洞穴を抜けた先にあったのは、広大な空間であった。

天井までの高さは十メートルほどあり、奥行きはその倍はあるだろう。

だが最大の特徴は上でも横でもなく下で、底の見えないほどの縦穴が眼前には存在している。

その穴の外周を描くように道が出来ており、アレン達が今いるのもそのうちの一角だ。

幅は二メートルほどあるため歩いても落ちる心配はなさそうだが、色々な意味で驚きの場所であった。

「この森にこんな地下空間があったんだねえ……」

「しかもさっきの場所と同じようにここも見た感じ自然に出来たもんっぽいですね。こんなとこをよく見つけたもんです」

「悪魔の拠点を探したら見つかったのは巨大な縦穴、か。ま、これもまたらしいっちゃらしいな。にしても、あいつらこんなとこに住んでやがんのか？」

「んー……どうだろうね？　とりあえず今のところ人影みたいなのは見つからないけど……」

そんなことを言いながら、アレンはその場を見渡す。

広大な空間こそ広がってはいるが、その大半を占めているのは縦穴だ。

当然のように生活出来るような場所ではなく、ここで暮らそうと思えば壁に穴でも開けて住居用の空間を確保する必要があるだろう。

しかしむき出しの岩肌がのぞいている壁には、たった今アレン達がやってきた場所を除けばそういったものはないように見える。

つまりは、少なくともこの周辺には誰も住んでいない可能性が高いということであり――。

「……よく見たら、下にもここと同じような通路がある？」

「どっかに下に向かうためのもんがあるってことか……さすがに悪魔だろうとここから直接飛び降りようとはしねえだろ」

「だね。んー……おそらくは一番奥かな？」

ここからは距離があるために見えないが、きっと一番奥にこの場をぐるりと回っている地面とは別に下へと繋がっている道があるのだろう。

あるいは途中のどこかかもしれないが、少なくともこの周辺に下へと向かうための場所がないのは確実だ。

「まあとりあえずは歩いてみるしかねえですかね」

「身を隠す場所一つ見当たらない場所を歩くとか、普通なら見つけてくれって言ってるようなもんだが……本当にミレーヌのギフトってのは便利だな。ただ、この調子で最後までもつのか？　ずっと発動しっぱなしってことは、消耗も激しいだろ？」

「……少なくとも、まだもつ」

「まあ状況次第では、どこかで休息を取ったり一度撤退したりすることも検討に入れるべきかもね？」

正直なところ、足音にまで気をつけなければならないためアレン達の進行速度は遅い。

しかも予想外に悪魔どころか魔物の姿すらもないため、今のところここの情報はまったく得られていない状況だ。

この縦穴もどこまで続いているのか分からないし、気配どころか物音一つ聞こえないことを考えれば、ここは通過点の一つでしかない可能性もある。

もしもそうであったのならば、本当の拠点を発見次第一度引き、態勢を整えてから再度改めて拠点へと向かうことも考えるべきだ。

「あー……まあ、アンリエット達が捉えたのは、あくまでもあの悪魔がここに入っていくってことだけですしね」

「確かに、ここまであいつらの痕跡一つねえってことは、ここがまだ拠点じゃねえってことも考えるべきか」

「……ただ、少なくとも無関係ってことはなさそう？」

「僕達が視たってこと以上に、魔物の姿すらもないのは不自然だしね」

森にいた魔物は巨体が多かったためにここまで入ってくることは出来ないだろうが、ならば洞窟の中をねぐらとすればいいだけだ。

しかしその痕跡一つ見つからないということは、意図的にそうされている可能性が高いということである。

そしてそんなことをするのが何者であるのかなどは今更言うまでもあるまい。

そんな推論を裏付ける証言があれば助かるのだが……ちらりと視線を向けてみるも、相変わらずクロエは僅かに俯いたまま口を閉ざしている。

まあ、このまま進んでいけば、話を聞くまでもなく分かることだ。

敢えて無理に話を聞く必要はない。

「さて……とにかく行ってみるとしようか」

ここで話をしていたところで、これ以上は推論の域を出ることはないだろう。

周囲の警戒を続けながら、アレン達は奥へと足を向けた。

†

幅が多少あるとはいえ、無理をして横に並ぶ理由はない。

洞穴を抜けた時と同じようにアレンを先頭としながら、慎重にアレン達は先へと進んでいく。

もっとも、見通しの良い場所であり、広間として考えればそれなりの大きさではあるも、歩行距離として考えたらそれほどでもない。

慎重に歩いたと言ってもそれほどの時間がかかることはなく、見た目通りに何事もなくアレン達はそこへと辿り着いた。

「予想通り一番奥に下へと向かうために道があった、か……」

「道幅はこれまでと同じぐらいで、傾斜は緩やかですね。特に危険なこともなさそうです」

「薄暗いとはいえ、目が慣れてきたからそこそこ見えるしな。ただ……どうすんだ？　まあこのまま進んでも問題はねえとは思うけどよ」

アキラからの言葉に、即答することはなくアレンはその場を軽く見渡した。

アレン達がやってきた側には何もなかったが、もう片側も同様だとは言い切れない。

まあほぼそうだとは思うものの、万全を期すならばそちらも調べるべきではあるだろう。

あるいは、そのついでに休息を取るのもありかもしれない。

洞穴の近くにいれば万が一何かがあったとしてもすぐに気付く上に対応も容易だ。

この先がどうなっているのかが分からないことを考えれば、割と悪くない選択である。

だが、この中で最も休息を必要としているだろうミレーヌが首を横に振った。

「……少なくとも、休む必要はない」

「んー、ミレーヌが良いって言うんなら尊重するつもりではあるけど……無理はしないようにね？」

「……分かってる。いざという時に足を引っ張ったら意味ない」

「それが分かってんなら問題はねえだろ。あとはもう片側も調べるかどうかか？」

「個人的には必要ねえと思うですがね。はっきり見えてはいなかったとはいえ、何もなかったように見えたですし」

アレンも同感ではあったが、念のためにミレーヌとアキラに視線を向けると、二人も頷きを返してきた。

最後にクロエを見つめると、小さく、だがはっきりと頷いたので、決まりだ。

そのまま奥の道へと足を進めた。

先ほどアンリエットが言ったように、傾斜は緩やかなので歩きやすい。

それほど時間をかけずにアレン達は坂道を歩ききり、再び通路へと降り立った。

しかし視界に映るのは、先ほど歩いていた場所と大差ない光景だ。

違いがあるとすれば五メートルほど上に先ほど歩いた場所が見えるというだけであり、ざっと眺めた限りではやはりここの壁にも穴などは開いていないそうである。

「ま、それは分かってたことか」

「ここに誰かが住んでやがったら、気配感じ取れたり物音聞こえたりするでしょうしね。まあどっちも抑えられてるって可能性もなくはねえですが……」

「その時はオレ達の侵入がバレてるってことだしな。ま、さすがにねえだろ」

「……やっぱりここはただの通過点？」

「それはまだ何とも言えないところかなぁ……」

縦穴の奥を覗き込んでみるも、相変わらず底は見えない。

ならばここのどこかに住んでいる可能性は否定出来ないし、だが敢えてこんなところに住む必要があるのかという疑問もある。

とはいえ、結局は進んでみなければ分からないことだ。

「まあ、とりあえず引き続き――」

歩いてみようかと、そう続けようとした時のことであった。

僅かに、しかし確実に何らかの音を、アレンの耳が捉えたのだ。

そしてそれは気のせいでなければ、この縦穴の奥から届いてきたものである。

再び縦穴へと視線を向けると、その奥を見通すように、アレンは目を細めた。

届いた音

当たり前のことではあるが、暗闇の先へといくら目を凝らしたところで、その先が見えるようになったりはしない。

幸いにもと言うべきか、アレンにはそれを可能とする術を持ってはいたが、それは諸刃の刃でもある。

たとえ一瞬だとしても、何かを行使したことに気付かれてしまう可能性があるからだ。

潜伏中である現状、下手な手は打つべきではない。

だが。

縦穴の奥を見つめていると、再び何かの音が聞こえてきた。

それが気のせいではないのは、音が聞こえた瞬間にアンリエット達も反応していたことからも明らかだろう。

最初の音が聞こえていたのかは定かではないが、アレンにつられて縦穴の奥を眺めていたのだとしても今のは確実に聞こえたはずだ。

視線を向ければ、しっかりとした頷きが返ってきた。

「何かを砕いたような音が聞こえた気がするです」

「悲鳴のようなもんが聞こえた気もするな」

アンリエットとアキラが言葉少なめに、しかも今までよりもさらに声量を抑えてそう告げたのは、おそらく向こうの音が聞こえたということはこちらの声も聞こえる可能性がある、ということを考えてのものだ。

実際には先ほどまでと同じ声量で問題はないとは思うものの、万が一のことを考慮するのは間違いではあるまい。

アレンは二重の意味での同意を示すため、頷きのみを返し――三度、音が聞こえた。

相変わらずはっきりとは聞こえないものの、先ほど同様何かを砕いたような音に聞こえる。

おそらくは、足元の地面を砕けば、こんな音となるのではないだろうか。

ただ、残響音のことなども考えれば、その場所はかなり先だ。

百メートル……いや、もっと先か。

多分この縦穴の底だ。

何が起こっているのかを確かめようにも、直接確認しようと思えば間に合うまい。

そして何が起こっているのか、大体の見当は付く。

しかし何らかの行動をするにしても、まずは確信が必要だ。

逡巡したのは一瞬。

アンリエットに視線を向けると、短く用件だけを告げる。

「一瞬だけ使う」

「フォローは任せろです」

それだけで十分であった。

アキラやミレーヌが何かを言いたげな視線を向けてくるも、しっかりと説明している暇はない。

縦穴の方に向き直ると、その奥へと目を凝らした。

——全知の権能《コード・アカシック》：天眼通。

瞬間視界に映し出されたのは、二つのものだ。

褐色の肌を持つ女性と、全長三メートルほどの鷲のような姿をした魔物。

直後に『目』を閉ざし、一つ息を吐き出した。

「縦穴の底で、アマゾネスの女性が魔物に襲われてる」

「——っ⁉」

その言葉に真っ先に反応を示したのは、クロエであった。

今までの乏しかった反応が嘘のように、勢いよくこちらへと顔を向けてくる。

「さすがに詳細は分からないけど、多分皆が想像してる通りだと思うよ」

「……ま、こんなとこで魔物と戯《たわむ》れるわけはねえわな」

考えられる可能性は二つ。

悪魔が何らかの理由であの女性へと魔物をけしかけたか、あの女性が逃げようとしたところを魔物に見つかったか。

大別してしまえばそのどちらかだろう。

そしてそのどちらであろうとも、このままではあの女性の命はあるまい。

「……間に合う？」

「このままでは無理かな。走ったところで途中で何かないとは限らないし」

「そこまで深いんですか？」

「直線距離ならそれほどでもないんだけどね」

二百メートルだろうと、直線距離と考えればそれほどではない。

数秒もかからずに到達出来る距離である。

だがここの構造を考えれば、大穴の外周を何度も行き来しなければならないのだ。

単純に距離が伸びるだけではなく、手間もかかる。

足音のことなどを無視して全速力で向かったとしても、間に合う可能性は低い。

まあ、逆に言うならば。

直線で向かえばいいということなのだが。

その場を見渡すと、アレンは肩をすくめた。

「じゃ、後はよろしく」

「……え？」

突然の言葉に、クロエは戸惑ったような声を漏らし、だがそれはクロエだけであった。

他の三人は当たり前のような顔をして頷き、そのことにクロエはさらに戸惑いを濃くしていく。

しかしアレンはそれ以上の説明をするつもりはなかった。

クロエへの説明はミレーヌ達に任せれば問題ないだろうし、何よりも時間がない。

見えたのは一瞬だけとはいえ、そう判断するにはそれだけで十分だったのだ。

そして、折角救出に来たというのに、わざわざ寝覚めの悪い選択をするつもりは毛頭ない。

それによって何か問題が生じてしまうかもしれないが、まあその時はその時だ。

その何かも含めて、どうにかしてしまえばいいだけである。

そんな決意とも覚悟とも付かないことを思いながら、アレンは地を蹴ると、縦穴の奥、暗闇の先へと身を躍らせるのであった。

†

「――ちっ」

轟音と共に砕かれ、飛来してきた礫《つぶて》を叩き落しながら、イザベルは思わず舌打ちを漏らしていた。

視線の先の地面は陥没し、たった今回避したばかりの一撃が相応のものであったことを示している。

直撃すればただでは済まず、命すらも刈り取られてしまうかもしれない。

だがそんなことはどうでもいいことであった。

いや、むしろ厭うどころか、本来ならば歓迎すべきことですらある。

アマゾネスにとって強者と戦うということは、喜びなのだ。

自分の命を一撃で刈り取れるような魔物と戦うことに、歓喜以外の感情などが湧いてくるはずがない。

しかしあくまでもそれは、本来ならば、の話である。

もう一度舌を打ち鳴らしながら、首元へと手を伸ばすが、やはりそこに嵌められたものは外せそうもない。

首輪だ。

渾身の力でどれだけ引き千切ろうとしたところで、ビクともしなかった。

首が絞められて苦しいわけではない。

だが、ある意味では苦しいと感じているのも事実か。

この首輪のせいで、イザベルはギフトが使えなくなってしまったからだ。

折角強敵と戦えるというのに、こちらは本気で挑むことが出来ない。

これほど苦しく悔しく、忌々しいことが他にあるだろうか。

「ったく、何のためにこんなことさせんのかは知らないけどねえ……せめて気持ちよく戦わせろっての……！」

叫びながら、振り下ろされた前足を掻い潜り、拳を握り締める。

確かにギフトが使えなくなったのは痛いが、戦う力の全てを奪われたわけではないのだ。

ならばあるものだけで足掻くだけだと、固めた拳を眼前の胴体へと叩き込む。

鈍い音と共に、殴った感触が腕へと伝わり――。

「ちっ……やっぱ駄目かい……！」

明らかに衝撃が伝わりきっていない感触であった。

おそらくは大した痛みすらも与えられていないに違いない。

即座にその場から離脱し――一瞬、意識が飛んだ。

「ごっ……!?」

吹き飛ばされた、ということに気付いたのは、背中に感じる感触と全身に伝わる鈍い痛みからである。

しかしそれが分かっても、意味は分からなかった。

魔物の動きには細心の注意を払っていたのだ。

あのタイミングであれば、前足だろうと後ろ足だろうと、魔物が攻撃してくる前に離脱出来ていたはずである。

だというのに何故、と思いながら魔物がいるだろう方向へと顔を上げ……思わず、口の端を吊り上げていた。

「は、ははっ……なるほどねえ……アタシは『それ』で殴り飛ばされた、ってわけかい」

視線の先では、魔物の外見がつい先ほどまで見ていたのと違うものになっていた。

翼を広げていたのだ。

そのせいで、全長は今までの三倍ほどになっている。

鳥型であるのを考えれば、当然の姿ではあるのだが、今まで翼を広げる素振りすら見せなかったので、完全に油断してしまっていたようだ。

「まったく……ざまないねえ」

こっちが本気を出せないから、向こうも本気ではこないだろうと無意識に考えてでもいたのだろうか。

いや、あるいはイザベルが油断したというよりは、あの魔物が油断しなかった、ということなのかもしれないが。

だが何にせよ、結果は結果だ。

そしてどうやら今の一撃は割と致命であったらしい。

痛みが走るばかりで、ろくに身体が動く様子はなかった。

ギフトが使えれば無理やりにでも動けたかもしれないが、言っても詮無きことだ。

「ああ、くっそ……悔しいねえ……」

戦場で散るのは本望だ。

アマゾネスにとっては誉れでしかない。

しかしだからこそ、こんな不本意極まりない形で死ぬのは、アマゾネスにとっては最悪に近かった。

せめて今からでもこの首輪を外せと叫びたいものの、言ったところで無意味だろう。

そんなことをあの悪魔共が聞くわけがない。

唐突に故郷を攻められ、殺されると思ったら何故か奴隷として連れられ、地面を掘ったり不本意な力仕事をさせられたりしたと思ったら、その果てがこんな死か。

まったく以てやってられない。

そもそも、何故この魔物と戦わされることになったのかもよく分からないのだ。

見せしめとか言われたが、一体何に対してかも分からない。

不本意とはいえ皆真面目にやっていたはずだが……まあ、悪魔共が理不尽なのは今に始まったことではないかと思い直す。

思い直したところで何がどうなるわけでもないが。

結局のところ、イザベルに訪れる結末は変わらない。

それでも、ジッと魔物のことを見つめていたのはせめてもの意地だ。

ここで目を逸らすような惨めなまねなど、アマゾネスの一人として出来るわけがない。

視線の先で、魔物がゆっくりと翼を持ち上げる。

あそこからでは距離がありすぎて届くことはないだろうが……おそらくは何らかの遠距離攻撃の手段でもあるのだろう。

最後まで油断の一つもしないのは、魔物でありながらも天晴れであった。

惜しむらくは、本当にそんな魔物を相手に全力で戦えなかったことだ。

そのことだけを悔い……仲間達はせめて悔いのない死を迎えて欲しいと、不可能だろうと分かりきっていることをそれでも思い——その瞬間のことであった。

翼を振り下ろそうとした直前で、その身体が真っ二つに両断されたのである。

「…………は？」

思わず呆然とした間抜けな声を漏らし、その直後。

上空から落ちてきた何かが、イザベルの目の前へと着地したのであった。

アマゾネスの村長

縦穴の底に辿り着くなり、アレンは一つ息を吐き出した。

本当にギリギリだったからだ。

詳細は分からないが、おそらくあと数秒でも降りるのが遅ければ、魔物の攻撃が女性の命を奪っていたはずである。

その気配を感じ取ったから、アレンは慌てて上空から斬撃を叩き込んだのだ。

ただそのせいで、何も事情を話せないまま乱入したような形になってしまったからだろうか。

女性は警戒するように、アレンの姿をジッと見つめていた。

割と危ない状態だったので、とりあえず傷は癒したのだが……さて、ここからどうしたものか。

下手に話が拗《こじ》れても面倒になるだけなので、クロエ達がさっさと来て事情を説明してくれると手っ取り早いのだが。

しかしそんなことを思っていると、女性がアレンの姿を眺めたまま、唇の端を上げた。

「あの魔物を一撃でぶっ倒しちまうなんてねえ……アンタ、かなり強いね？」

瞬間、アレンは悟っていた。

先ほどから見せていた様子は、警戒していたのではなく、品定めであったようだ、と。

「色々と聞きたいことはあるんだがね……ま、細かいことはどうでもいいさね。見るからに強い、自分じゃ勝てそうにない相手が目の前にいるんだ。ならやるこた一つっきゃないだろ？」

「そこで同意を求められても困るんだけどなぁ……」

そういえばと、今更のように思い出したが、アマゾネスは基本戦闘狂な種族であった。

ミレーヌは例外のようだし、クロエは色々とあるからかそういった様子を見せないからすっかり忘れていたものの、アマゾネスとはこういう種族であるようだ。

アレンのことを真っ直ぐに見つめる瞳には興味と興奮が渦巻いており、全身から戦意が滲《にじ》み出している。

言葉では止まりそうになかった。

「さ、じゃあやろうか」

「いや、だからやろうかじゃなくて……んー、こういう時にどうやったら止められるのか、ミレーヌとかクロエに予め聞いておくべきだったかなぁ」

二人がいれば大丈夫だろうと考えていたのが仇《あだ》になったようだ。

しかし、そう呟いた瞬間、女性の戦意が霧散した。

代わりにその瞳に現れたのは、怪訝《けげん》そうな色だ。

「ミレーヌに……クロエ……？　どうしてアンタがあの二人の名前を知ってるんだい……？」

どうやら無益な戦闘は避けられそうで、安堵の息を吐き出す。

どんな時であろうとも無意味な戦闘などやりたくはないが、今であるならば尚更だ。

場所や状況を考えれば、無意味どころか不利益しか生じないところであった。

何とか回避出来たようで何よりであり……さて、だがどう説明したものか。

「んー、そうだね、別に説明するのは構わないんだけど……とりあえずは、声を抑えてもらってもいいかな？　あと、説明するにしても、もう少し後の方がいいとも思う。どうせなら本人達の口から聞いた方が手っ取り早いだろうしね」

「……へえ？　声を抑えるに、本人達から直接、か。そういやこの間からクロエの姿を見かけなくなっちゃいたけど……ふーん、なるほどねえ。ミレーヌのこととか幾つか疑問はあるけど、大体は分かった気がするよ」

そう言って頷いた女性の目には、実際に納得の色があった。

どうやら本当に今の言葉だけで大体のところを理解したらしい。

しっかり声も抑えていることも考えれば、ただの戦闘狂ではない、ということのようだ。

「とはいえ、事情を聞けるまでまだ少し時間がかかるんだろう？」

「多分ね。急いでじゃなくて、慎重に来るだろうし」

「なら、それまでちょっと手合わせといこうかい？　ああ、もちろん本気でやるってんでもこっちは大歓迎だけどね」

「いや、だからやらないってば」

やっぱりただの戦闘狂かもしれない。

女性のことを抑えられているうちにミレーヌ達が来て欲しいものだと、楽しそうな様子を隠しきれていない女性の姿の眺めながら、アレンは溜息を吐き出した。

†

女性のことを抑えられなくなってきた頃、ようやくといったところでミレーヌ達が到着した。

四人の姿が見えたことに安堵の息を吐き出し、だがミレーヌとクロエがこちらの姿を認めた瞬間、その顔には驚愕の表情が浮かぶ。

開かれた口から発された言葉にも、やはり驚きの響きがあった。

「……村長？」

「誰だろうとは思ってたけど……イザベルさんだったんだ……」

どうやらこの女性はイザベルという名であり、しかも彼女達の住んでいた村の長であったらしい。

だがそう尋ねれば、女性――イザベルは、何でもないことのように肩をすくめた。

「村長とはいっても、ただの肩書きに過ぎないさね。まあ一応あの村で一番腕っ節が強い証ではあったけど、それ以外の意味はないからね」

「ふーん……で、そんな村一番の腕っ節を持つ人物が、どうしてこんなとこで魔物に襲われてやがったです？」

「さて、それはアタシの方が知りたいぐらいなんだが……とりあえず、クロエがいるってことは、アタシがここにいる経緯は分かってるってことでいいんだね？」

「推測交じりだがな。あの砂漠にあった拠点から移動してきた、ってことでいいのか？」

「へえ……？　その口ぶりだとあそこに行った事があるみたいだけど……ま、いいさね。それで合ってるよ。で、それから今日まではしばらくある場所で放っておかれてたんだが、何故か今日になって一人だけそこから出るように言われたのさ」

「……一人？　村長って指定があったわけじゃない？」

「指定されたわけじゃないけど、一人って言われたらアタシが行くしかないだろ？　どう考えても解放するって口ぶりじゃなかったしね」

「何かそれっぽいことを言われたってこと？」

「見せしめ、とか言ってたさね」

「っ……見せしめ？」

「ああ。ただ、何に対しての、ってことは言ってなかったんだがね」

「なるほど……」

だから、何故魔物に襲われたのかは分からない、ということのようだ。

それは確かに、イザベルからすれば何のことだかさっぱり分かるまい。

「別にあいつらに逆らった覚えとかはないんだがねえ……ま、とはいえ悪魔共が理不尽なまねをすることなんざ珍しいことじゃない。今更って言えば今更の話さね」

「だがってことはつまり、ここには今悪魔共がいるってことか？」

「少なくとも、アタシはついさっき会ったばかりだねえ」

「ってことは、今のとこ上手くいってるってことのようですね」

「……そして、皆の居場所も分かる」

「だね。さっきそこから出てきたばかりって言ってる人がいるし」

「あん？　アタシ達のことを助けに来たんだろうってのは予測通りではあるんだが……もしかして、悪魔共もぶっ潰すつもりなのかい？」

「オレとしては、どっちかってーとそっちのが主目的だぜ？」

「へえ、そうかい……それは楽しそうだねえ」

そう言って口元に笑みを浮かべたイザベルは、本当に楽しそうであった。

先ほどアレンと戦おうとした時か、あるいはそれ以上に見える。

このまま悪魔達との戦闘にも加わってきそうな感じだ。

憂さを晴らす、という意味もあるのだろうが、それよりも純粋に悪魔達と戦えるということを喜んでいるように見えた。

「あいつらにゃ一度後れを取っちまったからねえ……再戦の機会があるってんなら是非ともやってみたいもんさ」

「イザベルさん……本気なの？　今まで捕まってて……それに、あの時は……」

「確かにあの時はボロ負けしちまってたさ。本来ならアタシはとっくに死んでただろうね。でも、だからこそさ。こうして生きてて、また挑めるってんだ。ならアマゾネスとしては、やらないわけにはいかないだろう？」

「っ……アマゾネスとして……」

「――って、言いたいところなんだがね。さすがにこの状態で戦うほどアタシも馬鹿じゃないさ。これがなけりゃ本当に戦ったんだがねえ……」

「ギフトを封じる首輪ですか……犯罪者相手に使われるやつの一種ですかね？」

「外すには専用のもんが必要なんだったか？　そりゃ諦めるしかねえな」

そう言いながらもアレンの方へと視線を向けられたのは、小さく肩をすくめた。

言いたいことは分かる。

アレンならば壊せるのではないか、ということだろう。

実際おそらくは問題なく壊せるとは思う。

しかしここで壊してしまえば、イザベルは本当に悪魔と戦おうとするに違いない。

折角助けに来たというのにそんなことをさせるつもりはないので、少なくともここから出るまでは壊すつもりはなかった。

「で、こっちの事情は話した通りだけど、そっちはどうなってんだい？　まさかクロエとミレーヌが一緒にいるとは思ってもみなかったさね」

「んー、じっくり話してる暇はないけど、まあ軽くだったらいいかな？　確かに気になるだろうし」

先ほどから警戒してはいるものの、周囲から特に気配らしいものは感じ取れない。

アンリエット達が何も言わなかったということは、結局ここまで来る道中にも何もなかったということなのだろうし、多少話をするぐらいならば構わないだろう。

そんなことを考えながら、とりあえずアレンはミレーヌと出会った頃のことからを話すべく口を開くのであった。

薄暗い闇の先に

縦穴の底には、横穴が続いていた。

イザベルによるとそこから来たらしいが、何も好き好んで縦穴の底にまで来たわけではないようだ。逃げていたわけではなく、攻撃を見極めるために避け続けていたら、狭い場所であったために後退する以外にすべはなく、結果的にあそこに辿り着くこととなってしまった、ということらしい。

イザベル的にはかなり不本意なことだったようだ。

イザベルの言葉が嘘でないのは、その横穴に入ってみればすぐに分かった。

魔物はアレンによって真っ二つにされてしまっていたが、その状態からでも大体の大きさを測ることは出来る。

横穴の大きさはちょうど魔物がギリギリ入れるぐらいだったので、ここで攻撃を避けようと思えば後退するしかないだろう。

そして攻撃の跡もまた、横穴の地面にしっかりと刻まれている。

その跡を見ながら、ギフトが使えていたら構わずその場で殴り合っていたんだけどねえ、などというイザベルに、ミレーヌは溜息を吐き出す。

その言葉が虚勢でも何でもないということを、ミレーヌはよく知っているからだ。

ギフトが使えないから結果的にあそこにまで逃げてくることになり、そうしてその音が聞こえたからこそアレンの助けが間に合ったということを考えれば、ギフトが使えなくなってくれていてよかったといったところだろう。

基本的には尊敬出来る村長ではあるのだが、まったく以て相変わらず困った人である。

とはいえ、ミレーヌはアマゾネスらしくないアマゾネスだ。

戦うのは得意ではないし、好きでもない。

必要とあれば戦うことを厭うつもりはないが、逆に言えば必要がなければ戦いたくはないのだ。

戦うことを至上とするアマゾネスには、自分でも相応しくないとは思う。

だがそんな自分だからこそイザベルのことを困った人だと思うのかと思えば、そうではないようだ。

クロエも似たようなことを思ったのか、イザベルのことを横目に眺めながら溜息を吐き出していたからである。

どうやらアマゾネスの中でもイザベルは度を越した戦闘好きのようであった。

そしてそんなことを思いながら、同時にクロエのことも思う。

先ほどは会話に混ざれていたクロエであるが、こちらの事情を話し終えたあたりから再び俯き気味となり、口数が少なくなってしまったのだ。

その横顔からは何かを考えているように見えるが、具体的に何を考えているのかは分からない。

イザベルと合流出来たことで、ここに皆が捕らえられているのは分かったし、このままならば助けることも出来るだろう。

もう思い悩むようなことはないはずだが……もしかしたらまだ何か懸念でもあるのだろうか。

思いつめているようにも見えるし、何か気になる事があるならば相談してくれればいいと思うのだが――。

「それにしても、触れてる全員を透明に出来るなんて、随分便利な力を手に入れたもんだねえ。アタシ達の見立ては、やっぱり間違ってなかったってことだ」

と、一瞬その言葉が誰に向けられたものであるのか、ミレーヌには分からなかった。

クロエに意識を向けていたというのもあるが、イザベルからそんなことを言われるとは思ってもいなかったからだ。

イザベルは自分でも言っていた通り、故郷の村で最も腕っ節が強かった猛者である。

皆から尊敬を集めている姿は、村の子供達の憧れであった。

一方のミレーヌは、イザベルとは正反対の、村では最弱の存在だったのだ。

だというのに、イザベルから認められていたとでも言わんばかりの言葉を告げられるなど、予想しているわけがなかった。

「んー？　その言い方からすると、ミレーヌのことを昔から認めてたみたいに聞こえるけど？」

「うん？　当然だろう？　まあそもそもアタシが認めないやつなんかあの村にはいるわけがなかったけど……中でもミレーヌは図抜けてた。何せあの村の中では最も貧弱だったんだからね」

「最も貧弱だったってのに認めてたんです？　逆な気がするですが……」

「いいさ、正しいさ。最弱な上に性格もアマゾネスに向いたものじゃなくて、与えられたギフトもアタシ達が持っているようなものとはまるで違った。だっていうのに、この娘はアタシ達についてきてたんだよ？　認めないわけがないだろうさ」

横穴を進む隊列は、幅の関係もあって今まで通りの一列である。

ただしイザベルがクロエとアンリエットの間に入る形であり、ついでに言うならばイザベルはクロエと比べて頭一つ分は背が高い。

つまりはイザベルの声はすぐ近くの頭上から降ってくるわけで……予想だにしなかった言葉の連続に、ミレーヌは何と言っていいのか分からず、ただ黙って足を進めることしか出来なかった。

「なるほど、根性あったってことか。だが見立てってのは、どういうことだ？」

「この娘のギフトがどういうものかは、当時のアタシ達にはよく分からなくてね。何せアタシ達はあんま頭がよくない」

「そうなの？　ミレーヌからは皆頭がよかったとかって話を聞いた事があるんだけど」

「あー、そうだねえ……単純に頭がよくないって言っちまうのはちと語弊があるかもしれないねえ。正確には、戦闘以外で頭を使う気が起こらない、って言うべきかね？」

「なるほど、馬鹿は馬鹿でも戦闘馬鹿ってわけですね」

「そういうことさね。で、そんなアタシ達だけど、ミレーヌに関しては何となく予感みたいなのがあったのさ。ミレーヌは最弱な上にこれといって尖った才能ももってはいなかったわけだけど……つまりそれは、器用に何でもこなせたってことさね。だからアタシ達は思ったのさ。この娘の才能はまだ開花していないだけで、きっとそのうち凄い事が出来るようになる、って。まあだからこそ、悪魔共が襲撃してきた時にこの娘だけは隠しといたわけだしね」

「隠しといた？　そういやミレーヌだけは別口で捕まったんだったか？」

「アタシ達が他からどう見られているのかはよく分かってるし、間違ってもいない。だからアタシ達が派手に暴れたら、隠れてるやつがいるなんて思わないだろ？　まあ結局は捕まっちまったみたいだけど……でも、こうして凄い力を使えるようになってアタシ達を助けに来てくれたんだ。アタシ達の目に狂いはなかったってことだろ？」

正直なところ、過大評価でしかなかったが、無論のこと悪い気はしない。

それに……今までミレーヌは、自分に力がなくて役に立たないから、あの時隠れているように言われたのだとばかり思っていた。

まさかそんな風に思われていたなんて、思いもしなかったのだ。

もしも知っていたら……あるいは、別の今があったかもしれない。

だがそれが今よりも良い未来だったのかはまた別の話である。

そのことを知っていたら、多分悪魔に捕まっても自棄になることはなかっただろうけれど、自棄になって無気力になっていたからこそアレン達と出会えたような気もするのだ。

そしてアレン達と出会えなかったら自分が今頃どうしているのかは分からないし、あるいはとうに死んでしまっていたかもしれない。

こうして皆のことを助けに来ることも出来なかったかもしれないのだ。

それでもアレン達ならば何とか出来たような気もするが、それはそれである。

重要なのは、自分が皆の救出に関わる事が出来る、ということなのだ。

皆には色々と迷惑をかけ、助けてもらった。

認められていたのだとしても、それは変わりようのない事実である。

だからこそ、今度は自分が皆の事を助けるのだ。

その皆の中には……当然、クロエも入っている。

何を考えているのかは、相変わらず分からない。

こうして話している間も、やはり会話に入ってすら来ないのだ。

しかしそれでも、困っていることだけは分かる。

ならば、それで十分であった。

今はまだ、そう思っているだけでもある。

だが、クロエが助けを求めてきた時に……もしくは、心の底から助けを必要とした時に。

その時こそは助ける事が出来るように、覚悟と決意を固めながら。

とりあえずは、まずは捕まっている皆のことを助けてからだと、どこまでも続いているように見える横穴の奥を見つめながら、ミレーヌはその先を見据えるように目を細めるのであった。

似ている光景

横穴を抜けた先にあったのは、どこかで見たことのあるような光景であった。

今まで目にしていたものが天然物であったり、それを利用していた物であったりしたのに対し、眼前に広がっているのは明らかな人工物だ。

しかも似ているものを見たのはそれほど前のことではない。

砂漠で見たあの拠点と、眼前の場所は酷く似ていたのである。

「これは今度こそここが拠点で間違いなさそう、かな？」

「少なくともアタシの仲間達が捕まってるのはここだし、さっきまでここに悪魔のうちの一体がいたのは間違いないことだねえ」

イザベルの言葉に、アレンはその場を軽く見渡す。

砂漠の拠点と構造まで似ているのならば、ここに住むこと自体は可能なはずだ。

水や食料は運び込めばいいだけの話で、部屋の数は相当にある。

捕らえられたアマゾネス達は一箇所に固められているらしいので、尚更問題はあるまい。

「ちなみに、イザベルはここで何人の悪魔を見た事があるんです？」

「アタシは今言った一体だけだね。他のやつらも同じはずだ。アタシ達は基本ずっと同じ行動をしてたからね」

「あの砂漠の拠点を作ってた時もそいつしか見かけなかったのか？」

「いや……アタシが知る限りでは、四体いたかね。ここにいるかは分からないけど……まあ、いたとしても、ここにいるのはそれで全部だろうね」

「……何故？」

「あの時村に攻め込んできたのが、その四体だからさ。敢えてアタシ達が見たことがない悪魔がいるかもしれない可能性を否定はしないけど……わざわざそんなことをする意味もないだろう？」

「確かにね」

悪魔は基本的に用心深い存在ではあるが、奴隷相手にまでそこまでの慎重な行動をすることはあるまい。

そもそも悪魔が四人もいるというのならば、それ以上いようがいまいが大差はないだろう。

どのみち警戒しなければならないということに違いはないのだ。

「ところで、悪魔の奴隷になったって言ってはいるが、何かそういった契約とかはしてねえのか？　普通自分達に不利になるようなことは喋れねえようになってるんじゃないかと思うんだが……」

「少なくともアタシはそんなのを結ばされた覚えはないねえ。まあ、多分ないんじゃないかい？」

「何で断言出来るんです？」

「そんなのがあったらそもそもクロエが逃げ出せなかっただろうからさ。クロエから色々と聞いてもいるんだろ？　契約なんてものがあるんなら、それも無理だったはずさ」

「……なるほど？」

自然とクロエに視線が集まる。

本人は思考に集中しているのか気付いている様子がないが、確かにそういうことになるだろう。

「ま、悪魔にしろ何にしろ、とりあえずは他の人の無事を確認出来てからかな？」

「そうだね……あの悪魔共が他にも何かしてないとは限らないしねえ」

「……そもそも、イザベルがいなくなって大丈夫？」

「なに、あいつらはそんな柔なやつらじゃないさね。後を任せるって言っといたんだから、しっかりやってるはずさ。むしろ出来てなかったら説教だね」

そんなことを話しながら、拠点の中を進んでいく。

そのこと自体はある意味で先ほどまで同じだが、各人の警戒度の高さは先ほどまでの比ではない。

先ほどまでよりも遥かに悪魔と遭遇する可能性が高いのだから、当然ではあるだろう。

実のところアレンとしてはずっと同じではあるのだが、一塊となって歩いている以上は後方からの影響は受ける。

必然的に歩みも遅くなり……だが、そんな中でアレンは首を傾げた。

ここは確実に拠点であるはずなのに、相変わらず気配も一つも感じられなければ、物音一つ聞こえもしないからだ。

「んー……もしかして、ここの拠点の素材って、何か特殊だったりするのかな？」

「あー……それはあるかもしれないさね。そういえば、悪魔がやってくる時は気配一つ感じなかったし、目の前にいるってのにやっぱり気配すらも感じ取れなかったけど、考えてみれば砂漠では感じ取れたからね。てっきり悪魔ってのはそういうのなのかと思ってたけど……ここが特殊な作りになってるってんなら納得だ」

「ってことは……もしかして、あんま慎重になる意味はねえってことですかね？」

「いや、逆かな？」

「だな。つまりは、すぐそこの角にいたとしても気付けねえってことだからな」

「……でも、それは向こうも同じ？」

「多分把握するための何らかの手段はあるんだろうけどね」

だがおそらく今は発動してはいまい。

透視系であったり、少なくともその同系統の能力だと思われるからだ。

発動しているならば認識出来るはずで、認識出来ないということは今は無防備だということである。

まあ、常に発動しているわけにはいかないだろうから、ある意味では当然だ。

しかし、発動しているのが分かったところで、止められるというわけではない。

今分かっているのは、あくまでもこちらの動きを監視されてはいないということだけなのだ。

発動した瞬間に捉えられてしまうことに変わりはないため、出来れば急ぐ必要があった。

「警戒しつつ急ぐ、ですか……まったく、楽は出来ねえですね」

「ま、敵の拠点に忍び込んでんだから当然ではあるけどな」

「なんていうか、さっきから思ってはいたけど、いまいち緊張感の欠ける連中だねえ……ま、頼もしいって言うべきなのかもしれないけどね」

「……頼もしいのは事実？」

「その辺をどう感じるのかは人それぞれってとこじゃないかな？　で、このまま真っ直ぐでいいの？」

「ああ。それで突き当りを右に曲がれば、下に向かう階段があるから、下りきった後でさらに真っ直ぐ行けばそこが目的地さ」

「んー、何となくあそこかなって思ってはいたけど、やっぱ合ってそうだね」

ここまで歩いてきて分かったことだが、やはりと言うべきかこの拠点はあの砂漠にあった拠点と同じ構造をしているようだ。

ここを参考に向こうを作ったのだろう。

多少通路の長さが違ったりはしたものの、部屋の数や位置などはほぼ同じである。

そしてイザベルの言った通りに辿った先にある場所のことを、アレン達はよく知っていた。

「まあ同じ構造をしてるってんなら、数十人を押し込めてられるような場所はあそこしかねえしな」

「隠し部屋やら隠し小屋やらがあった場所ですか……ここにも何かあったりすんですかね？」

「……でも、向こうはクロエが色々な物が置かれてたって言ってたから、そもそも用途が違いそう？」

「隠し部屋……？　ああ、クロエが隠れてたって場所はあそこにあったのかい。こっちに何かあるのかは……どうだろうねえ。少なくともアタシは調べちゃいなかったが、まあ暇は持て余してたし、誰かは調べてたかもしれないさね」

「まあ何かあったところで、改めて調べてる暇はないだろうけどね」

アマゾネス達の護衛をしながらここを脱出しなければならないことを考えれば、余計なことをしている暇はあるまい。

アレンの空間転移が使えれば話は早かったのだが、さすがのアレンも数十人を抱えながら転移をするのは不可能だ。

十人程度ならば可能だが、その瞬間に間違いなくバレる。

ここに悪魔がいなければ問題はないが……その可能性に賭けるのは少々分が悪いだろう。

まだこっそり移動する方が成功する可能性は高いに違いない。

それはそれでミレーヌがいい加減もつのかといった疑問はあれども、とりあえずまずはアマゾネス達の安否を確認してからである。

そうこうしているうちに階段を下りきり、視界の果てに広間へと通じている扉が映った。

相変わらず悪魔の姿はなく、ゆっくりと、だが確実にその扉へと近付いていき……やがて、足を止める。

目の前には、既に扉があった。

「んー……やっぱり気配も感じなければ、物音一つ聞こえない、か」

「実は誰もいねえ、ってんじゃなければいいんですがねえ……」

「そういう不吉なことは思ってても口に出すんじゃねえよ。実際にそうなっちまったら困るだろ」

「……ここに皆が？」

「ああ、いるはず……いや、いるさ。どうせアホ面並べてね。説教せずに済めばいいんだけど……ま、望み薄かね」

軽口を叩きながらも、それが願望であるのは言うまでもあるまい。

だがここですべきは、気休めの言葉を言うことではないだろう。

そんなことをせずとも、扉を開くだけで結果が示されるのだ。

ならばそうするだけだと、アレンは扉に手をかけると、一気に開け放つ。

そして。

開け放たれた扉の向こう側にあったのは、アマゾネスの一人どころか、物一つ存在してはいない、まるで伽藍堂のような光景だったのであった。

残されたアマゾネス

まさにもぬけの殻といった有様であった。

やはり砂漠のあの拠点はここを参考にしたのだと分かるような、だだっ広いだけの空間がそこには広がっている。

物音一つしないその場を見渡し、アレンはふむと一つ呟いた。

「っ……正直なところ、予想してなかったたって言ったら嘘になるさね。あの時一人が呼ばれたわけだけど、一人で終わるとも言ってはいなかった。アタシが出て行けば他のやつらは無事だって保証はなかったのさ。だけどまあ……可能性の一つとして考えちゃあいたが、実際にそうなるとさすがにちときついねえ……」

その言葉は、誰かに向けたものというよりかは、独り言に近いようであった。

哀愁を漂わせながら、イザベルはゆっくりとその場を眺め、溜息を吐き出す。

「……ま、いなくなっちまった、ってんなら仕方ないさ。さて、予定が狂っちまったけど、これから――」

どうする、と、そう言葉にするつもりだったのだろう。

だが、その言葉が音になることはなかった。

イザベルが無意識にか広間に向かおうとした瞬間、その場に轟音が響いたからである。

「――なっ……!?」

反射的にイザベルが視線を向けたのは、真下であった。

轟音が響いてきた先が、下からだったからだ。

さらには、似たような音が連続して、二度三度と響く。

そして。

「――やっぱり来たね、このクソ悪魔……！」

「性懲りもなく来やがって、いつまでもあたし達が大人しく従ってると思うなよ……！」

「姉さんをどこに連れていきやがった、返せー！」

そんな言葉と共に、地面が爆ぜると、勢いよく複数の人影が飛び上がってきた。

全員が褐色の肌を持った女性であるその者達は、剣呑な雰囲気を纏いながら拳を握り締め……だがすぐにその顔に困惑を浮かべることとなる。

床に着地すると周囲を見回し、不思議そうに首を傾げた。

「……あれ？　あの悪魔いないよ……？」

「え、何で、勘違い……いや、でも扉は開いてるよな……？」

「じゃあ逃げられたってこと……？　もー、あんた達がちんたらしてるから……！」

「はあ？　あたし達のせいだってのかよ……!?」

「他に何があるってのよ……!?」

物音一つしなかった場所へと、途端に騒がしい音が混ざり始めた。

その発信源である女性達のことを、イザベルがポカーンとした顔で眺めている。

まあ、全員どこかに連れていかれてしまったと思っていたところからのこれだ。

そんな顔になってしまうのも無理ないことだろう。

もっとも、アレン達の中でそんな顔をしているのは、実のところイザベルだけだ。

理由は単純で、こうなるのではないかということを予め予想し、イザベルを除いた全員で共有していたからである。

確かにこの場には人影一つなく、物音もまたしなかった。

しかし、気配を感じないとは一言も言っていないのである。

イザベルは目に見えた光景に驚き動揺してしまったために気付かなかったようではあったが、他の皆は下に数十人分の気配が潜んでいることに気付いていたのだ。

イザベルにそのことを伝えなかったのは、別に驚かせようと思ってのことではなく、念のためである。隠れている理由が、アレン達のことを強襲するためではないと断言することが出来なかったからだ。

ミレーヌ達の同胞とはいえ、悪魔の奴隷でもある。

イザベルは契約などは結ばれていないと言ったが、それはイザベルだけがそうであった可能性を否定することは出来ない。

ここが悪魔の拠点であることを考えれば、警戒してしすぎるということはないのだ。

ともあれ。

「――ミレーヌ」

「……いいの？」

「この状況が演技とは見えないからね」

「……確かに。皆、いつも通り」

何のことかと言えば、問題はなさそうだから能力を解除していい、ということである。

彼女達が騒いでいるのはアレン達の姿が見えていないからであり、つまりは未だミレーヌの能力を解除してはいなかったのだ。

それもまた彼女達が悪魔に操られていた場合を想定してのもので、だがこの様子ならば必要はあるまい。

ずっと握られていた服の裾からミレーヌの手が放されるのを感じ――。

「大体あんた達はいっつも――え？」

「何言ってんだお前だってよく――は？」

「えっ、い、いつの間に、って、ね、姉さん……⁉」

彼女達からすれば、アレン達は何の前触れもなくこの場に現れたように見えるのだろう。

当然のように驚きの顔を浮かべ……それでイザベルも、我に帰ったようだ。

しかし同時に今まで展開されていた光景のことも思い出したのか、イザベルは呆れたような顔で彼女達のことを見回した。

「色々と言うことはあるし、あんた達も聞きたいことはあるだろうけど……とりあえずは説教だね。ったく、敵の姿が見えないからって油断した挙句くだらない言い合いしてんじゃないよ……！」

「は、はいごめんなさい……！」

悲鳴と怒声が響く中、アレン達は顔を見合わせると、苦笑を浮かべ肩をすくめた。

†

「ったく……情けないとこ見せちまったね、色々な意味で」

「まあ、とりあえずは全員無事だったみたいだし、それでよしとすべきじゃないかな？」

そんなことを言いながらその場を見渡せば、もぬけの殻だった広場には沢山のアマゾネスの姿があった。

ざっと眺めた限りでは全員元気そうであり、むしろ力は有り余っていそうだ。

その数十の瞳が向いているのは大半がミレーヌやクロエで、表情にははっきりとした喜色が浮かんでいる。

中にはイザベルに向いていたり、アレン達に向いていたりするものもあるが、少なくともそこに負の色はない。

多少の警戒はあるようだが、イザベル達と一緒にいるからか、事情はまだ説明していないにもかかわらずアレン達はある程度受け入れられているようだ。

とはいえ。

「で、どうすんだ？　正直のんびり事情を説明してる暇はなさそうだがよ？」

「まあちと派手にやりやがったですからねえ。既に何か異変を察知されてても不思議はねえです」

「……うっ」

やりすぎた自覚はあるのか、先ほど地面から飛び出してきた数名が目を逸らした。

まあ、扉は開けっ放しだったし、その状態で床を豪快に破壊したのだ。

奴隷が暴れて逃走することを想定していないわけがあるまいし、何か異常事態が発生したということは伝わってしまっていると考えるのが自然だろう。

出来るだけ早くここから逃げ出すべきではある。

「まあなに、こいつらは確かに馬鹿ではあるけど、物の道理が分からないほどじゃない。あんたらが助けに来てくれたってことぐらいは言われずとも分かってるだろうし、それだけが分かれば十分だろうさ」

「……他の説明はいらない？　……さっきから、ジッと見られてるけど」

「そりゃ気にはなるだろうからね。だけど、だからといってこの状況で説明を求めたりはしないさ。

……そうだよね？」

「も、もちろんだよ姉さん……！」

「……姉さん？　そういえば、さっきもそう呼ばれてた気がするけど……妹さん？」

「ああ、いや、アタシ達は一つの村で一つの家族、みたいなもんだからね。血の繋がりはなくてもそんな風に呼ばれたりもするのさ」

「へえ……」

アマゾネス独自のものというよりは、村社会独自の習慣みたいなものに近いのかもしれない。

しかしそれもまた、今気にするべきことではなかった。

「まあとりあえず、事情の説明をしないで済むんなら助かるかな。じゃあ、あとはどうやってここから逃げるかを話すだけだね」

「あん？　今来た道を引き返すだけじゃねえのか？」

「出来るんならそれが一番早いんだけど、どう考えても警戒されてるって考えるべきだろうしね」

「ああ、そりゃ確かにそうか」

「かといって、どうすんです？」

「んー、やっぱり一番いいのは、二手に分かれること、かな？　片方は陽動を兼ねて」

「……兼ねる？　他にも目的が？」

「アキラの目的は、どっちかと言えば悪魔を倒すことでしょ？　ならちょうどいいんじゃないかと思って」

「なるほど……確かにそりゃそうだな。よし、オレはその策に乗ったぜ。当然陽動側でな」

「問題はどうやって陽動するのか、ってとこかねえ。ただ暴れるだけじゃ読まれるだけだろう？」

「だね。外に出るための道も限られてるし……」

砂漠の拠点がそうであったように、おそらくここも出口は一つしかあるまい。

途中でどれだけ暴れたところで、そこを張られたら終わりだ。

悪魔と戦ったところで負ける気はしないものの、ここは完全に向こうに地の利がある上に、数十人の守られなければならない者達がいる。

出来ればその状況で戦いたくはないものだ。

何とかして陽動側に引き付ける事が出来ればいいのだが——。

「あ、あの……」

と、そこで不意に声が上がった。

その瞬間皆の顔に驚きが浮かんだのは、アマゾネス達と合流したにもかかわらず、今までその人物が一言も喋っていなかったからだろう。

声を上げたのは、ずっと俯いていたクロエであった。

「ちょっとアタシに考えがあるんだけど、いいかな？」

「考え……？」

「うん……実はさっき皆が隠れてた隠し部屋のこと、アタシ前から知ってたんだよね。だからこそ、あそこでも似たようなものがあるんじゃないかって探したんだし」

「へえ……そうだったのかい。それで、それがどうしたのさね？」

「うん。で、皆はあの先も調べた？」

「先……？　あの部屋に先なんてあったっけ？」

「いや……部屋以外は何もなかったはずだぞ？」

「まあ、随分と分かりにくく隠されてるからね。でもあるんだよ。それで、その先は通路になってるんだけど……実はそこが――」

僅かに迷いを見せながら、それでも何かを決意したような顔で、クロエは話を続ける。

そしてアレンはその姿を眺めながら、黙ってその話へと耳を傾けるのであった。

悪魔の笑み

遠方で何かの音が響いているのを、男は黙って聞いていた。

この拠点に使われている素材は特殊なものだ。

周囲の音を吸収するという特性を持っているため、基本的には何をしたところで音が響くということはない。

なのにここまで音が届いているということは、吸収しきれないほどの音が発信源ではしているということか、あるいは音を吸収する事が出来なくなった――限界を留めないほどに破壊されてしまっているかのどちらかだろうか。

そしてこの音から察するに、おそらくは両方だ。

誰かが暴れているということである。

だがそれを分かっていながらも、男が動く気配を見せないのは、その必要がないということを分かっているからだ。

どうせ陽動だろう。

この拠点の中で今何が起こっているのかを理解しているからこそ、そう推測するのは容易い。

しかしそう理解しているからこそ、男は同時に何もしていないというわけにはいかなかった。

陽動を仕掛けてくる相手の裏をかくには、陽動に引っかかったと思わせるのが一番だからである。

故に。


――世界の反逆者・空間干渉：ニトクリスの鏡。


男が指を鳴らした瞬間、顔の真横に鏡のような揺らぎが発生した。

その表面は不定に揺らいでおり、向こう側の景色を映してはいない。

代わりとばかりに映っているのは、ここではないどこかの光景であった。

男にとっては見覚えのある拠点の一角のはずだが、見覚えのない光景へと変貌している。

壁も床も何もかもが、大きく抉られていたのだ。

「随分と派手にやっているものだな……ここはあそことは違い元には戻らんのだが」

あそこは他の者達の協力があったために復元の術式が刻まれているが、ここはそうではないのだ。

壊されてしまえば時間の経過で元に戻ることはなく……だが、問題はないと言えばない。

確かにここは仮の拠点として今まで使ってきたところではあるが、この方面でやるべきことはほぼ終わっている。

そろそろ破棄しようと思っていたことだということを考えれば、壊してくれるのは有り難くもあった。

「暴れているのは……やはり勇者か」

映し出されている姿に、思わず舌打ちを漏らす。

蒼い雷を撒き散らし、周囲を好き放題破壊し続ける姿は相変わらず忌々しいものだ。

いっそのこと、勇者のところに出向くのもありかもしれない。

悔しさと絶望に歪んだ顔を見るのと、果たしてどちらが魅力的だろうか。

「ふむ……だがまあ、借りを返すことなどこの先幾らでも出来るようになる、か。ならば私のやることは決まっている」

そう呟くと、男はその場からゆっくりと立ち上がった。

指を鳴らし、揺らぎを消すと、ある方向へと視線を向ける。

そして。


――世界の反逆者・空間干渉：シャンタクの翼。


再度指を鳴らした瞬間、男の眼前には直前までとはまるで異なる光景が存在していた。

後方には横穴が広がっており、その先にある別の場所と繋がっている。

つまりは、男が立っているのはこの拠点への入り口であり、出口でもある場所、というわけであった。

ここに来たのは、無論のこと――。

「――くたばりやがれ……！」

――世界の反逆者・空間干渉：バルザイの偃月刀《えんげつとう》。

瞬間、眼前で甲高い音が響いた。

蒼い雷が弾け、直後に飛び込んできた人影が吹き飛ぶ。

しかし地面に叩きつけられることはなく、そのまま地面を滑るようにして後退していく。

それと共に全身の姿が顕になり、だが見覚えのある姿であることに男が驚くことはなかった。

勇者がやってくるのは予想通りであり、だからそこで感嘆交じりの息を吐き出したのは別の理由からだ。

「ふむ……片腕を吹き飛ばすつもりだったのだが、片腕どころか無傷、か。侮っていたつもりはないのだが……直前まで姿が見えなかったのが原因か？　おそらくは私の知らないアマゾネスが使うという力なのだろうが……中々興味深いな。こういう時は気配を探るのが苦手な我が身を恨めしく思うものだが……まだ近くにいるのかね？」

「はっ、わざわざお前に教えてやると思うのかよ？」

「なるほど、道理だ。だがまあ、構うまい。貴様の手足をもいだ後でゆっくりと探せばいいことなのだからな」

「あ？　オレの手足をもぐだぁ……？」

「何かね？　不可能と言いたいとでも？」

「そりゃ当然だが、んなことしてどうすんだってことだよ。今までの恨みを晴らすために陰気臭く嬲《なぶ》るつもりだってか？」

「ふむ、それもないとは言わないが……まあ、どうせすぐに分かることだ。楽しみは後にとっておくべきだろう？」

「はっ、生憎とオレは、好物は先に食うタイプなんでな……！」

「そうか……この気持ちが分かち合えないとは、残念なことだな」

言葉を言い切る前に、勇者は既に地を駆けていた。

しかし予測済みであったために、焦る必要すらない。

そもそも男達が今いる場所はそれほど広い場所ではないのだ。

どれほど速く動こうとも、移動する場所は限られている。

ならば、先読みは容易であった。


――世界の反逆者・空間干渉：バルザイの偃月刀。


その先へと、小さな空間の揺らぎを置く。

小指の爪ほどの本当に小さなものであり、だが数は十ほどだ。

気付かずに進めば身体に穴が空き、気付いたところでどうにかできないほどの大きさである。

回避する以外にすべはなく、しかし空間の揺らぎというのは元々視認しにくいものだ。

進路にある全てをかわすことは出来まい。

全ての揺らぎの位置を認識できれば話は別だが、勇者は戦闘能力に比べ特別な目などは持っていないと聞く。

全てを認識するのは不可能だろう。

問題があるとすれば、当たりどころ次第ではそのまま勇者が死んでしまうかもしれないことだが……その時は仕方あるまい。

残念ではあるが、勇者を捕らえるのは必須ではないのだ。

他の二つが成功すれば、何の問題もない。

勇者の力は、前回の戦いで把握済みだ。

これをかわすことは出来ないと、自信を持って言え――。

「はっ……あんまオレを舐めんなよこのクソ悪魔が……！」

「――む？　……ほぅ？」

呆気ないものだと、そんなことすら思った瞬間のことであった。

地を駆けていた勇者が、飛んだのだ。

無論のこと、揺らぎは空中にも仕掛けてある。

だが勇者が向かったのは、前方ではなく横、壁だったのだ。

そのまま壁を蹴ると天井の方へと上り、半回転すると共に天井も蹴る。

そこで終わりではなく、さらに壁の方へと向かうと再び壁を蹴り天井へと。

地に足をつけることなく、こちらへと向かってきた。

その動きは完全に想定外であり、妨害出来るような位置に揺らぎはない。

そして気が付いた時には、勇者は目の前に迫っていた。

直後に肉を斬られる感触と、痛みが走る。

血が迸った。

「ふむ、まだ底を見せてはいなかった、か……それにしても今の動き、まるで獣だな」

「うるせえよ。勝ちゃあそれが全てだし、お前らに何かを言われる筋合いもねえよ」

「……なるほど、確かにな」

「そんで、これで終わりだ。今度は逃がさねえ」

「――残念だが、それは不可能だ」

「あ？　――ちっ⁉」

男の言葉によって勇者が『それ』に気付くが、既に遅い。


――世界の反逆者・教会の加護：リザレクション。


勇者の振るった聖剣は、半透明と化した男の身体をすり抜け、地面へと突き刺さる。

苛立たしげに、勇者が舌を鳴らした。

「くそっ……一度ならず二度までもかよ……！　テメエ、覚えてやがれよ……⁉」

「それはこっちの台詞だがな。だが、手の内は今度こそ知れた。最早私は貴様に負けることは有り得まい」

「負け惜しみ言ってんじゃねえぞクソが……！」

「ふむ、ただの事実なのだが……まあ、すぐに分かることだろう」

別の場所で拠点を破壊していたはずの勇者がここにいるということと、明らかに揺らぎの全てを把握した上での先ほどの勇者の動き。

そのどちらもが勇者の協力者の仕業であることに違いはあるまい。

ならば次は、そこまでを想定に入れるだけのことだ。

そして、確かに先の動きは予想外ではあったが、ここで勇者に負けること自体は想定の内である。

男は満足しながら瞳を閉じ、開いた時には、眼前には見慣れた光景があった。

先ほどまでもいた、男の居室である。

距離が近いためか、今回は直接ここに跳んだらしい。

いつも通り身体には傷一つなく、やろうと思えばすぐさま勇者との再戦も可能だろう。

しかし男は敢えて、その選択を取ることをしなかった。

他にやるべきことがあるからであり、そもそも、だからこそあそこまであっさりと勇者に負けてみせたのだ。

それに……どうせ勇者もすぐにここへと現れることになるだろう。

その確信に、男は唇の端を吊り上げ……ふと、音が響いた。

この部屋へと続く扉の開く音であり、その向こうから現れた姿に、くっと笑いを漏らす。

「ふむ……どうやら、タイミングはちょうど良かったようだな」

どことなく強張ったクロエの顔を眺めながら、男は口元の笑みを深めるのであった。

裏切り

「さて……ここまでの道案内、ご苦労だったな」

男がそう告げると、クロエは身体を一度跳ねさせた。

どうやらまだ良心の呵責《かしゃく》とやらに苛まされているようだ。

だがそれでこそであった。

そうでなければわざわざ裏切り者など仕立て上げるわけがない。

簡単に開き直られてしまっては興ざめなだけなのだ。

そう考えれば、この少女は中々の当たりだったと言えるだろう。

決して従順というわけではないが、最終的にはこちらの言うことを守り、また堕ちきらない。

観賞するには最適であった。

しかしだからこそ、多少は惜しむ気持ちもある。

裏切りを完遂してしまえば、最早楽しむことは出来ないだろうからだ。

あとは精々が、裏切られた者達の中へと放り込み、最後の反応を楽しむことぐらいだろうか。

もっともがき苦しむ様を見ていたかったのだが……まあ、言っても詮無きことである。

せめて、最期までしっかりと見届け、楽しませてもらうとしようか。

そう思い、男はその言葉を口にした。

「それでは、連れてくるがいい。お前が裏切った者達を、な」

勇者の行動が陽動だったというのは、既に述べた通りだ。

しかし男が遠視で見た勇者が拠点の中で暴れているという光景は、こけおどしだったのだろう。

勇者達は男があの光景を見るということと、それを陽動だと見抜くことを予想していたに違いない。

陽動がいるということは、その間に他の行動を行う別働隊がいるということでもある。

その別働隊とはここに捕らえておいたアマゾネス達のことであろうし、目的はここから逃げ出すこと以外にあるまい。

で、あれば、陽動で男の目を引き付けておいている間にさっさと逃げ出そうとするに違いなく、その目論見を潰すには出口へと先回りしておけばいいわけである。

そしてそこまで読まれることを想定していたからこそ勇者があそこに現れたのだろうが……男はそこまで読んでいた。

いや、読んでいたというのは、多少語弊があるか。

そう行動するように男が誘導した……否、させたのだから、分かっていて当然なのだ。

アマゾネス達を捕らえていた広間の真下には、広間と同程度の規模の隠し部屋が存在している。

さらにその一角は隠し通路へと続いており、そのまま外へと繋がっている……と、吹き込ませたのだ。

無論嘘である。

隠し通路から繋がっているのは、男のいるこの場所だからだ。

そもそもあの隠し部屋は、こんなこともあろうかとこの拠点を作った時に仕込んでおいたものであった。

まさか本当に出番があるとは思ってもいなかったが、わざわざ作った甲斐があったというものだ。

逃げられると思っていたのに、そうではなかった絶望。

仲間と思っていた者に裏切られていたことに対する忿懣《ふんまん》と怨嗟。

仲間を思って裏切ったというのに、それを仲間に理解されない嘆きと悲しみ。

甘美なその瞬間がついに訪れることを思い、男は口元の笑みを深め……だがすぐに、その眉を訝しげにひそめることとなった。

連れてこいと告げたというのに、アマゾネスの少女は俯いたまま動こうとはしなかったからだ。

「ふむ……どうした？　今更後悔でもしているのか？　だが既に手遅れだ。それに、これ以外で貴様らが生き残るすべがないことは、よく理解しているはずであろう？」

抵抗しても無意味であり、痛い思いをするだけだということは、奴隷としてここに連れてきた初日に徹底的に身体へと叩き込んでいる。

それに、よしんば勇者などから影響を受け、抵抗する気に再びなったのだとしても、無意味だ。

クロエとは従属の『契約』を交わしている。

本人の意思とは無関係に、男の利に反するような行為を取ることは出来ない。

もしも取ろうとすれば全身に激痛が走り、それでも抵抗しようとすれば死に至るだろう。

男に従う意を示した時から、この少女に選択肢などはないのだ。

もっとも、あの時恭順していなければ殺していただけであっただろうから、男に捕らえられた時点で何かを選択する権利などというものは存在していなかったと言えるだろうが。

「さあ、さっさと連れて来い。焦らされるのも嫌いではないが、そろそろ貴様らの絶望を楽しみたいのでな。そもそもここで多少の抵抗をしたところで無意味であろう？　どうせすぐそこに――む？」

クロエから視線を外し、扉の方へと顔を向けた男は、そこで初めて何かに気付いたかのように目を細めた。

この部屋へと通じている扉は特殊な効果を持っており、扉を開けたところで内から外、外から内の光景は互いに遮断されたように見えないようになっている。

その効果の制限は任意で緩めることも可能だが、効果そのものはこの部屋全体に及んでおり、つまりはギフトなどを使ったところでこの部屋の様子を外部から探ることは不可能になっているのだ。

だがあくまでもその効果は、視覚にのみ作用するものである。

扉の前にいるはずの数十人の気配を感じないなどということは、有り得るわけがないのだ。

有り得るとしたら、その可能性は一つだけである。

扉の効果を解除した瞬間、扉の向こう側の光景が見えるようになったが、やはりと言うべきか、そこにはアマゾネスの姿などは一人も存在してはいなかった。

「……貴様、どういうつもりだ……？」

怒りを押し殺しながら問いかければ、クロエがゆっくりと顔を上げていく。

しかしその顔に浮かんでいた表情は、男の想像していたものとは違っていた。

恐怖を押し殺したような顔か、覚悟の決まったような顔のどちらかだろうと思っていたのである。

だが、そこに浮かんでいたのは、全てを吹っ切ったような満面の笑みであった。

「え、どういうつもりって言われても、アタシは当たり前のことをやっただけだよ－？」

「当たり前のこと、だと……？　貴様、死ぬのが……いや、仲間を見殺しにするつもりか……？」

元々クロエを裏切らせる条件として提示したのが、変わりに仲間のアマゾネス達のことを殺さない、というものであった。

無論わざわざそんな条件を提示してまでクロエの裏切りが必要だったわけではない。

単純にその方が面白くなりそうだと思ったから、そうしたのだ。

アマゾネス達を殺さないという条件は、しっかりクロエと交わした『契約』の中に含まれている。

故にクロエが従順である限りは男からアマゾネス達に手を出すことは出来ないのだが……あくまでもクロエが従順でいればの話だ。

逆らうというのであれば、こちらも契約内容を守る必要はなくなる。

「ふむ……罪悪感に耐え切れなくなって、ついに自棄になったか？　まあ、ならばそれはそれで問題はない。貴様の目の前で一人ずつ貴様の仲間を殺し、自分のしたことがどういうことであったのかをたっぷりと教えてやろう」

「ふ、ふふっ……自分のやったこと、かー」

「……何故貴様は笑っている？　それとも、壊れたか？」

「ううん、アタシは正常だよ？　自分がしでかしたことがどんなことなのかなんて、もうとっくにちゃんと分かってるのになー、って思っただけだからね。……うん、アタシがどれだけ馬鹿だったのかってことを、ね」

「馬鹿、か……確かに貴様は愚かだな。もしや貴様の仲間が殺されないとでも……逃げ切れたとでも思っているのか？　貴様が一人でここにいる時点で、貴様らが何をしたのかは分かっている。私が撤退した後で、堂々と拠点を抜け出したのだろう？」

この拠点から外に出るには、あそこを通る以外にない。

だからあの場には勇者だけではなく、おそらくアマゾネス達も潜んでいたのだろう。

そして男がいなくなった後で、ここから抜け出した、というわけだ。

今頃は全員抜け出した後に違いない。

分かってしまえば簡単なことであった。

ただ、そこまで予想出来てはいなかったので、出し抜かれたことは確かである。

まだまだ自分は未熟なようだと自省し……しかし、それだけでもあった。

「それで……だからどうかしたのか？　ここから抜け出したというのであれば、すぐに追いかけ再び捕まえればいいだけのことだ。私はそれが可能だということを忘れたのか？　貴様のしたことは無意味且つ愚かであり、仲間を殺す結果にしかならなかったというわけだ」

「仲間を殺す、かー……うん、アタシが愚かだったのは、まさにそこだったんだよねー」

「……なに？」

「アタシはさー、すっかり勘違いしちゃってたんだよねー。手も足も出ないでやられちゃって、皆も一方的にやられちゃって、そのうちの一人からアタシ次第で皆のことを助けてくれるって言われちゃって……アタシが皆のことを守らなきゃって、そんなことを思ってた。でもさ、違うんだよね。だってアタシ達はアマゾネスだもん。アタシ達は、馬鹿な種族だから。たとえ殺されたって、それが無意味だって、最期まで必死に生き足掻くのがアタシ達だから……生かしてやるって手を差し出されたら、大きなお世話って噛み付くのが正解だったんだよね」

「……なるほど。どうやら貴様らは、思っていた以上に愚かだったようだな」

そう呟きながら、男は認識を新たにした。

この肝の座りようは、生半可な手段では揺らぐことすらあるまい。

あるいは目の前で仲間を陵辱され尽くし、虐殺されたとしても、眉一つ動かさない可能性もある。

そのぐらい覚悟が決まっているように見えた。

だがゆえにこそ、面白いとも思う。

屈服した心にさらなる絶望を塗りつけるのも面白いが、折れそうにない心をへし折り絶望に染めるのもまた面白そうであった。

「貴様の心が定まったのはよく分かった。だが貴様の力は脆弱なままだ。再び蹂躙《じゅうりん》され、身の程を知るがいい」

「ふんだっ、そんなのとっくに知ってるよーだ。だからこそ、ここにはアタシ一人だけが残ったんだもん。アタシ程度はほんの少ししか時間稼ぎが出来ないだろうけど……彼ならそれだけでも十分だろうから。その間に、きっと皆のことを助けてくれるだろうからね。アタシはそれで……」

「誰のことを言ってるのかは知らんが、まあ貴様もすぐに気付くだろう。貴様ら人間が私達の相手になるなど有り得ない、とな」

悪魔とは世界に反逆するモノだ。

世界を相手取ろうとしているというのに、人間などが敵うわけがあるまい。

正面から事を構えようとするならば、本来ならば勇者ですら足りてはいないのである。

さすがに勇者を相手にしようと思えば消耗は免れないために、出来ればあまり戦いたいものではなく、だからこそ忌々しいと言われているのだが……そろそろ分からせてやるべきだろう。

勇者が呆気なく殺される場面を見れば、強固な心も折れるかもしれぬし、一石二鳥でもある。

悪魔に勝つなど……それこそ、単身で世界を救うことの出来るようなものでもなければ、不可能なのだから。

「さて、まずはそのよく回る口から奪うとしようか。その後で両手両足をもいでしまえば、何も出来ない上にいい見せしめにもなる。貴様も集中して惨めに殺されていく仲間達の姿を見ていられよう」

「へー……いいんじゃないかな？　つまりは、それだけアタシに時間をかけるってことだしねー」

気楽に言っている姿に、気負いも恐れも感じない。

どうやら本気で言っているようだ。

同時に、本気で仲間達は助かると思っているようでもある。

果たしてその根拠がどこにあるというのか。

興味を抱くと共に、面白いとも思った。

「ふむ……全ての確信が幻想であると分かった時、貴様のその顔はどのように歪み、壊れるのだろうな？　その時が、楽しみだ」

言葉を継ぎながら唇の端を吊り上げ、その姿に向かって一歩近づき――。

「残念ながら、そんなクソみたいな好奇心を満たす機会が訪れることはないかな？　無事にちゃんと連れ帰るって約束したからね」

瞬間、そんな言葉と共に、男とクロエの間へと一つの影が割り込んできたのであった。

元凶退治

「……え？」

呆然とした声を背中越しに聞きながら、アレンは息を一つ吐き出した。

色々と言うべきことはあるのだろうが、とりあえず言うべきことは一つか。

「——後で特大の説教、だってさ」

「——へ？　え、っと……？」

「イザベルからの伝言。他にも色々とあったけど、まあ総じて皆怒ってたってとこかな？　何も言わなかったことに対して、だろうけど」

「……あ」

その言葉だけで、言いたいことは伝わったようだ。

後方から何とも言えない、それでも戸惑いを多く含んだような雰囲気が伝わってくる。

「え、っと……もしかして、アタシがやったことって、皆に？」

「さすがに具体的なことは分かってないだろうけど、まあクロエがどういうことをしてたのか……端的に言っちゃえば、僕達のことを騙《だま》してた、ってことぐらいは知ってるかな」

「そっか……バレちゃってるのかぁ……」

その呟きは、諦めから来るものであるように、アレンには聞こえた。

だがそれに何かを言うよりも先に、前方から言葉を投げられる。

「ふむ……なるほど、こちらから披露する前に気付かれていた、か。貴様らがそれの裏切りに気付いたのは、それがここに来たからか？」

「いいや？　それよりも前からだけど？」

「え……う、嘘……いつから……？」

「んー、そうだね……強いて言えば、最初から、かな？」

「…………へ？」

予想外の言葉だったのか、クロエは呆然とした声を漏らした。

しかしそれは、事実である。

「幾らアキラが強襲したとはいえ、悪魔の目を誤魔化して隠れ、そのまま逃げ切れるなんて、あまりにも出来すぎてたからね。他にも色々と理由はあるけど、少なくとも最初に疑問を抱いた理由はそれかな。というか、アンリエットにしろアキラにしろ、多分同じように思ってたとは思うよ？　ミレーヌに関しては、疑うのよりも信じようとする気持ちの方が強かったように見えたけど。それも無意識にだったようだから、本人は疑ってたことに気付いてすらいないかもね」

「ふむ……まさか、とは言うまいよ。最初からそれほど期待してはいなかったからな。むしろそれから考えれば、予定通り勇者をここに連れてこれただけで及第点だ。しかし、ならば一つ気になるな」

「何が？」

「何故裏切られていると知りながら、ここまで来た？」

「ああ、そのこと？　アマゾネス達が捕らえられてるのは本当だったみたいだし、助けを求められるもしたからね。なら、来ない理由の方がない。見捨てたら寝覚めも悪いしね」

「裏切り者だというのに、か？」

「んー……なんかさっきから裏切り裏切り連呼してるけどさ——それってそんなに重要かな？」

「……なに？」

アレンにしてみれば当然のことを言ったに過ぎなかったが、悪魔の男は驚いたように目を見開いた。

むしろアレンとしてはその反応の方に驚き、首を傾げる。

「そんな驚くことかな？　そもそも、裏切りなんてよくあることでしょ？　むしろ最初から裏切ってるって分かってる分行動は読みやすいし、ならそれはもう裏切ってないも同然じゃないかな？」

「えぇー……いや、それは何か違う気がするけど……？」

何故か当人であるクロエから否定されてしまったが、まあアレンにとってはそうだというだけなので別に同意は必要ない。

そもそも裏切ったと言われたところで、クロエから直接的に何か危害を加えられたわけでもないのだ。

クロエから何か誘導された覚えもなく、全ては自分達で選択した結果である。

ここに来ることを決めたのは、アレン達自身だ。

ならば、クロエが何を思って何をしようとしていたところで、何の問題にもなるまい。

「裏切り者が助けを求めたことすらも、問題ないと言い切るか」

「言い切るけど？　その助けが心からのものであるならば、裏切り者か否かなんて些細なことでしかないからね」

「ふんっ……まるで勇者みたいなことを言うものだな」

「――まさか。僕はそんな器じゃないよ」

そのことは、散々身に染みている。

そんな大層なものではないということは、きっとアレン自身が一番よく分かっていることだ。

しかし、だからといってそれは、助けを求める声に応えない理由とはならない。

それだけのことであった。

「ふむ……中々に興味深い人物なようだが、それだけに残念だ。私が興味を向ける人物は同時に一人までだと決めているのでな。今はそれの壊れる様を見守ると決めてしまった以上は、貴様の相手をしている暇はない」

「それはよかった。僕もクロエのことを早く連れ帰らないといけないからね。アキラ達に任せたから大丈夫だとは思うけど、出来るだけ早く合流したいし」

「あっ……そ、そうだよ……そもそも、何でここにいるの……!? 皆と一緒にここを出たと思ったのに……」

「んー、何でって言われても困るんだけどね……敢えて言えば、皆の代表として、かな？ さっきから言ってるけど、クロエを無事に連れ帰るためと……あとは、元凶をぶっ飛ばすために、ね」

言いながら、アレンは目を細める。

改めて言うまでもないことだが、アレンは現状の大体のところを理解していた。

イザベル達の命を餌としてクロエを好きに動かしていたとか、そうしてアキラをここに誘き寄せようとしていたとか、推測交じりであり理由まではさすがに全てを分かるとは言わないまでも、大体そんなところだろうということは分かっている。

そしてその全ては、結局のところこの目の前の悪魔を倒せば解決するのだ。

だからそのために来たし、そうしない理由もない。

それだけのことだ。

「ほぅ……私を倒す、か？　くくっ……なるほど、確かにそうすれば、全ては無事に解決するな」

「まるで無理だとでも言いたげな気がするけど？」

「無論だとも。貴様が本当に勇者であるならば、あるいは勇者がここに来ていたのならば、万に一つぐらいならば勝ち目はあったやもしれん。勇者とは貴様ら人類の希望そのもの……ある意味で私達と近しい存在だからな。だがだからこそ、貴様らでは私達悪魔は殺せん。私達を殺し尽くす術がない以上は、必ずどこかで私が勝つ。——何よりも」

言葉と同時に、男が指を鳴らした。

それだけであり、一見何も起こっていないように見える。

だが。

「——今この場で死ぬ貴様が、私に勝てるわけがあるまい」

視界にもほぼ変化はないが、そのほぼというのが問題でもあった。

僅かな変化というのはほんの少し空間に揺らぎが見えるというもので、その揺らぎが前後左右に上を加え、アレンの周囲を取り囲むように展開しているのだ。

揺らぎの正体はおそらくは圧縮された空間であり、触れればただでは済むまい。

その一つを作り出すだけでも相応の手間と腕が必要だとは思われるが、そんなものを幾つも作り出し、展開するとは、なるほど言うだけはあるようだ。

「ふむ……その様子では何が起こっているか察しているといったところか？　これは本当に惜しいな
……貴様を心行くまで嬲ることが出来たらどれほど楽しかったことか。今回の私にはとことん運がないようだ」

「運がない、ねえ……まあ確かに、その通りではあるかな？　こんな状況でもなければ、もうちょっと遊んであげてもよかったんだけどね」

「……先ほどの言葉は少し訂正が必要なようだ。どうやら、何が起こっているのかは分かってはいても、自分の立場と状況というものは分かってはいないようだな」

「うん？　いや、分かってるとは思うけど？　目の前の悪魔が何やら無駄なことをしてるっていうことは」

「……そうか。よく分かった。つまり、死にたいということだな。――ならば死ね」

そう告げると共に、男がもう一度指を鳴らし――。


――剣の権能《ワールド・エンド》：斬魔の太刀・乱舞。


瞬間、周囲に存在していた空間の揺らぎを全て斬り裂いた。

無論アレンには傷一つなく、ただ息を一つだけ吐き出す。

言うだけのことはあったが、だからといってアレンに通じるかは、また別の話であった。

「――なっ⁉　ば、馬鹿な……貴様、一体何を……⁉」

「何って言われても、ただ斬っただけだけど？」

「斬った……斬っただと……⁉　馬鹿な、あれだけの数の圧縮された空間を一斉に斬り裂くなど、勇者どころか、私達ですら……⁉」

「そしてさっきも言ったけど、時間をかけるつもりはない。――終わりだ」


――剣の権能《ワールド・エンド》：一刀両断。


言葉と同時、振り抜かれた斬撃が、男の身体を両断した。

普通ならばどう見ても即死だが、さすがは悪魔と言うべきか。

起こったことの全てが信じられないとばかりに目を見開くと、自らの身体を見下ろした。

「っ……そして私までもがこうもあっさりと、か。正直信じられぬが……まあいい。結局は同じことだ。貴様がどれほどの力を持っていようとも、私達、に、は……⁉」

しかし、それでもどことなく余裕を感じさせる態度だったのだが、しばらくそうしているうちに男はさらに大きく目を見開いた。

何かに気付き、それを心底信じられないと言わんばかりであり――。

「なっ……馬鹿な、これは……復元が始まらない、だと……⁉　馬鹿な、つまり貴様は……私達を殺せるというのか……⁉」

「うーん？　ちょっと言ってる意味が分からないんだけど……？」

アンリエットから聞いた話によれば、悪魔とはあくまでも人間の範疇に含まれる存在だったはずだ。

かつてのアンリエットのような高次元の存在であるならばともかく、人間ならば首を刎ね飛ばしたり身体を両断すれば当たり前に死ぬだろう。

だが男の言い方からすると、それでは死なないように聞こえる。

そんな生物が存在するとは思えないし、少なくともアレンは今まで一度も見たことはないのだが
……もしかして、アレだろうか。

男の身体を両断する際、何か妙な感じがするものがあったので一緒に斬り裂いたのだが、それが関係でもしているのだろうか。

しかしどうやら思いつくのが遅かったらしい。

「っ……馬鹿な、まさか……私達が真に倒すべきだったのは、勇者ではなかった、ということなのか……？　っ……そうか、そういうことか……世界め、どこまでも私達を……！」

そんな意味深げな怨嗟を残し、男は事切れた。

結局どういうことなのかは分からないままだが……まあ、今はいいだろう。

考えるにしても、先に優先すべき事がある。

「さて、なんかすっきりしない感じではあったけど……ま、とりあえず今はここをさっさと後にして皆と合流するとしようか」

「……なんていうかさ、さすがに少しは危ないんじゃないかと思ったんだけど……まったく問題なかったねー。なんか色々と考えたりしてたのが、一気に馬鹿らしくなったよ」

呆れたようなクロエの言葉に、アレンは肩をすくめて返した。

正直なところ、そんなことを言われても、というところではあるのだが……何となくその顔は何かを吹っ切り、開き直ったように見える。

そんな顔が出来るようになった切っ掛けになれたのだというのであれば、それでいいだろう。

そう思い、もう一度肩をすくめると、アレンはさっさとそこを後にするため、クロエに手を差し出したのであった。

僅かな予感と帰還

見覚えのある街の姿を目にし、アレンは思わず息を吐き出した。

予定よりも時間がかかったが、ようやく辺境の地にある街にまで戻ってこれたのだ。

疲れを自覚し、安堵の息の一つや二つ漏れて当然というものだろう。

ただし疲れは疲れでも、肉体的な疲れではなく、主に精神的な疲れではあったが。

「いやあ……中々大変な旅だったねえ……」

「……まあ、お疲れ様と言っておくです。よく頑張ったと思うですよ?」

「まあそうだな。おかげでオレは助かったし、正直お前がいてくれてよかったって思ったけどな」

「……その、ごめん?」

「……でも、皆のせい」

「いや、ミレーヌが謝るようなことじゃないしね」

「まあそこは否定しないっていうか、その通りではあるんだけど……」

だがそのことを理由にしてミレーヌを責めるのは、違うだろう。

そう思い苦笑を浮かべると、肩をすくめた。

何故アレンがこれほどまでに疲れているのかと言えば、別に悪魔の追っ手があったとか、そういうことが起こったからではない。

そもそも悪魔の拠点からは問題なく脱出出来たし、その先にあった洞窟も途中でアキラ率いるアマゾネス達と無事に合流出来、そのまま脱出する事が出来たのだ。

その後の森ではさすがに何事もなかったとは言わないが、数度の戦闘を繰り広げることで無事に脱出することには成功したのである。

しかし問題が起こったのは、その後だ。

アレン達はイザベル達を、とりあえず辺境の地にある街へと連れて行くつもりであった。

イザベル達は悪魔によって連れて来られたため、正式な手段で国境を越えていない。

事情を説明すれば分かってはもらえるだろうし、悪魔の拠点のことなどのことを話すつもりもある。

だが何せ数十人のアマゾネスだ。

どう考えても諸々の手続き等で時間がかかる。

そのため、一旦辺境の地へと向かい、そこで腰を落ち着けてからにしようと思ったのだ。

その考え自体は、イザベル達に受け入れられた。

受け入れられなかったのは、移動手段である。

本当はアレンは、転移で数人ずつの移動を何度も繰り返すことで、一気に辺境の地へと運んでしまうつもりだったのだ。

しかしイザベル達はその提案を拒否したのである。

何でもアマゾネス達にとって、移動とは自らの足で行うものらしい。

余程の緊急事態であれば話は別だが、基本的には空間転移はもちろんのこと、馬車などでの移動も認めないとのことである。

その割にはミレーヌは普通に馬車に乗っていた気がするが、ミレーヌ曰くさすがにあの時は空気を読んだらしく、さらには元々ミレーヌはアマゾネスっぽくないこともありそういうことはあまり気にしないそうだ。

だがその場にいたのは、そういったことを気にするどころか優先的に考える者達である。

転移は当然の如く拒否となり、そうなれば辺境の地へと行くには彼女達の望み通り歩くしかない。

しかし辺境の地へと歩いていこうにも、イザベル達が道などを知っているわけがないのである。

道案内が必要となり、ミレーヌとクロエがその役目は請け負ってくれたものの、そこでじゃあ任せたとか言って自分達だけで転移で移動するほどアレン達は冷酷ではない。

結果的に全員で辺境の地まで歩いて帰ることになったのだ。

が、それだけであれば、アレンも特に疲労などは感じなかっただろう。

問題だったのはその後……ようやく緊張感から解放され、余裕が出来たということで、クロエがイザベル含めた全員から大説教を食らった後のことだ。

必然的に話は悪魔のこととなり、どうやって悪魔を倒したのかということになる。

彼女達によれば故郷を襲ってきたのは複数の悪魔だったとのことだが、どの悪魔が相手であろうとも手も足も出ずにあっさりとやられてしまったとのことなのだ。

戦闘大好きのアマゾネス達が気にならないわけがなく……そこでクロエが告げたのである。

アレンによって悪魔は呆気なく倒されてしまった、と。

それ自体は事実ではあるのだが、どうやらクロエが色々と無駄に脚色を加えたらしい。

アレンはちょうど風呂の準備をしていたために聞き逃してしまったのだが……その直後からだ。

イザベルを含めたアマゾネス達が目を輝かせ、手合わせを願ってきたのは。

いや、一度ぐらいならば、アレンも構わなかった。

良い暇潰しになるし、かつてはアキラともやったりしたのだ。

全員一度ずつとなっても数十回繰り返すことになるものの、その程度ならば問題はない。

魔物の姿を見かけなかったこともあり、良い運動になったとすら思ったのだが……直後にそれは起こった。

二周目が、だ。

そう、イザベル達は一度だけでは満足せず、むしろ他の者達との手合わせを見ているうちにもう一度やりたくなったと言い出したのである。

アレンもまあもう一回ぐらいならばと受けたのだが……あれよあれよという間に三回四回と続き……最終的には、毎日一人一回ずつやることになってしまったのだ。

肉体的には大したことはないのだが、逆にそのせいもあって途中で断る事が出来ず、またイザベル達が妙に楽しそうなことも合わさり、今日まで来てしまった、というわけである。

既に日課のようになってはいるが、さすがのアレンも連日数十人と手合わせをし続けるというのは精神的な疲労を覚えるのに十分なのであった。

「うーん……どっちかというと、謝るのはアタシの方って気もするかなー」

「まあ確かに、オメエが余計なことを言わなけりゃアレンに挑もうとするやつは減ってたかもしれねえですねえ」

「そうか？　オレは結局時間の問題だった気もするがな」

「同感だねえ。正直アタシは最初からアレンのことに目え付けてたし、そのうち手合わせ願ってただろうからね。で、それを見て黙っていられるような連中じゃないさ」

「まあ、ぶっちゃけ僕もそう思うかな。僕とはまた別にアキラも多少は手合わせ挑まれてたみたいだしね」

「お前に比べりゃ微々たるもんだろうけどな」

そんなことを話しながら、再び街の方へと視線を向ける。

そのような日々もあそこに辿り着けば終わるわけだが……しかし、それでのんびり出来るかと言えば、そうなるまでにはもう少しの時間が必要だろう。

イザベル達のとりあえずの生活を整えるのも、彼女達のことや悪魔のことなどを伝えるのも、アレン達が何もしないというわけにはいくまい。

全てが終わるのは数日以上必要であろうし、のんびり出来るのはそれからとなる。

ただ……それで本当にのんびり出来るようになるのかは、分からないが。

純粋な事実として、イザベル達のことを報告するにも、報告する先がいないという問題がある。

何せ事が事であるため、報告はかなり上の方……領主あたりにする必要があるに違いない。

そして辺境の地は、管理を放棄されてはいるものの、管轄としてはヴェストフェルト公爵家になる。

つまりはリーズに報告しなければならないわけだ。

だがリーズは未だ王都だろう。

報告するにはリーズが王都から戻ってからでなければならない、というわけだ。

報告が終わらなければ本当の意味でのんびりすることは出来まいし、のんびり出来るのはいつになるのやら、というところである。

それに……その報告すべき件に関わることについて、アレンはどうにも不明なところもあると感じていた。

あの悪魔とクロエの関係や状況というものは分かったし、クロエからの証言で推測の補完もされている。

しかしそれでも、分からない事があるのだ。

たとえば、何故アキラをわざわざあの拠点にまで誘き寄せたのか、というのがある。

クロエの証言によれば目的はそこにあったらしいのだが、誘き寄せてどうするつもりだったのかまでは分からないというのだ。

あの悪魔の言動からすれば殺すつもりだったというのは間違いないとは思うのだが……それだけであるならば、わざわざあそこの拠点にまで誘《おび》き寄せる意味はない。

実際アキラとあの悪魔は、砂漠の拠点でも戦っているのだ。

別に拠点でなければ戦えないということもあるまいし、どこか適当なところへと誘導して戦い、殺せばいい。

そうしなかったのは、何か別の目的があったのではないかと思えてならないのだ。

それと、妙にあっさりと片がつきすぎてしまったような気もする。

砂漠の拠点でも思ったが、まだ何かがあるような気がしてならなかった。

まあ、この辺のことはアレンが感覚的に感じていることなので、今のところは誰かに言うつもりもなければ、報告するつもりもないが。

所詮勘でしかないため、気のせいで終わる可能性もあるのだ。

そうなればいいと思ってもいるが——。

「さて。それじゃ、オレはそろそろ行くか」

と、そんなことを考えていると、アキラが唐突に立ち上がった。

今はちょうど休憩中だったのだが、アキラは既に出発する準備が整っている。

他の者達はまったく準備などは出来ておらず、だがそれも当然と言えば当然だ。

アキラは辺境の地へは行かず、ここで別行動を取るからである。

「本当にあそこには寄らないでいいの？」

「水や食料は十分残ってるしな。転移で移動してたんならしばらくいてもよかったが、ちと移動に時間をかけすぎた。寄ってたら予定に間に合いそうにねえ。オレにも一応やることはあるからな」

「そうかい……それは悪かったね、アタシ達につき合わせちまって」

「いんや？　中々楽しかったしな。問題はねえよ」

「気をつけるですよ？　今回のことでも分かったと思うですが、悪魔は意外と近いところにいやがるです。特にオメエはなんか狙われてるみてえですし」

「なに、狙われるなんざ慣れてるからな。むしろ向こうからやってきてくれるんなら好都合なぐらいだぜ」

「……本気で言っているから凄い？」

「だねー。アタシじゃそんなこと言えないよ。……あの、今回は本当にごめんね？　多分、一番迷惑かけたと思うから……」

「だから気にしてねえって言っただろ？　それに、今言ったばっかだろうが。中々楽しかったってな」

「う、うん……ごめん」

皆が気にしないと口々に言ってはいるのだが、やはり罪悪感というものはそう簡単にはなくならないのだろう。

クロエは謝罪を口にしながら俯いてしまい、だが別れの時に俯いているのはよくないことである。

故に、アレンは少々お節介かもしれないと思いつつも口を開いた。

「クロエ、違うと思うよ？」

「……え？」

「まあクロエ自身の問題だから、僕からはこれ以上気にしないでいいとか言うつもりはないけど……ほら、心の中ではどう思っていようとも、そう何度も謝られたら良い気分はしないよね？　それに、助けてもらったって思いがあるんなら、クロエが口にすべき言葉は、それじゃないんじゃないかな？」

「……あっ」

その言葉だけで、クロエには通じたようだ。

俯いていた顔を上げると……クロエは、まだぎこちないながらも、笑みを浮かべた。

「うん、そうだよね……アキラ、ありがとう」

「おう、気にすんな。困ったときはお互い様、情けは人の為ならず、ってな」

そう言ってアキラも笑みを浮かべると、片手を挙げる。

「じゃ……またな」

そうしてアキラは、去っていった。

一度も振り返ることなく、自分の向かうべき場所へと。

その背中を何となく眺めて続け……ふと、互いに顔を見合わせた。

苦笑を浮かべ、動き出したのは、自分達もそろそろ行くかと自然と思ったからだ。

未だ胸の中には、しこりのように嫌な予感が残り続けている。

しかしアレンはそんな予感を振り払うように準備を終えると、皆の準備が終わるのを待って、見慣れた街へと向かい、足を進めるのであった。

異変

軽い振動を伝えてくる馬車に揺すられながら、ベアトリスは何とはなしに窓の外を眺めていた。

窓の外を流れている景色が珍しいわけではない。

確かにここ最近はご無沙汰ではあったが、この辺はまだ王都から馬車で一日程度走ったばかりの、近郊と呼んでいい場所だ。

かつてはよく訪れていた場所だということを考えれば、珍しいわけもあるまい。

しかもここはつい先日にも訪れたばかりの場所でもある。

王都へと向かう際に通ったのだから当然だ。

今は王都からの帰りの道であるため方向的には逆だが、大差はあるまい。

かつては見慣れていた場所で、さらには見たばかりの場所となれば、尚更珍しいわけがなかった。

だというのに、何故窓の外を眺めているのかと言えば——。

「ふむ……やはり少しばかり意外だったから、なのかもしれんな」

「え……？　ベアトリス、何か言いましたか？」

と、思考を整理しているだけのつもりが、つい言葉が口から漏れてしまったらしい。

首を傾げながら自分を見つめてくるリーズに、ベアトリスは苦笑を浮かべながら首を横に振った。

「いや、単なる独り言だ。ただ……」

「ただ、なんですか？」

「なに、少しだけ、王都に滞在している時間が短かったなと思っただけだ」

「そ、そうでしょうか……？　今回は帝国のことについて報告に来ただけなんですから、こんなものではないかと思うのですが……。それに、あまり長い間留守にするべきではないでしょうし……」

リーズの言っていることは、あながち間違いだとは言い切れない。

確かに事が事であるために直接報告には来たものの、既に帝国で起こっていたことは解決しているのだ。

ベアトリスも直接帝国に行ったわけではなく、話を聞いただけではあるが、リーズだけではなくアレンからもある程度話を聞いている。

その二人が揃って問題が解決したと言い、そう遠くないうちに落ち着くだろうとも言っているというのであれば、それが事実なのだろう。

で、あれば、報告をするだけして即座に王都を後にするというのは、理屈の上では正しい。

リーズは今や公爵家の当主となっていることを考えれば、あまり領地を留守にするべきではないのだ。

行動だけで言えば正しく、領主らしいとすら言える。

ただし、それは普通の領主であればの話だ。

リーズが公爵家の当主であることは確かだが、実際に実務を行っているのは他の者達であるし、ベアトリスもその一角を担っている。

そういう意味で言えば、ベアトリスが戻ることの方に意味があるとも言えるが……しかし、そのことを考慮に入れたとしても、ここまで早く戻る必要は本来ないはずなのだ。

そもそも王都にはしばらく滞在することを前提とした上で計画を立て、そのための分担も予め決めておいてある。

行きは何の問題もなく王都に辿り着けたことも考えれば、数日どころか十数日程度ならば、何の問題もなく王都に滞在出来たのだ。

それに今は公爵家の当主ということになっているが、リーズは元々王女である。

しかも何か問題があって縁を切られたりしたわけではない。

王都には家族がいて、家族として接することが出来るのだ。

数ヶ月ぶりの再会ともなれば、互いに積もる話はあるだろうし、王都に留まるのが普通だろう。

実際リーズはしばらく留まるように家族達から言われていたのだ。

だがリーズはその誘いを色々な理由を並べて断った。

領地のことに悪魔のこと、帝国のことなどであり、一応そこには理があったため、彼らは納得し渋々諦めたようだが……さすがにベアトリスは騙されることはない。

リーズと接していた時間で言えば、おそらくベアトリスは家族よりも長く、その分リーズのことを理解しているという自負がある。

さらには、リーズが公爵家の当主となって以来、ずっとどこで何をしていたのか、ということもよく知っているのだ。

そこから導き出される答えは一つである。

「色々とそれらしい理屈を並べたところで、本音はアレン殿に早く会いたい、というものだろう？　もうそれなりの時間顔も見ていないわけだからな」

「ちっ、ちがっ――」

「ふむ……違う、と？　そういうことであるならば、まあ私としては構わないのだが……ということは、無論このまま公爵家の屋敷に帰り、辺境の地になどは行かないということだな？　領主としての役目を果たすために領地へと一刻も早く帰ると言ったのだから」

「い、いえ、それは、その……ほ、ほら、辺境の地も公爵領ではあるわけですし……」

「――リーズ様？」

ニコリと笑みを浮かべて見せれば、リーズは観念したとでも言うかのようにうな垂れた。

垂れ下がった髪から覗く頬は、赤く染まっている。

「う、うー……ベアトリスが意地悪です……」

「はっきりしないリーズ様が悪いんだろう？　というか、今更だと思うんだが？」

「そうではありますが……それでも、なんです」

「ふむ……態度ではあからさまなぐらいなのだから、後ははっきり口に出せばそれで終わる気がするのだがな」

「それで別の意味で終わっちゃったらどうするんですか……」

「そんなことを言ってるから、いつまで経っても進展しないんじゃないのか？」

「うぅー……分かってはいるんですが……」

それはポーズというわけではなく、おそらく実際に分かってはいるのだろう。

だが今の関係が崩れてしまったら、ということを考えたら、怖くて足を前に進めることが出来ないに違いない。

とはいえ、そのことに関してベアトリスが的確なアドバイスをするなどということは不可能だ。

応援はしているし、是非ともアレンを新たな公爵家当主として迎え入れたいと思ってもいるのだが、いかんせんベアトリスはこういったことに疎いのである。

ずっと剣一筋でやってきたし、男女の関係などというものを誰かと築く暇も余裕もなかった。

気が付けばこんな歳になってしまい、行き遅れと呼ばれることすらそろそろなくなりそうなほどである。

とはいえそのことを後悔するつもりはないのだが、こういった時にろくなことを言えないのだけは困ったものか。

男女の機微などというものを今更理解出来るとも思えず、ベアトリスに出来るのは精々がこうやって焚《た》き付けることぐらいなのだ。

まあそうは言っても、傍から見ている分にはアレンもリーズのことを憎からず思っているように見える。

放っておいてもそのうち自然と結ばれるような気もするのだが……そうして気を抜いていると、思いも寄らぬところから獲物を掻っ攫われるのが世の常だ。

そんなことが起こらぬよう、しっかり気を張り、油断しないようにしておく必要があり――。

「――む？」

「――きゃっ⁉」

と、唐突に感じた衝撃に、ベアトリスは一瞬で思考を切り替えた。

体勢を崩すリーズの身体を咄嗟に支え、窓の外へと視線を向ける。

流れていたはずの景色は静止していた。

「あ、ありがとうございます。それにしても、何が……？」

「一番有り得そうなのは魔物の襲撃だが……それほど強力な魔物はこの周辺には出ないはずだ。もし出たとしても、騎士団が総出で狩っているだろうからな」

王都の近郊なのだ。

危険なものがあれば即座に排除されるはずであり、そういったものがあるという話もベアトリスは聞いていない。

かといってただの魔物であれば、周囲を固める者達が片付けているはずだ。

今回のベアトリス達は以前のように極秘の任務を帯びているわけではないので、しっかりとした護衛が付いている。

共に行動する馬車は今ベアトリス達の乗っているものだけではなく、合計で三十人もの護衛がいるのだ。

たとえ強力な魔物が出たところで、そうそう遅れは取らないはずである。

しかしベアトリスの理性はそう言うのだが、どうにも嫌な予感が拭い去れなかった。

そもそも本当にそうであるならば、今の衝撃は何だというのか。

どうして馬車が停まったというのだ。

それに……何故、何の音も聞こえてこないというのか。

「……リーズ様、私は外に出て様子を探ってくる。決して馬車の外に出ないように」

「……分かりました。気をつけてくださいね？」

リーズの言葉に頷きを返し、ベアトリスは最大限の警戒をしながら、素早く外に出る。

そして。

それがベアトリスの覚えている、最後の記憶となったのであった。

休息にはまだ遠く

一目見た時にアレンが思ったことは、懐かしい、というものであった。

何も数年ぶりに帰ってきたとかいうわけではないというのに、我が家に懐かしさを覚えるとは、今回のこともまた相当に濃いものであったらしい。

あるいは、帝国から戻ってきたから割とすぐに出ることになったのも理由の一つか。

そんなことを思いながら、アレンは辺境の地にある我が家を眺めつつ、安堵にも似た息を一つ吐き出した。

「さて、と……とはいえ、ここでのんびりするってわけにはいかない、か」

「やるべきことが色々とありやがるですからねえ」

「……まずは、悪魔の件の報告？」

「だね。あの森の管轄はこの辺とは別だからリーズが不在でも問題はないし、あそこを治めてるのは……確か、レイグラーフ辺境伯だったかな？　本来は国にも報告する必要があるんだけど、レイグラーフ辺境伯が調査した後で国に報告するだろうから必要はないかな」

他の細々とした面倒ごとも、報告さえすれば向こうが勝手にやってくれるはずだ。

問題があるとすれば報告そのものが信じられない場合だが……レイグラーフ辺境伯とは直接の面識こそないものの、人格者だという話は聞いたことがある。

少なくとも無碍《むげ》にされることはあるまい。

「やっぱ問題なのはアマゾネス達ですかねえ」

「ここに住むっていうんなら問題はないんだけど、どこか別の場所に行くならさすがにしっかりとした手続きが必要になるしね。それでなくとも一応報告はするつもりだけど」

「……何人か、ここに住みたいって言ってたけど、それは？」

「さすがにそれは断らせてもらうかなぁ。部屋に余裕はまだあるけど……なんか毎日大変になりそうだしね」

「まあまた毎日挑まれそうですねえ」

「……住んでない人もきそう?」

「まさにそれが懸念してることだしね」

そもそもの話、結果的に皆と一緒に暮らすことになっているものの、アレンはそう意図したわけではないのだ。

　それにそこまで互いのことを知っているわけでもないのだし、土地と家は余っているのだから、各々で好きなところに住めばいいと思う。

「ちなみにだけど、どのぐらい残りそうかとか、そういうのって予測出来たりする？」

「……イザベル次第？　多分、イザベルが残るって言えば大半が残るし、どこかに行くって言えば一緒に行くと思う」

「ああ、確かに慕われてるっていうか敬われてるっていうか、そんな感じだったですね」

「んー、じゃあ、全員に聞くよりも、まずはイザベルの意見を聞いた方がよさそうかな。まあこれは少しずつやってけばいい話ではあるけど」

　リーズが戻ってきた時に纏めたものを報告出来るようにしておいた方がいいだろうが、予定通りに王都に行けたのであれば、今頃はまだ王都にいるはずだ。

　家族との団欒《だんらん》もあるはずで、帰ってくるのはもう少し後になるに違いない。

　少しゆっくりとやったところで問題はないはずである。

「あ、そういえば、ミレーヌはいいの？」

「……何が？」

「故郷の人達が無事救出されたわけでしょ？　纏まって一箇所にいるみたいだけど、ミレーヌはそっちに行かなくていいのかな、と」

「……ミレーヌ、邪魔？」

そう言って首を傾げたミレーヌの顔には相変わらず感情らしいものが大して浮かんではいなかったが、それでも悲しげだということぐらいは分かる。

そして無論そういうわけではないので、苦笑を浮かべながら首を横に振る。

「いや、邪魔だとか出ていけとかいうわけじゃなくて、元々一緒の村に暮らしてた人達がそうしてるんなら、ミレーヌもそこに行きたいんじゃないかって思っただけだよ」

「……いていいなら、いたい。あと……多分、ミレーヌが行っても歓迎はされない」

「どういうことです？　道中では仲良くやってたように見えたですが……？」

「……皆からは、多分ミレーヌは所属が別になったと思われてるから。ある意味では、村の一員ではなくなった、ということ」

アレン達と共に暮らしているということで、ミレーヌは別の共同体に所属することとなったと思われている、というところだろうか。

辺境の地という場所を一つの大きな共同体だと考えれば、ミレーヌもイザベルも同じ共同体に参加しているということになる気がするが……まあ、その辺はアマゾネス特有のものなのかもしれない。

「んー、ミレーヌが戻りたいっていうんなら、口利きするけど？」

「……必要ない。むしろその方が困る」

「困っちゃうのかぁ……じゃあ素直にやめておくよ」

ミレーヌを困らせようと思ってるいわけではなく、手助けしようと思っての提案なのだ。

困らせてしまったら意味があるまい。

「……とりあえず、ノエルに報告してくる。あと、様子も見てくる」

「あー、うん、そうだね。行く時は不満そうだったけど、これ幸いと一人で引き篭《こも》ってるかもしれないし、よろしく」

「……頼まれた」

頷き、屋敷を出ていくミレーヌの姿を何となく見送り、扉が閉まると共にその姿も見えなくなる。

それから、さて、と呟いた。

「どうしようかな……」

「どうするも何も、まずはイザベル達のとこに行くんじゃねえんですか？　一番時間かかりそうですし、昼過ぎちまった以上は悪魔達に関する報告書は今すぐ書いたところで運んじゃくれねえでしょうし」

「最初はそうしようかと思ってたんだけどね。でもイザベルの話を聞けば大体何とかなりそうだし、彼女達も休みたいだろうとも思ってさ」

「休みってあいつらに必要なんですか？　ずっと元気だったようにしか見えねえですが」

確かに、アマゾネス達は道中元気であった。

子供ですら一日中歩けたし、風呂を用意してやれば歓声を上げながら入っていくほどだったのだ。

アレンに手合わせを挑んできたことなども考えれば、むしろ力が有り余っていたとも言える。

「あの様子が空元気だったとかは言わないし、実際力は有り余ってたんじゃないかとは思う。でも、だからといって疲れていないとは限らないでしょ？」

「あー……言われてみりゃオメエも、身体は元気だけど疲れてるってやつの一人だったですね」

その言葉を否定はしないが、だから休みたいと思ったわけではない。

実際精神的な疲労は今も残ってはいるものの、そこまでではないのだ。

だが、彼女達は故郷を襲撃されたり、悪魔に捕まったり、無理やり使役させられていたりした。

本人達が自覚しているのかは分からないが、相当心に負担がかかったはずだ。

今日だけと言わず、数日の休息が必要だろう。

あるいは、道中の手合わせも、無意識のうちにストレス発散の手段として……いや、あれはやっぱりただの彼女達の趣味かもしれない。

まあ、ともあれ、彼女達は出来ればゆっくり休ませてやるべきである。

「ならオメエも休めばいいんじゃねえですか？」

「いや、だから言ったように僕は……」

「確かにオメエは色々な意味で普通のやつらと比べれば強靭《きょうじん》ではあるですがね。オメエも疲れねえわけじゃねえんですよ？　ただでさえ厄介事に巻き込まれやすいんですから、大人しく休める時に休んでおくです」

「んー……まあ、アンリエットにそこまで言われちゃったんなら、仕方ない、か」

何だかんだでアレンのことを最もよく分かっているのは、やはりアンリエットだろう。

そのアンリエットが休めと言っているのだ。

ならば一先ずは大人しく休んでおくべきであり――。

「――っと？」

そう決めた瞬間、懐に違和感を覚えた。

ただし肉体的な意味ではなく、懐を漁ると、一つの装飾品のようなものを取り出す。

銀色の鎖の先に赤い石が埋め込まれているもので、その石を眺めながら、アレンは思わず目を細めた。

「っ……アレン、それって……」

「うん……緊急連絡用の魔導具だ。万が一の時のためにって、僕が片方を預かってたんだけど……」

これに反応があったということは、リーズ達の身に何かが起こった可能性があるということだ。

逡巡したのはほんの刹那。

すぐにその石に触れると、途端に誰かの意思が流れ込んできた。

緊急連絡用であるため、双方の連絡には使えない。

ただ相手の情報を一方的に垂れ流されるだけだ。

しかし、緊急事態であることを知るには、それだけで十分であった。

――リーズが攫われた。

ベアトリスが伝えてきたその情報を耳にしながら、アレンは手の中の石を壊してしまわないように気をつけつつ、ほんの少しだけ手に力を込めると、一つ深くて長い息を吐き出したのであった。

二つの誘拐

とりあえずは、冷静になることにした。

緊急連絡用の魔導具で伝えられるのは、僅かな言葉だけだ。

故に今アレンが分かっているのは、リーズが攫われたということと、その時の状況は相手含め不明だということ。

攫われた場所は、王都から馬車で一日程度走ったところという、それだけである。

あとは、連絡してきたことからベアトリスが無事だということも分かってはいるが……何にせよ状況を推測するにはさすがに情報が足りない。

王都から馬車で一日程度の場所だということは、王都を出たにしては少し早すぎるので、王都直前にまで来て攫われたという可能性が考えられるが、状況が不明だというのはどういうことなのか。

以前の件もあるので、護衛は万全を期していたはずだし、その上でベアトリスがリーズの傍を離れるとは思えない。

となれば、有り得るのはベアトリスが何も把握出来ないうちに一瞬で意識を刈り取られ、その後でリーズが攫われたか、あるいは空間転移のようなものでリーズだけを連れ去られたということになるが……さすがに後者は厳しいか。

人を転移させるという手段は、かなり繊細な作業が必要だ。

相手の同意を得ずに転移を行うのは、ほぼ不可能だと思って構わないほどに。

馬車で移動している最中であれば尚更で、停まっていたとしても考慮するには値するまい。

つまりは、実質一択である。

「んー……とはいえそれもなぁ……」

「アレン……？　一体何がありやがったです？」

「ああ、うん、ごめん、ちょっと思考を整理してるから待って」

「オメエがそこまで余裕がなくなってるってことは……リーズが攫われた上に詳細は不明とかって感じですか？」

アレンの様子からそこまで推測するとはさすがと言うべきか、それともアレンがそこまで分かりやすいのだろうか。

まあ、どちらであろうとも、何も言わずとも現状を正確に把握してくれるというのならばありがたい。

こちらから何も言わずとも、アンリエットも推測を重ねてくれるはずである。

端的に言って効率は二倍だ。

本当にありがたいと思いながら、アレンはさらに思考を回転させる。

相手は一体何者であり、何が目的なのか。

そもそもリーズを攫うのが目的だったのだろうか。

そうである可能性が高い。

ベアトリスが一瞬で意識を刈り取られたと推測するのは、相手が危険だと認識した瞬間にベアトリスは緊急連絡をしてきたはずだからである。

そうではなく攫われた後に連絡してきたということは、連絡をする暇どころか相手の脅威度を認識する前に意識を刈り取られた以外にあるまい。

そしてそこまでの腕を持つ何者かが、偶然通りかかったリーズを攫ったと考えるのは無理がある。

リーズを狙って攫ったと考えるべきだ。

ただ、リーズが王都に向かうことは、隠していたわけではないはずだが、知っているのは王国の上層部だけのはずである。

前回の悪魔の事件から、一年も経ってはいないのだ。

神経を尖らせているはずであり、リーズの立場と持っていこうとしていた情報のことを考えれば、周知をするとは考えにくい。

しかし同様の理由から、王国内部の犯行ではないはずだ。

あの件を原因として徹底的に怪しい人物は洗い流されたはずで、少なくとも今の王都には危険な思想を持つ裏切り者であったり、スパイだったりはいないだろう。

だがとなると、どうやって犯人はリーズがそこを通ることを知っていたのかということになるが
……これはそう難しいことではない。

ベアトリスに気付かれる前に一瞬で昏倒《こんとう》させることが可能だという時点で、かなり選択肢は絞られるのだ。

その上で本来入手不可能な情報を得られるような存在の心当たりは、アレンには一つしかない。

「──悪魔、かな？」

「──悪魔、ですかね？」

その瞬間、思わずアレンはアンリエットと顔を見合わせていた。

期せずして呟きが重なるだけではなく、まったく同じ結論が出たのだ。

マジマジと互いの顔を眺めた後で、苦笑が漏れた。

「……奇遇だね」

「みてえですね。まあ多分辿った過程は違うんでしょうが」

「だろうね。だけど過程が違うのに結論が一緒ってことは、ほぼ確定でいいってことかな？」

「まだ分かんねえですがね」

「まあ、ぶっちゃけ情報まったく足りてないしね」

ただ、状況が不明と言っている以上は、たとえベアトリスに話を聞きに行っても得られる情報に大差はないはずだ。

とりあえずは悪魔が実行犯だと考えて行動すべきだろう。

「さて、じゃあ一先ずの結論が出たところで……とりあえず次にすべきはベアトリスさんに会いに行くってところかな？」

「ですね。本人は理解してないだけで何か手掛かりとなる情報が得られるかもしれねえですし」

「ちなみに、ベアトリスさんと面識はあるんだっけ？」

「帝国に来る前のリーズと同程度ですかね。ただ、話したことはねえですが」

「んー、アンリエットのことはリーズがある程度は話してると思うし、まあなら問題はないかな？」

肝心のベアトリスの現在地だが、これは問題ない。

緊急連絡用の魔導具から辿ればいけるだろうからだ。

「じゃあ早速……と言いたいところだけど、さすがにまだ駄目かな？」

「せめてミレーヌのことは待つべきですからね。戻ってきたら誰もいないとか、さすがのミレーヌも驚くと思うです」

「アンリエットが待ってればいい話ではあるんだけどね」

「悪魔が関わってる可能性が高いってのに、ワタシを置いてっていいんですか？　多分ワタシ以上に悪魔のことを詳しいやつは中々いねえと思うですよ？　悪魔本人達を含めたとしても」

「分かってるって。……ところで今更だけど、アンリエットついてきてくれるつもりなんだね？　普通についてくること前提で言ってるけど」

「……まあ、同居人ですからね。さすがにここで何もしねえほどワタシは冷酷じゃねえですよ」

「いやアンリエットが冷酷じゃないなんてよく知ってるし、一度も冷酷だなんて思ったことすらないけど？」

どれだけアレンがアンリエットに助けられたかを考えれば、そんなことを思うはずがない。

しかし褒めたというのに、何故かアンリエットからはジト目を向けられた。

「……本当にオメエは」

「ここで責めるような目をされるのはちょっと納得がいかないんだけど？」

「やかましいです。んなくだらないこと言ってる暇があったら――」

と、そんなことを言っていたときのことであった。

不意に扉が勢いよく開くと、息を切らしたミレーヌが飛び込んできたのだ。

非常に珍しい光景に数度瞬きを繰り返し……だが、すぐに気を引き締めて目を細めたのは、何となく予感のようなものがあったからである。

「珍しくそんな焦ってどうかした……いや。もしかして、ノエルが何者かに攫われでもした？」

「――っ⁉」

瞬間、ミレーヌは顔を跳ね上げると、目を見開いた。

言葉を聞かずとも、どうして、と尋ねているのが分かる。

しかし、問うまでもなく結果が分かってしまったことに、アレンは溜息を吐き出した。

「そっか……ノエルもか」

「……ノエル、も？　……もしかして？」

「うん、さっきベアトリスさんから緊急連絡があったんだけど、リーズも何者かに攫われたらしい」

「……っ。……そう」

「それで、ノエルが攫われたってのはどうやら間違いないみてえですが、ミレーヌはその場面を見たんですか？」

「……見てない。だから正確には、違う可能性はある。……でも」

「どうしてそう思ったの？」

「……店に行っても、ノエルの姿はなかった。作業場にも。……でも、作業場には火が入ったままで、打ちかけの剣があった」

「なるほど、それは確かに間違いなく異常だね」

ノエルが一度剣を打ち出したら終わるまで作業場を離れないということも、作業場に火を入れたままどこにいくことはないということも、アレン達はよく知っている。

共に暮らした半年の間によくよく思い知らされたし、ノエルの店に行ってノエルと共にいる時間が特に長いミレーヌはさらによく分かっていることだろう。

そのどちらかがあるだけでもおかしいのに、どちらもあるとなれば、確実に何かが起こったということであった。

「まだアンリエットはそれがそこまで異常なことだってのは分かってねえんですが……そこまでなん

です？」

「天変地異が起こっても、多分ノエルは鍛冶を続けるだろうからね」

「なるほど、そりゃ相当ですね。ですが、それでどうして攫われたってことになんです？　他の何かかもしれねえじゃねえですか」

「……否定は出来ない。でも、争った形跡も、そもそもノエルが作業場から外に出た形跡もなかった。……ちょっと聞いてみたけど、ノエルの姿をここ最近は誰も見てないって言ってた」

「まあ僕達がいないのをいいことにノエルが引き篭もってたのは容易に想像が出来るんだけど……そのせいで、周囲からは異常があったとは思われなかった、か。しかも火が入りっぱなしだったってことは、ノエルがいなくなったのは最近だね」

「確かに、話を聞いてる限りでは誰かに攫われた……少なくとも、忽然とその場から消え失せた可能性が高いですか。そしてリーズもまた何者かに攫われてるです……これって偶然ですかね？」

アンリエットの言葉に肩をすくめて返したのは、分かりきったことを聞く必要はないだろう、という意味だ。

というか――。

「むしろアンリエットは、ここまで予測出来てたんじゃないの？」

アレンがそう尋ねると、アンリエットは真っ直ぐに見返してきた。

そのまま口を開く。

「……どうしてそう思いやがったです？」

「何となく似たようなことに覚えがあるから、かな？　出来ればアキラの安否も知りたいところだけど……」

「まあ別れたばっかとはいえ、さすがに追いつくのは難しいでしょうしね。それに……多分、リーズ達の行方を追ってるうちにそっちも分かると思うです」

明確な返答はなかったが、やはりアレンの推測は正しいようであった。

だがそれ以上のことを尋ねるつもりはない。

今はそれだけが分かれば十分であり、他の情報が必要になったらアンリエットから教えてくれるだろうからだ。

ともあれ。

「ノエルの仕事場から情報を得るのは無理そうだし……やっぱり次はベアトリスさんのところかな」

「ですね。何か分かりゃいいんですが……」

「さて、どうだろうねえ。ああ、そうそうそれで、そういうわけでこれからベアトリスさんのところに情報を求めに行こうと思うんだけど……ミレーヌも来る？」

「……行く。気になるし、ジッと待ってはいられない」

「了解。っと、その前に、一応イザベル達には言っといた方がいいかな？」

「悪魔の件もとりあえずギルドあたりに報告だけでもしといた方がいいんじゃねえですか？」

「……アレンが言えば、後のことはやってくれそう？」

「んー、それはどうかな。さすがにそこまでは無理じゃないかとも思うけど……ま、何にせよ、ベアトリスさんのところに行く前に、ちょっとだけやるべきことがありそうだね」

正直なところ、焦りはあるものの、焦っても仕方ないということも分かっている。

自らに落ち着くように言い聞かせながら、とりあえずやるべきことをやるために、アレンは足早に動き出すのであった。

騎士の話

眼前の扉をノックすると、直後に中からどうぞという声が聞こえた。

その声に従って扉を開ければ、視界に映ったのは部屋の内装とベッドに入ったまま上半身を起こしている姿のベアトリスだ。

無事であることは分かっていたものの、元気そうな姿を目にし、思わずアレンは安堵の息を吐き出した。

「や、元気そうだね」

「見ての通りな。それよりもすまないな、こんな格好で」

「……問題ない。……どこか怪我した？」

「いや、見て分かる通り無傷だ。私がこうしているのは念のためというやつだな。まあ、実際にはそれすらも建前ですらないが」

「実質的には軟禁、ってわけですか」

「そういうことです。……それにしても、話には聞いていましたが、本当にアンリエット様がいるのですね。遅くなってしまいましたが、お久しぶりです。もっとも、こうして話をするのは初めてな気がしますが」

そう言って頭を下げたベアトリスに、アンリエットは顔を顰めた。

気持ちは分かるというか、きっとアレンがベアトリスと再会した時に思ったことと似たようなことを考えているのだろう。

そのまま首を横に振った。

「んな言葉遣いをする必要はねえですし、様を付ける必要もねえです。ここにいるのは、ただのアンリエットなんですから」

「……そうか、分かった。それにしても、以前にも似たようなことを言われたが、私の周りには似たような人物が多いらしいな」

ベアトリスは誰とは口に出さなかったが、その目がアレンに向いている時点で誰のことを言っているのかは明らかだ。

しかしアレンはその目から逃れるように肩をすくめる。

「そうだね、まあベアトリスさんの周りにはそういう人が集まりやすくでもなってるんじゃないかな？　リーズからしてそんな感じだし」

「ふっ、確かにな。……そして、雑談をするのもここまでにしておくか。貴殿達はそのリーズ様のことを知りたくてきたんだろう？」

「……何か分かった？」

「分かってねえからオメエがこうして軟禁状態になってるんじゃねえかと思ってたんですが……？」

「それは正しい。少なくとも私もこの国の上層部も、何が起こったのかは理解出来ていないからな。

だが同じ情報からでも、貴殿達ならば何か分かることがあるかもしれない。上層部もそう判断したからこそ、貴殿達をここに通したのだろうしな」

「なるほど、場所の割に妙にあっさり入れたなとは思ったけど、上層部も藁《わら》にも縋《すが》りたい思いだったってわけか」

そんなことを言うのも、アレン達が今いるのは王城の一角だからである。

そう、ベアトリスは何故か王城にいたのだ。

諸々の連絡やら報告やらを終えたアレンは、すぐにベアトリスの居場所を探った。

その結果、ベアトリスは王城にいるということが分かったのだが、さすがに王城は一般人がほいほい行けるような場所ではない。

しかもベアトリスは元近衛ではあるも、所詮は元だ。

どう考えても何か理由があって王城にいるのは間違いがなく……だがとりあえずは駄目で元々と行ってみたら、呆気なく通されてしまったのである。

何故なのだろうかと思っていたのだが、どうやら情報を欲してのことだったようだ。

「まあそうは言っても、実際には話せることはほとんどないのだがな」

「……口止め？」

「いや、純粋に分かっている事実が少ないということだ」

「んー、まあ、状況が不明ってことだしね。で、具体的にはどんな感じだったの？」

「事が起こったのは、今朝のことだ。既に言ったことではあるが、場所は王都から馬車で一日足らずの平原。王都から公爵領へと戻る途中のことだった」

「あれ？　王都に向かう途中だと思ってたけど帰りだったの？　早くない？」

「……まあ、色々とあってな。王都には滞在することなく、すぐに戻ることになった」

行く途中でなかったというのならば、推測の前提が崩れるわけだが……結論が変わるかはまだ何とも言えないところか。

既に王都に行った後ならばリーズがやってきたことを知る者は増えるだろうが、すぐに出て行ったとなるとそんなことを予測することは出来ないだろうからだ。

そうするに至った理由である色々とやらの内容次第では分からないが……まあ、おそらく関係はないのだろう。

関係あるのならば、全てが不明ということにはならないはずだからである。

「ちなみに、その色々の内容はどんな感じなんです？」

「領地や悪魔に帝国……要するに、現状を考えるに王都に留まっていられる余裕はないため、すぐに領地へと戻ることにした、というものだ」

「……なるほど、それは今回の件とは無関係みてえですね」

「要するにリーズ様の独断だからな。予測出来たものはいまい」

「……納得。それで？」

「ああ……具体的にどこだったのか、というのは説明がしづらい。特徴的な何かがあるわけでもない、本当にただの平原で、唐突に事は起こったのだからな」

「何があったの？」

「……分からない。私に分かったのは、馬車が唐突に停まったということだけだ。だが異常が起こっていることだけは分かった。護衛達が動き出している様子もなく、何の音も聞こえなかったのだからな。それで私は警戒しつつ外へと飛び出し……そこで、意識を失った」

「……何が起こったのかも分からないってのは、そういうことですか」

「外に出た瞬間、何かを認識しようとするよりも先に昏倒させられてしまったからな。だがだからこそ、リーズ様が攫われたというのは、実は状況証拠からの推測でしかない。姿が見えない以上、それ以外にはないとは思うが……」

そこまで聞いた時にミレーヌへと視線を向けたのは、似たような話をミレーヌから聞いたばかりだったからだ。

状況証拠から攫われたと推測される。

最初から関係がありそうだと考えていたとはいえ、どうやら思っていたよりも早く共通点が見つかったようだ。

アンリエットもミレーヌのことを見つめており、三人して頷き合う。

「それでだな……っと、三人共どうかしたのか？」

「んー……まあ、話を聞き終わったら話すよ。多分無関係じゃなさそうだしね」

「ほう……？　何か手がかりになりそうな情報がある、ということか？　……まあいい。で、だな、私が目を覚ましたのはしばらく経ってからのことだ。自分が生きているどころか怪我の一つも負っておらず、馬車のすぐ横にいたことには驚いたものだが……そんなことよりもと馬車の中を見てみれば、もぬけの殻だった」

「周囲は当然探したですよね？」

「当然だ。陽の傾きから考えても、私が意識を失っていた時間はそれほどではなかったはずだ。しかしリーズ様の姿はおろかどこかに行った痕跡一つ見つけることは出来なかった」

「……護衛とかは？」

「全員無事ではあった。だが何が起こったのか分からないのは私以上だったようだ。何せ馬車の中で気付いたら意識を失っていたらしいからな。それもおそらくは、全員同時にだ。誰一人として異常には気付かなかったらしいからな」

「嘘を吐いてる可能性は？」

「無論調査済みだ。結果は全員問題なし。ちなみにだが、意識を同時に失っていたのも御者と馬も含む。おそらくは、私が異常を感じた時がその時だったのだろうな」

「……ベアトリスとリーズだけが例外？」

「だった、ということらしいな。こちらも原因も理由も不明なままだ。ああ、護衛も御者も全員無傷ではあったが、馬にだけは多少被害が出た。走行中に突然意識を失ったのであれば当然ではあるがな」

「でもそれでも目覚めることはなかった、か。それなりの振動があっただろうに、それでも護衛も目覚めなかったってことは……」

「ギフトか、あるいはそれに類した力、でしょうね。ベアトリスとリーズに効果がなかったのは……ベアトリスは状態異常に耐性とかあったりするんじゃねえですか？」

「ああ……確かあったはずだが……そうか、状態異常か。まるで思い浮かばなかったな……」

「まあ、あんま使われる手じゃねえっていうか、使えるやつがいねえですからねえ」

状態異常を相手に与えるギフトの持ち主というのは、非常に稀だ。

しかも、使えたとしても大抵の場合は隠す。

ギフトというのは、基本的には持っているだけでは無意味だ。

どれだけ強力なギフトであろうとも、使いこなせなければ意味がなく、だが状態異常に関しては別である。

使いこなさずとも効果を与えることが可能だからだ。

ただし使いこなさないうちは敵味方の区別が出来ないため、無差別に状態異常をばら撒くことになる。

そのせいで味方が全滅してしまったという記録もあるほどで、そういったこともあって煙たがれやすいのだ。

故に表にはほぼ出てこず、少なくともアレンの知る限りではここ十年ほどは使い手が現れたことはなかったはずである。

ベアトリスが思い至らなかったのもそのせいだろう。

「ふむ……まあとにかく、そういったわけで私達は一旦王都へと戻った。私達ならば走ればその日のうちに戻れる距離だったからな。そして状況を報告し、私は異常がないかの検査をするためという名目でここに押し込められている、というわけだ」

「……疑われてる？」

「いや、どちらかと言えば、周囲に対する言い訳のためだろう。護衛達もどこかで軟禁状態にあるという話だ」

「まあ、元王女が攫われた可能性が高いってのに、一番情報を持ってて且つ怪しい人達を放置するわけにはいかないだろうからね」

「元だろうと利用価値はあるですし、何も分からないとか内部犯の仕業なのを疑うのは当然でもあるですしね。少なくとも何もしなけりゃ外からは責められるでしょうから、まあ妥当なとこではあるですか」

ベアトリス達からすれば理不尽な扱いを受けているわけではあるが、不当な扱いを受けているわけではないからか、少なくともベアトリスは自分の扱いに納得しているようだ。

あるいはそれは、リーズのことを守れなかったという、自責の念からきているものなのかもしれないが。

「と、まあ、私から話せるのはこれだけだ。時間が経っていないこともあってか、他に分かっていることは特にない」

「そっか……まあ、聞いた限りの状況では仕方なくもある、かな？」

「ところで、先ほど貴殿達が顔を見合わせていたが、あれは結局何だったんだ？」

「ああ、あれですか？　似たような話を聞いたことがあったからですよ」

「……ノエルも攫われた可能性が高い」

「ノエル殿が……？」

ノエルのことを話すと、ベアトリスは顔を顰めながら、息を吐き出した。

なるほどと頷く。

「……確かにある意味では似ているな。しかも、狙われた相手が相手だ。その可能性はこちらでも検討されてはいたが……」

「うん……犯人は悪魔な可能性がある」

「あいつらならば、状態異常使えてもおかしくねえですしね」

「……より可能性が高まった？　でも……」

結局のところ、進展はない。

そう言いたげなミレーヌに肩をすくめ、息を一つ吐き出す。

それは言っても仕方のないことだし、ベアトリスのせいでもない。

そのことはミレーヌも分かっているのか、頷きを返してきた。

さてしかし、どうしたものか。

進展がなかったのは事実だが、ここで諦めるわけにはいくまい。

何かベアトリスが気付いていない話が聞けるかもしれないと期待して護衛達にも話を聞きに行くか、あるいは実際に現地へと足を運んでみるか。

手がかりが乏しい以上は、取れる手段も必然的に限られてくる。

本当にどうしたものかと思いながら、アレンはもう一度息を吐き出すのであった。

現地調査

なるほど確かに何もない場所だと、その場を見回しながらアレンは頷いた。

視界に広がっているのはだだっ広い平原であり、特筆すべきようなものは何もない。

打ち捨てられた馬車と馬の姿こそ見えるが、それ以外は本当にただの平原だ。

見渡しやすすぎて、襲撃などは起こらないだろうと多少警戒が緩んでしまう可能性はあるかもしれないが、それも結果論でしかあるまい。

少なくともアレンの目にはここを襲撃場所に選ぶ理由はないように思えた。

結局アレン達が選んだのは、襲撃場所を見てみる、というものであった。

護衛達からはベアトリスほどスムーズに情報を得られるとは思えず、ベアトリスから得られた情報とそれほど差があるとも思えなかったからだ。

故に、一先ず自分達の目で現場を確かめてみよう、ということになったのである。

「んー……手がかり一つ見つからなかった、って言葉を信じてなかったわけじゃないけど……予想以上に何もないね……」

「馬車と馬の状態を見る限りでは、やっぱり状態異常にさせられた可能性が高そうですが……まあ、新しく手に入れた情報じゃねえですしねえ……」

「……馬車の中にも、何もなかった」

「さて……どうしたものだろうね？」

折角ベアトリスから後を託されたというのに、開始早々に躓《つまず》いてしまった。

悔しそうに、後は任せたと口にしたベアトリスの顔を思い出す。

本当は自分の手で探し出したかっただろうに、状況がそれを許してくれない。

ベアトリスはあの部屋で吉報を待つしかないのだ。

しかしそんなベアトリスの分もどうにかしたいと思っていたところで、思うだけでどうにかなるのであれば苦労はしない。

「うーん……ノエルの場合と比較しようにも、ノエルの方がどういう状況だったのかってのは誰にも分からなそうだしなぁ……」

「アンリエット達も聞き込みしてみたですが、本当に誰も何も知らなかったっぽかったですからねぇ」

王都に来る前に、アレン達は報告等のついでにノエルの店へと向かってもみた。

だが確かにミレーヌの言うような状況だっただけで、何一つ手がかりを得ることは出来なかったのである。

周囲に聞いてみたところでやはり目撃証言などはなく、いついなくなってしまったのかすらも分からなかったのだ。

もっとも、いつなのか、ということに関してだけは、作業場の状況から推測することは出来たが。

「時間的には、ノエルとリーズが攫われたのは多分ほぼ同じ時刻だと思うんだよね」

「アンリエットもそうだと思うです。ただ、同じ悪魔の仕業なのか、ってことはさすがに分かんねえですが」

「……普通に考えれば、別？」

「辺境の地から王都近郊って大分離れてるからね」

「ただ、あいつら転移出来るっぽいですからねえ。個人の技能じゃなくて道具を使ってのものだと思うですが、転移が出来れば距離なんて関係ねえですし」

「……何となく、一緒な気がする？」

そう言ったミレーヌへと根拠を求めて視線を向ければ、ミレーヌはゆっくり一度その場を見渡した。

それからアレンの方に顔を向け直し、口を開く。

「……攫われたとして、ノエルが無抵抗で攫われるとは思えない。だから、多分攫われた時は意識がなかったはず」

「ああ、うん、確かに。抵抗した形跡がまったくなかったってことは、その可能性が高そうだね」

鍛冶に集中して引き篭もり過ぎてぶっ倒れていた可能性もなくはないが、様子を見に来るものが誰もいないということはノエルも分かっているはずなので、そこまでの無茶はしないはずだ。

様子を見に来るものがいてもそこまでの無茶をすべきではないとも思うのだが、それは今言っても仕方のないことである。

「確かにそう考えると、犯人は同一人物の可能性が高そうですねえ。まあ、偶然同じ時期に偶然悪魔から別々で攫われるとは思えねえですから、どっちにしろ一緒のところにはいるんじゃねえかとは思うですが」

「んー……ねえ、アンリエット」

「何です？」

「もしかして、二人がどこにいるのか見当付いてたりする？」

アレンの言葉に、アンリエットの動きが一瞬止まった。

その様子に気付いたミレーヌが、軽く目を見開きながらアンリエットへと視線を向ける。

「……事実？」

「……まあ、見当も付かねえって言ったら、嘘になるですね。ですが、どうして分かりやがったです？」

「どうしてもって言われても……何となく、かな？」

アンリエットが睨むように見つめてくるも、実際それ以外に言いようはないのだ。

アレンもミレーヌも、こう見えて内心割と焦っている。

考え出すと余計なことを考えてしまうため思考にすら上らせないようにしているが、決して冷静というわけではないのだ。

それに対して、アンリエットは装うまでもなく冷静そのもののように見えた。

しかしアンリエットが冷酷な性格をしているわけではないというのは、本人にも告げた通りアレンはよく知っていることだ。

二人が攫われて、手がかりがほぼない状況だというのに、冷静でいられるというのは有り得ない。

だから、何となく自分達の知らない何かを理由にして二人の居場所に関して見当が付いていて、二人が即座に危険な目に遭うこともないということを分かっているのではないか、と思ったのだ。

「……はぁ、ったくオメエは。まあ、一応ここじゃねえかって予想してる場所はあるです。ですがそれを告げなかったのは、さすがに確信を持てる情報を得てからじゃねえと行けねえ場所だからです」

「……危険？」

「危険は危険ですが、多分ミレーヌが考えてる危険とは種類が違うです。そこで下手なことをすりゃ世界の大半を敵に回すって意味での危険ですからね」

その言葉にアレンが驚いたのは、どこのことを言っているのかが理解できたからだ。

ただし、それだけでもある。

何故『あそこ』に二人が連れ去れたのか……しかも、連れ去ったのがよりにもよって悪魔なのか。

その理由に関しては、見当すら付かなかった。

「ま、そう考えた理由に関してもちゃんと説明してやるですよ。ただし、後で、ですが。さすがにここじゃアレですしね」

「……誰かに聞かれるとまずい？」

「殺されても文句が言えねえぐらいにはまずいですね」

「んー……まあ、仕方ない、か。時間も時間だしね」

地平の彼方を眺めてみれば、既に陽が沈みつつある。

色々とあったため、気が付けばこんな時刻になってしまったのだ。

アレンは『あそこ』には行ったことがないために転移で移動することは出来ず、他の手段で向かうには時間が遅すぎる。

どの道明日まで待つ必要があるというのならば、話を聞くのは今すぐでなくとも構うまい。

「じゃあ、ここで得られる情報はなさそうだし、とりあえず王都に戻るとして……後の問題は、この馬とかをどうするか、ってところかな？」

そもそもここに馬や馬車やらがあるのは、馬が怪我をしてしまって走れなくなってしまったのと、元々馬車を使うよりもベアトリス達が走った方が速いからである。

だから馬達は置き去りにされたのだ。

ベアトリス達の話を聞くことを優先したため、ここの調査は今日はされなかったようだが、さすがに明日にはされるはずである。

そしてその時馬車は回収されるだろうが、怪我をした馬達までが回収されるかは何とも言えない。

骨折している馬もいるように見えるし、ここに捨てられる可能性や殺されてしまう可能性もある。

かといって治療してしまえば、ベアトリス達の話と食い違いが出てしまう。

ベアトリス達の話が本当であることはギフトで調査がされたらしいので、疑われることはないとは思うが――。

「ならまあ、聖女の奇跡が起こったとかでも言っときゃいいんじゃねえですか？」

「……目の前で傷が癒されたとか言っておくと、効果的？」

「代わりに無事に戻ったらリーズが大変なことになりそうな気がするけど……まあ、今更か」

二人の意見に、ならそれでと頷く。

リーズには既に十分な名声はあるのだ。

ここで一つや二つ増えたところで問題はあるまい。

それよりも変に現場で混乱が起こる方が問題だろう。

若干雑な気もするが、それもこれもきっとリーズ達を早く助けようと焦るあまりだ。

そんなことを嘯きながら、一先ず馬達の治療を行うため、アレンは倒れ伏している馬達の下へと向かうのであった。

見知らぬ場所

ふと目を覚ました瞬間、眼前に広がっているのは見知らぬ光景であった。

天井から始まり、首だけを起こし軽く周囲を見回したところで、やはり何一つとして見知ったものはない。

そもそもが薄暗く、分かることと言えばそれなりに大きな部屋にいるようだ、ということぐらいか。

少なくとも、ノエルにとって見慣れた作業場でないことだけは確実であった。

「っ……なに、ここ……？」

呻《うめ》くように呟きながら、ゆっくりと身体を起こしていく。

身体に痛みはないが、妙な気だるさと重さがある。

まるで寝すぎた朝のようだ。

というか、大体が何故寝ていたのだったか。

直前の記憶を思い出そうとし、ノエルは眉をひそめる。

特に寝たという記憶がなかったからだ。

ならば限界が来て倒れたのかと思うも、それはないはずである。

アレン達がいないのを良いことに作業場に篭ってはいたものの、倒れるほどの無理はした記憶はない。

それに無理をして倒れたのならば、目覚めるのは作業場のはずだ。

こんなよく分からない場所なはずはない。

「……はずはずって、そればっかりね」

自らの思考に対する愚痴を零すが、推測ばかりになるのは仕方あるまいと、誰にともなく反論する。

何せ何故本当にこんなことになっているのか分からないのだ。

推測にしかならないのは当然のことでもある。

しかしそんな風にして現状を確認しようとしたところで、結局のところ結論はよく分からない、というものだ。

身体を起こしきり、立ち上がって周囲をもう一度よく見回してから、溜息を吐き出す。

さて、どうしたものか。

「……まあまずは、ここがどこなのかを確認すべきかしらね」

すぐに現状の全ての確認が出来ない以上は、確認出来るものからしていくしかあるまい。

とりあえず場所が分かれば、そこから現状に繋がる情報を得られる可能性はある。

そう思い天井を見上げてみるが、分かるのは高いということぐらいだ。

手を伸ばすどころか飛び跳ねてすら届きそうにもない。

あとのことは、薄暗くてよく分からないのだが……そんなことを思っていると、薄闇に目が慣れてきたのか、ぼんやりと天井の輪郭が浮かび上がってくる。

「……何となくだけど、それなりに良い部屋のように見えるわね」

あくまでも天井からの推測ではあるが、装飾などが存在している時点で間違いなく見慣れた作業場よりは良い部屋だろう。

ただそうなると、余計に自分の現状が分からなくなってくる。

粗雑な部屋に放り込まれているというのならばまだそういった連中に攫われたという可能性が頭に浮かんでくるも、視線の先にあるのは、まるで以前リーズがあの街で泊まっていたお高い宿のような天井だ。

そんな部屋に自分がいる理由が分からない。

そう思いながら、そういえばと地面を見下ろしてみれば、そこにあるのは硬い地面ではなかった。

柔らかい絨毯が敷かれており、この時点で確実にここが粗雑な部屋だという可能性はなくなる。

それと共に、なるほど地面に寝ていたというのに身体が硬くなっていないはずだと思い――。

「……というか、まず真っ先に気付きなさいよ、あたし」

自分に呆れて溜息が出るが、それだけ混乱していたということか。

自分でも驚きだが、見知らぬ場所で突然目覚めて混乱するような繊細な心が自分にもあったらしい。

そんな自分でも知らなかった自分を発見しつつ、今度は周囲へと視線を向ける。

これで三度目ではあるが、やはり目が慣れてきたようだ。

先ほどまでよりもよく見える。

「それでも曖昧にしか分からないけれど……とりあえずは、やっぱり相当に広い部屋みたいね」

何せ壁が見えない。

薄暗いせいもあるだろうが、果たしてどれだけ広いのか。

そしてその分良い部屋だということでもあり……本当にどうしてこんな場所にいるのか分からなくなってくる一方である。

だが一先ず、危険そうなものは見えない。

ならばとりあえずは部屋の大きさでも確認してみるかと、歩き出そうとし――瞬間、視界の端で何かが動いた。

「っ……!?」

慌てて口を噤み、ジリと後退する。

まさか他に誰か、あるいは何かがいるとは思ってもみなかった。

いや、最初はその可能性も考えていたはずだ。

しかし目覚めて動き出しても何の反応もなかったから、無意識のうちにその可能性を排除してしまっていたらしい。

とはいえどうしたものかと、周囲を素早く探りながら思う。

危険な何かであった場合、対峙しようにも武器になりそうなものは見当たらない。

かといって逃げようにもここから出られるのかどころか、部屋の大きさすらも把握できていないのだ。

立ち向かうか、逃げるか。

高速で思考を巡らせる中、ノエルは――。

「うう、ん……」

と、その何かから呻き声のようなものが聞こえてきた瞬間、ピタリと身体の動きが止まった。

声の調子から獣などではなく人のものであることや、声の高さから男ではなく女のものであることが分かったというのもあるが……それ以上に、何となく聞き覚えのある声だったような気がしたからである。

ほんの短く、小さな声だ。

気のせいである可能性も高い。

だが僅かな逡巡の後、思い切ってノエルはその何かの方へと向かってみることにした。

息を殺し足音を忍ばせながら、一歩一歩近寄っていく。

薄暗い視界の中、少しずつ何かでしかなかった存在の輪郭が浮かび上がってくる。

やはり人間の、それも少女のものであるように見え……銀色の髪と共にその顔がはっきりと見えるようになった、その瞬間のことであった。

パチリとその瞼が開き、目が合ったのである。

金色の瞳と見詰め合うことしばし、その人物は数度の瞬きを行うと、のんびりとした調子で口を開いた。

「あれ……？　ノエル、目を覚ましたんですか……？」

瞬間、ノエルはその場にへたり込みたくなった。

人が緊張して死ぬかもしれないという覚悟すらしていたというのに、何を暢気なことを言っているというのだ。

しかしある意味では、それはとてもらしかったのかもしれない。

そんなことを思いながら、ノエルは少女――リーズの姿を眺めながら、溜息を吐き出した。

「見ての通りよ。ばっちり目は覚めてるわ」

「そうですか、それはよかった……って、ノエル……!?　目を覚ましたんですか……!?」

だが直後にリーズは目を見開くと、先ほど自身で口にした言葉を繰り返した。

ただし今回のは叫びながらであり、驚きがこもっている。

どうやら先ほどのは寝ぼけ交じりだったようだ。

そういったところもらしく、ああ本当にリーズであるらしいと、今度は苦笑を浮かべた。

「見ての通りよ、ってもう一度言っておくわ。それにしても、そんなことを口にするってことは、リーズはあたしがここにいたのを知ってたってことなのね。もしかして、ここがどこなのかも知ってるのかしら？」

「え……？　そう、ですね……知っていますが、逆にノエルは知らないんですか？」

「気付いたらここにいたんだもの。あたしがここで目覚める直前の記憶は作業場でいつも通り剣を打ってたってものよ？　ここがどこかどころか、状況すらも理解してないわ」

「……なるほど。ノエルは本当に強制的に連れて来られたんですね。まあ、わたしも強制的という意味では変わりませんが」

連れて来られた、という言葉に、ノエルは片眉を上げる。

そうだろうと思ってはいたが、やはりノエルは攫われていたようだ。

それもこの様子では、リーズはその相手を知ってもいそうである。

正直まるで心当たりがないのだが、だからこそノエルは口を開いた。

「その口ぶりでは、リーズは誰があたしをこんなところに連れてきたのか知ってるって、ってことでいいのよね？」

「……おそらく、ですが。わたしがここに連れてこられた時には既にノエルがいましたから、わたしのことを連れてきた相手と同じかは分かりませんが……少なくとも、似たような相手ではあるのでしょうから」

「それは、誰？」

問いかけに、リーズは僅かに視線を下げた。

教えるべきか迷っているような様子であり……しかし、すぐに決めたようだ。

何かを決めたような目と、正面から合う。

「……そうですね、ここにいる以上はノエルも知っておくべきだと思います。ここがどこであるのかも」

「なんか知らない方がいいんだろうな、とは思うけれど、どう考えても無関係ではいられそうにないもの。教えてちょうだい。あたしを連れてきたのは誰で、ここは何処なの？」

「……ノエルを連れてきたのは、おそらく悪魔です」

悪魔、という言葉にノエルは反射的に眉をひそめた。

歓迎する者などいまいが、ノエルは特に嫌な思い出のある相手なのだ。

そうなるのも当然のことであろう。

同時に、何故今更再び悪魔が関わってきて、しかも自分を攫ったのか、という疑問が湧いてくるが、すぐにその思考は吹き飛ぶこととなった。

それどころではなくなったからだ。

「――そしてここは、大聖堂。教会の、総本山です」

予想外の、有り得るはずのない言葉に目を見開くと、ノエルは呆然とリーズの顔を見つめたのであった。

悪魔と教会

予想外の言葉に、アレンは思わず息を呑んだ後で、ゆっくりと息を吐き出した。

確かにこれは、誰かに聞かれるわけにはいかない話である。

それから何となく窓の外へと視線を向ければ、視界に映し出されたのはすっかり夜の帳の下りきった空の姿だ。

王都で宿を取り、アンリエットからリーズ達の攫われた先について話を聞きだしていたのだが……

随分とんでもない話が出てきたものである。

「……大聖堂って……教会の？」

ミレーヌの声に視線を戻せば、さすがのミレーヌも驚きを隠せないようだ。

その顔には珍しくはっきりとした驚愕が浮かんでおり、それでもその目はアンリエットへとしっかり向いている。

その視線を辿るようにアレンもアンリエットへと顔を向けてみれば、真剣そのものの顔でアンリエットは頷いた。

「はい、教会の総本山の、です。教会の中で唯一独立して存在し、それを認められた中立地帯。絶対不可侵とも言われている、あの大聖堂です」

教会に関しては以前に少し触れたと思うが、一般人にとっての教会とは、神を崇め信仰する者達の集団というよりは、ギフトを管理している者達といった認識の方が強い。

この世界の者達は、教会に属していなくとも大半が程度の差こそあれども神という存在のことを信じているからだ。

しかしだからこそ、教会という組織は力を持つ事が許されていない。

ギフトを管理している者達が力を持ったら、まず間違いなく逆らう事が出来なくなってしまうからだ。

これは噂でしかないものの、教会に逆らった者はギフトを没収されることがある、などという話すらも聞くのである。

力を持っていない現状ですらそれなのだから、実際に力を持ってしまったらどうなるかは火を見るよりも明らかだろう。

そして教会自身が力を持たずとも、どこかの国と手を結んでしまえば同じことである。

故に教会は世界各国に置かれているし、誰に対しても平等だ。

教会の扱いは各国に任せ、教会からは決して干渉をすることはない。

それが教会の方針なのだ。

だが教会が組織でもある以上、その中心となるべき場所は必ず必要である。

それが、大聖堂と呼ばれている場所だ。

どこの国にも属さない完全中立地帯であり、どこの国からも影響を受ける事がなければ、どこの国へと影響を与えることもない。

教会に属する信徒達のためだけに存在している、一部の者のみが立ち入ることを許された場所。

それが大聖堂なのだ。

そんなところにリーズ達が連れ去られた……というのは確かに驚くべきことなのだが、実際にはそれ以上に驚くことがある。

攫った相手が悪魔だということだ。

悪魔と教会の関係とは、言ってしまえば水と油である。

絶対に相容れない関係だ。

悪魔が人類に対し敵対的であり、虐殺の限りを尽くしているというのは今更語るまでもないことだが、教会に対してはさらに酷い。

悪魔は人そのものはともかく、建造物自体を壊すことはあまりないのだ。

無傷ということはないが、必要以上に壊すということもない。

しかし教会に対してだけは、執拗なまでに壊すのである。

徹底的であり、塵一つ残さないと言わんばかりの様子から、悪魔について知られていることが少ない中でも、教会に対して強い恨みを抱いているというものはよく言われていることの一つだ。

どんな状況であっても教会の信徒を見つけたら優先して殺す、といった様子からも特にそう言われている。

そして教会もまた、悪魔のことを人類への敵対者だとはっきり位置づけている。

誰に対しても平等を謳う教会だが、悪魔だけは例外としており、殲滅すべきだと叫んでいるのだ。

実際悪魔と戦っている前線には教会の信徒が頻繁に訪れていると聞く。

戦う術を持つ者は少ないが、だからこそ必勝の祈願だけでもと神に祈り加護があることを請うのだという。

戦闘に巻き込まれるようなことがあれば、憎しみの目で魔物達を睨みつけるという話だ。

そんな教会の総本山に、悪魔がリーズ達を攫って連れて行った。

とても信じられるような話ではないし、有り得るようなことでもない。

アンリエットから聞かされた話でなければ、きっとアレンもそう思っていたことだろう。

「その話って、絶対だって確信持って言えることなの？」

「それに関しては既に言ったじゃねえですか。確信が持てるような情報がなかったからこそ言わなかった、って。ですが、悪魔と教会に繋がりがあるってことに関しては、間違いねえことですよ。あいつらのことを支援してんのが教会ですからね」

「……教会が、悪魔を？」

「ってよりかは、こう言うべきですかね。悪魔の国なんてものは本当はなくて、その中心にあるのは最初から教会なんです、と」

教会関係者に聞かれたら即座に異端認定を食らい、そのまま処刑されそうな話だな、などと思いつつも、アレンは納得してもいた。

それならば、悪魔達があれだけ好き勝手出来た理由も説明が付くからだ。

悪魔は略奪者ではなく、虐殺者である。

要するに、悪魔は破壊するばかりであり、人から何かを盗むことをしないのだ。

それでいて、悪魔達が何かを生産している様子はない。

どう考えても生きていけるわけがないのである。

何処かから支援を受けているというのは自然なことですらあり、世界中に支部が存在している教会はうってつけだろう。

「ま、正確には持ちつ持たれつって関係で、当然心の底から協力しているわけではねえでしょうがね。互いにチャンスがあれば出し抜いてやると思ってる、って感じでしょうか。あと多分、互いに事情を知らねえやつらも多いとは思うです。むしろ偽装のために行動してるやつらよりかは、本心から憎み合ってるやつらの方が多いんじゃねえですかね？」

「……なら、ちょっと安心？」

「まあ、教会と悪魔が完全に手を取り合ってたりしたら怖すぎるもんね。でも、どうしてそんなことを？　悪魔が教会と手を組む意味は分かるけど、そんなことをしても教会に利点があるようには思えないけど……」

「どっちかってーと逆ですね」

「……逆？　……教会の方にこそ、利点が多い？」

「そういうことです。まあこの辺はちと複雑な事情が絡んでくるんですが……」

そう言いながらアンリエットがアレンのことをちらっと見たことで、ピンと来た。

何故アンリエットがこんなことを知っているのかと思ったが、おそらくはこの世界の根幹に関わるような話なのだろう。

帝国の元侯爵令嬢のアンリエットではなく、元使徒のアンリエットとしての知識が元となっている、ということだ。

となれば、話せないようなことも多いのだろう。

言葉を探すように視線を彷徨わせた後で、多少は仕方がないかとでも言わんばかりに溜息を吐き出しながら、アンリエットは続きの言葉を口にした。

「教会はギフトを管理する組織だって一般的には強く認識されてますが、結局あそこは神を崇めるための組織なんですよ。ギフトを管理してんのだって結果的にであり、その方が都合がいいからです。そして神の威光を知らしめるためならば、平気でそのギフトも利用します」

「……ギフトの利用？　どんな風に？」

「ギフトは神が人に与える力ですが、そこにはある性質があります。人類全体が陥る危機の度合いに応じて、強力なギフトが与えられる可能性が高くなるんですよ。ギフトってのは、人類がこの世界に適応して生きていけるように与えた力のうちの一つですからね」

「ああ、その話って聞いたことあるけど、教会がそれっぽく作った話じゃなかったんだね」

「一応これに関しては事実です。それっぽく作った話もあるですがね」

じゃあどの話がそうなのか、とは一瞬思ったものの、話が脇道に逸れそうなので一先ずは置いておく。

それよりも。

「なるほど……つまり悪魔の役目は、人類に対して適切な脅威を与えるため、ってことか」

「教会が悪魔に与えた、って意味での役目、ですがね。まあそれに、何よりもギフトってのは、やっぱ戦闘で使われるのが最も分かりやすく価値を感じられるもんですからね。ひいては、そんな力を自分達に与えてくれた神に感謝を……って流れなわけです」

「……でも、今のところそんなことにはなってない？」

「なってねえですね。ですが、だからこそリーズ達を攫ったんじゃねえかと思ってるです。強力なギフトを持ってるのは神から愛されてる証拠……とか、あいつらなら言い出すでしょうからね。それを利用して何かをしようとしてんじゃねえかと。つか、それぐらいじゃねえと悪魔がわざわざ攫った意味が分からねえですからね」

「……確かにね。やろうと思えば、余裕で殺せてたわけだし」

それを考えれば、まだまだ警戒と対策が足りていなかったということになるが、反省は後だ。

とりあえずは、アンリエットがリーズ達がどこに攫われたと思っていいかと、その理由は分かった。

ならば。

「……うん。大聖堂に行ってみる意味は、あると思う。十分その可能性はあると、僕も思うからね」

「そうじゃなかった場合、下手すりゃ世界中が敵になるですよ？」

「その辺は上手くやってみせるよ。……いや、本当だよ？　別にそうなっても構わない、なんて思ってないって」

ジッと疑うような視線を向けてくるアンリエットに、苦笑を浮かべつつ肩をすくめてみせる。

これは一応本音だ。

リーズ達が本当に大聖堂にいて、救出するにはそれ以外に手がない、とかなったら分からないが……少なくとも今はそのつもりはない。

そんなことを思っていると、不意にミレーヌが目を細めながら、アンリエットのことを見つめた。

「……アンリエットは、何者？」

まあ、その疑問が出てくるのは当然だろう。

いくら帝国の元侯爵令嬢であろうとも、明らかに知っていていい知識ではない。

だがアンリエットはその視線に、何でもないことのように肩をすくめてみせた。

「さて……何者だと思うですか？　ま、少なくとも今はただの一般人……いえ、一般人以下ですかね。何せ身元不詳人ですから。そんな立場の人間ですよ」

全てを知っているアレンからすれば、アンリエットが事実しか言っていないということは分かるのだが、他の者にとってみれば胡散臭いことこの上ない発言である。

というか、普通は誤魔化されたとしか感じないだろう。

しかしミレーヌはジッとアンリエットのことを見つめると、何か感じるものでもあったのか、ゆっくりと頷いた。

「……分かった。つまり、アンリエットはアレンの同類」

「……さすがにコイツと同類扱いされると、ちとクるものがあるですね」

「ちょっとそれは僕に失礼過ぎる発言だと思うんだけど……？」

「……残念だけど、当然？」

ミレーヌの言葉に抗議の視線を向けてみるも、スルーされた。

どうやら取り合うつもりはないらしい。

アレンがやれやれとばかりに肩をすくめると、ミレーヌが口元に小さな笑みを浮かべ、釣られたようにアンリエットが吹き出した。

そして二人の笑みを眺めながら、アレンも笑みを浮かべ……よかったと、密かに思う。

親しい相手から拒絶される痛みというものを、アレンはよく知っている。

そんなものをアンリエットが感じることがなくて……そんなものをミレーヌが与える人物ではなくて。

大丈夫だろうと思ってはいたが、その通りになってよかったと、心底思った。

とはいえ、そんなことを考えていたということを知られてしまえば、アンリエットは大きなお世話だと言うに違いない。

だからアレンは……悟られているのだろうということを分かってはいても、笑いながら、再度肩をすくめるのであった。

大聖堂

大聖堂に行ってみることは決まったものの、さすがにその行き先を告げるわけにはいかない。

だからアレンはベアトリスへと、攫われた先が分かったかもしれないから行ってみるとだけ告げた。

そしてベアトリスは、その言葉だけで厄介事だということが分かったのだろう。

詳しいことは聞いてこず、ただ昨日と同じような悔しそうな、口惜しげな様子を見せつつ、任せたと言ってきたのだ。

アレン達はその言葉に任されたと請け負うと、そのまま大聖堂へと向かうことにした。

とはいえ、そうは言ったところで、大聖堂とは簡単に辿り着けるような場所ではない。

完全中立地帯であり、他国からの干渉を一切受けないと公言しているようなところなのだ。

当然のようにそれ相応のところにある。

物理的な意味でも、だが。

「この世界最大の山脈の、その山頂。よくそんなとこに建造しようだなんて思ったものだよねえ……」

「まあ高いところの方が神に近付きやすいってのは定番ではあるですからね」

「……互いに監視もしやすい？」

「そういう意味もありやがるんでしょうね」

確かに、大聖堂しかないような山だ。

そもそも山そのものが中立地帯とされており、教会関係者が近づけば一目で分かるし、逆に教会関係者が出てくればそれもまた一目で分かる。

これほど監視に向いている場所はあるまい。

「そんなところに堂々と悪魔が出入りしてるなんて、普通は思わないよねえ」

「発想がまず出てこねえでしょうしね」

「……でも、実際には誰にも知られずに侵入が可能。今ミレーヌ達が証明してる」

「いやー……ミレーヌの能力って、本当に脅威的だよね」

除々に視界の中で大きくなっていく大聖堂を眺めながら、アレンは呆れるように呟く。

まさかここまであっさり成功するとは、というのがアレンの偽らざる本音であった。

アレン達がこうして何の問題もなく大聖堂へと近づくことが出来ているのは、いつも通りミレーヌのおかげである。

山の麓《ふもと》にいた見張りもまったく気付いてはいなかったし、大聖堂まであと少しだというのに、未だに気付かれている様子はない。

本当に便利すぎる力で、同時にもしも悪用されたらと思うと溜息しか出てこない。

まあ、実際に同種の能力が悪用されて暗殺事件とかが起こっているわけではあるが。

「まあ、ミレーヌのコレって、ギフトであってギフトじゃねえ力ですからね。使われてることが分かってても見破れるかは怪しいってのに、使われてること自体が分かってねえんじゃ見破りようがねえですよ」

「……でも、以前アレンのせいで見破られた」

「オメエはアレンのことを一体何だと思ってやがんです？　アレンですよ？　その程度やって当然です」

「……納得」

「うーん、それで納得しちゃうかぁ……君達の中での僕の扱いがおかしい気がするんだけど？」

そんなことを小声で言い合いながら、山を登っていく。

気が付けば大聖堂は目と鼻の先に迫っており、この様子では気付かずに最後までいけそうだ。

が、真の問題はやはりそこからだろう。

「さて、戯言はともかくとして……どうやって中に入ったもんだろうね？」

「中に入んなくてもリーズ達がいるかが確認できりゃいいんですが……さすがにそのことを知ってるのは一握り……どころか、下手すりゃ一握りも知らねえ可能性があるですからね。中を一通り調べる以外に判別する方法はねえ以上はどうにかして中に入る必要があるわけですが……」

「……ミレーヌ一人なら通り抜けられるけど、アレン達と一緒では無理」

「それが出来たらやばいなんてもんじゃないからね。まあミレーヌ一人なら通り抜けられる時点で十分やばいんだけど」

考えられる手段としては、アレンとアンリエットは一旦適当なところに隠れ、その間にミレーヌが一人で中に侵入、扉を内側から開けた後で戻ってきて、今度は三人で扉から侵入し扉を閉める、といったところだろうか。

もしくはミレーヌが扉を開けたらアレン達がそのまま中へと侵入し中でミレーヌと合流する、という手もあるが、少しの間とはいえアレン達の姿が晒《さら》されてしまうため危険度が高い。

ただ、それを言ったら扉を開けるという時点で十分危険ではある。

扉に何かが仕掛けられている可能性もあるし、そもそも開けられるのかという問題もあるのだ。

「んー……悪魔達はどうやって入ってるんだろ？」

「転移で直接じゃねえですか？　あるいは、許可を貰って本当に堂々と入ってる可能性もありますが」

「裏口みたいなものはないかぁ」

「……あったとしても、見つかるかが疑問？」

「誰かがタイミングよく出入りしてくれりゃあいいんですが、さすがにそう都合のいいことは起こらねえでしょうしね。基本的に大聖堂は人の出入りが極端に少ねえはずですし」

「……とりあえずは、色々と調べてみるしかない、か。身を隠せる場所があるかどうかも分かんないしね」

と、そんなことを言っている間に山頂へと辿り着いたようだ。

急だった傾斜がなくなったかと思えば、一面に平らな地面が広がっている。

そして何よりも、眼前に現れたのは見上げると首が痛くなるほどの建造物だ。

遠くからもはっきりと見えていたので大きいということは分かっていたが、こうして間近で見ると予想以上の大きさであった。

「……さっきも言ったけど、よくこんな場所にこんなの建てようと思ったねえ」

「教会がどれだけの力を持ってるかの象徴みてえな建物ですね……。一応建前上は力を持ってないってことになってるですが、これを見てそう考えるやつはいねえと思うです」

「……お金かかってそう」

「お金も人も、色々なものが必要だっただろうね」

ドワーフの協力やギフトを使ったとしても、限度というものがある。

あるいはこれの建造にも悪魔が手を貸していたのかもしれない。

拠点の様子を思い出すに、そういった知識や能力もありそうなので、有り得る話ではあった。

しかしそんなことを思いつつも、いつまでも圧倒されているわけにはいかない。

周囲を見回してみると門番などはいないようだが、人影もないようだ。

少なくとも誰かに紛れて侵入するという手段は、やはりと言うべきか使えなそうである。

「んー……とりあえず、隠れられそうな場所はなさそうかなぁ。多分これを作るようにこの辺一帯を整地したんだろうね。今までの様子から考えると、不自然なまでに平らだし、岩とかも見当たらないし」

「まあ隠れる場所に関しては、最悪少し戻ったり脇に逸れたりすれば見つかりそうな気がするですが……やっぱ問題なのはあの見るからに豪華で立派な扉ですかね」

「……明らかに何か仕込まれてそう？　……試してみる？」

「いや、さすがに危険だし、とりあえずは僕が視てみるよ」

必要なのは、扉の向こう側ではなく、扉そのものの情報だ。

扉自体に何もないようであれば、次に向こう側を調べるつもりではあるが――。


――全知の権能《コード・アカシック》：天の瞳。


……どうやら、その必要はなさそうだ。

視えたモノに、アレンは大きく溜息を吐き出した。

「その様子じゃ聞くまでもなさそうですが、一応聞いておくです。どうだったんです？」

「とりあえず、勝手に開けようとはしない方がいいだろうね。ざっと視ただけでも無謀だってことが分かったから詳細は不明だけど、少なくとも無断で開けようとした段階で警報が発されるし、それでも開けようとしたら、最低でも無傷では済まないかな」

「……最悪では？」

「僕が視た限りでは、人が数十人纏めて塵と化しそうなほどの高熱を周囲にばら撒く術式を受ける、ってとこかな？」

「……軍事基地？」

「しかも最高機密の情報が仕舞われてる部屋クラスだね」

アレンならば被害を受けることなく扉を斬ることは出来るだろうが、あの様子では確実にその時点で侵入がバレるだろう。

リーズ達がここにいるという確信があるのならばそんな強攻策も一考する価値はあるが、さすがに今の時点では無謀である。

「……なら、扉を開けることは諦めて、ミレーヌ一人で探ってくる？」

「ああ、それもやめといた方がいいかな？　どうやら外部からの侵入にも最上位の警戒が施されてるみたいだからね。しかも扉を基点にして建物全体に効果を及ぼしてるみたいだから、壁とかから侵入するのも無理かな。多分転移も弾くと思う」

「まさかリーズ達を堂々と運んできたとは思えねえですから、その時だけは扉を開けといたとかですかね？」

「多分ね」

無論本当にここにリーズ達が運ばれてきたのならばの話ではあるが、今更その前提を出す必要はあるまい。

大切なのは、その前提の上で可能な否かということなのだ。

そして結論としては可能であり、ならばリーズ達がここにいる可能性も否定されることはない。

とはいえ。

「さて……どうしたものだろうね」

否定されないからといって肯定されるというわけではない。

とりあえずここまで来て分かったことは、大聖堂の中に入るのは非常に難しいということだけだ。

当然それで諦めるつもりはないものの、状況がかなり厳しくなったのは事実である。

何とかして裏口のようなものがないかを探すか、誰かが出入りする時を待つか、あるいは他の方法を考えるか。

どうしたものかと再度呟きながら、アレンは大聖堂の威容を見上げつつ、溜息を吐き出すのであった。

作戦会議

とりあえず大聖堂の外側を一通り眺めた後で、アレン達は一度下山することにした。

侵入可能な裏口などは見つからず、誰かが出入りするような気配もなかったからだ。

それ以上その場に留まっていては山頂で夜を明かさなければならないとなった段となり、一先ず下山することを選択したのである。

「とりあえずは、麓の街に行くってことでいいよね？」

「まあいいんじゃねえですか？　いちいちまた戻ってくんの面倒でしょうし」

「……安全のためにも、その方がいい？」

「ま、だね」

既に一度やってきている以上は、転移で大聖堂のある山頂にまで来ること自体は可能だ。

ただし、あそこまでガチガチに大聖堂の警備を固めているところである。

周囲に転移しても何かに引っかかってしまう可能性はゼロとは言えまい。

そもそもだからこそ、アレン達は転移で去ることなくわざわざ歩いて下山したのだ。

そして敢えて別の街に転移する理由もなければ、余計なことをして万が一何かに気付かれ警戒されるのも馬鹿らしい話である。

そういうわけで、アレン達は下山すると近くの街へと立ち寄り、本日の宿を取ることにした。

ちなみに当然ながら、山の麓にあるその街は中立地帯ではない。

クラルス王国という国に属している街だ。

もっとも、その在り方は一般的な街というよりかは辺境の地のそれに近い。

大聖堂の麓に存在している街であるため、この街には大聖堂を一目見ようと教会の信徒達がよく集まってくる。

大聖堂に入ることは出来ないし、気軽に登るには大分険しい山であるため、山に登ることはないが、その分この街でその威容を眺めようとするのだ。

そうなると必然的に様々な国や種族の者達が出入りするようになるが、クラルス王国は基本的には人類種の国である。

他種族に対して排他的な国というわけではないが、友好的とも言いがたい国であり、少なくとも他種族がやってくることを歓迎してはいない。

そしてならば同族ならば歓迎するかと言えば決してそういうわけでもない、要するに極めて普通の国である。

しかしクラルス王国はどちらかと言えば貧しい国でもあるため、貴重な外貨を獲得する機会は逃したくない。

そのため、麓の街――カエルムという名のそこだけは、半ば開放されたような状態となったのだ。

その結果どの国のどんな種族であろうとも自由に出入りが出来、その甲斐もあってかクラルスの王都以上に栄えることとなったのだが……それは余談か。

ともあれそういったわけで、アレン達も問題なく街へと入れ、宿を取ることが出来たのである。

とはいえ。

「さて……どうしようか」

宿の一室に集まったミレーヌとアンリエットを眺めながら、アレンはそう呟いた。

元よりこの街で宿が取れることは分かっていたのである。

故に今気にすべきはそこではなく、今後のことだ。

しかし、何か思いつくようなことがあれば、とうに口にしていただろう。

下山することになったのは、やれることがなくなってしまったからでもあるのだ。

そして思いつくことがないという意味で言えば、アレンも同じである。

二人の顔を順に眺め、何もなさそうだということを確認すると、苦笑を浮かべながら肩をすくめた。

「ま、下山してる間に何か良いアイディアが思いつくなんて、そんな都合のいいことはやっぱりないか」

「色々と考えてはみたんですが、大聖堂に施されてやがる警戒が思った以上でしたからねえ。まあ教会の総本山で、今まで悪魔とのことがまったく公になってない時点で当然のことだったのかもしれねえですが」

「……とりあえず今出来ることは、ひたすらに誰かが出入りするのを待つだけ？」

「だね。ただ実のところそれもあまり期待出来ないんだよね……」

さすがに一週間も見張ってれば誰かが出入りはするだろうが、その分見張り続けていなければならないということでもあるし、何よりもタイミングをそこで合わせれば本当に大丈夫なのかという懸念もある。

たとえば、扉が閉じている状態では転移などは弾かれるが、扉が開いていても弾かれなくなるだけで転移したこと自体は相手側に伝わってしまう、という可能性もあるのだ。

そうしたところで悪魔達は問題ないだろうし、あれだけの警戒がされていることを考えれば、扉が開くだけで問題なくなると考えるのは楽観的に過ぎるだろう。

そしてそのことは何も、転移に限った話ではない。

ミレーヌの能力を使っても同じことが言える可能性がある、ということだ。

少なくともアレンには出来たのだ。

無敵ではない以上は過信は禁物であり、実際にどうなるかは扉が開いてみないと何とも言えない。

さすがにあそこまで複雑に術式等が入り組んでいると、アレンでも開けた時にどうなるかはその場を見てみないと何とも言えないのだ。

無論扉が開きさえすれば何とかなる可能性があるが、そうでなかった時のことを考えておかなければ、駄目だった時に途方に暮れるだけである。

アンリエットによればリーズ達はとりあえず無事だろうとのことだが、それもいつまで続くかは分からないし、そもそもここにいると限ったわけでもない。

あまり悠長にしていられる余裕はないのだ。

「……いっそのこと、強攻手段？」

「それは出来れば最後の最後にまで取っておきたいかなぁ。やったらさすがに逃げ回らなくちゃならなくなるだろうしね」

正体さえバレなければ問題はないものの、そこまでのことをやってバレないと考えるのは無理がある。

基本バレると考えるべきであり、教会の総本山に武力で押し入るなど教会そのものに喧嘩を売るのと同義だ。

世界中の信徒から命を狙われるだろうし、そうなれば平穏な生活を暮らすことなど不可能になってしまうだろう。

出来ればやりたくはないものだ。

勿論のこと、リーズ達の命に代えられるものではないが。

「……ま、それは最後の手段っつーか、そもそも考えない方がいいと思うです。下手に考えてると、何も思いつかなくても最悪、とか思って思考が鈍りそうですし」

「……確かに？　そもそも、二人を助けるだけでは意味がない」

「……まあ、確かにね。二人を助けられても、逃亡犯になったら負けも同然だし」

ただ、それでも……本当に負けるよりは、遥かにマシだ。

それ以外に手段がなくなったら、アレンはきっと何の躊躇いもなく実行に移すだろう。

言葉には出さず、心の中だけでそう思い……ふと、視線を感じた。

その方角へと視線を向けてみれば、アンリエットがジッと、睨むような目をして見つめてきている。

多分何を考えているのか、分かっているのだろう。

だが言えることはなく、苦笑を浮かべ肩をすくめて返す。

分かっている。

アンリエットが口にした言葉は、本当はアレンにのみ向けられたものだ。

また繰り返すつもりなのかと、釘を刺してきたのである。

しかしそれも、仕方のないことだ。

少なくとも、我が身可愛さにリーズ達のことを見捨てるぐらいならば、再び世界中を敵に回した方がマシである。

そんなアレンの決意を察したのか、アンリエットの顔が僅かに歪み……アレンはそっと目を逸らした。

別にそう決まったわけでもなければ、決めたわけでもない。

全力で回避するつもりであるし……ただ、いざとなれば迷うつもりもないという、それだけのことだ。

「んー……ここでジッと考えてても良い考えは浮かびそうにもないし、とりあえずご飯にでもしようか？」

「……そうですね、まあ、気分転換は必要だと思うですし。意外なところから何かヒントが見つかるかもしれねえですしね」

「……異論なし」

これは逃げるわけではなく、単に気分転換のためである。

そんな自分でも嘘だと分かりきっていることを嘯きながら、アレンはアンリエット達に背を向けると、食事を取りに行くために一先ず部屋を後にするのであった。

食事と話

賑わいの中に腰を下ろしながら、アレンは息を一つ吐き出した。

周囲には一目で複数の種族が混ざり合っているということが分かり、だが殺伐とした雰囲気は微塵も感じられない。

むしろ和気藹々《わきあいあい》としたもので、そんな空気の中に身を浸していると、先ほどまでの自分の思考が如何に凝り固まっていたのかということがよく分かった。

やはり焦りもあったのだろう。

リーズ達を一刻も早く助けたいという思いから心が逸っていたのを自覚し、食欲を刺激する匂いと共に無駄に入っていた身体の力が抜けて行くのを感じる。

眼前のテーブルに並べられた料理を眺めながら、もう一度溜息を吐き出した。

「さて、とりあえずは先に食うとするですか」

「……話は、食べながらでも出来る」

「だね。そもそも話に行き詰ってる状態なんだから、話に区切りが付くまでとか言ってたら完全に冷めちゃいそうだし」

これでもアレンは公爵家の教育を受けているため、食事をしながらの会話があまりよろしくないということは分かっているが、周囲を見てもそんなことを気にしている者達は誰もいないのだ。

アレン達だけが気にしても意味はなく、しかし何よりもまずは食事である。

両手を合わせ小さくいただきますと呟くと、とりあえずは一口スープを掬《すく》い、そのまま口へと運んだ。

途端に口に中に広がった塩気は、正直なところそれほど上等なものではない。

スープと共に口の中へと放り込んだ野菜は良く煮込み味が染みているもそれだけで、どこまでいっても庶民の味だ。

だが食料を口に入れたことで、アレンの身体はようやく空腹であったことを思い出したらしい。

そして空腹はどんな調味料や食材にも勝るスパイスだ。

パンに肉、蒸された芋と、次々と口に運んでは咀嚼《そしゃく》していく。

ちらりとアンリエット達のことを眺めてみれば、二人ともまた食事に集中しているようだ。

話をしながらと言っていたはずではあるが……まあ、仕方があるまい。

考えてみれば、大聖堂のある山へと向かったのは昼前だ。

当然のように昼は食べておらず、腹が減るのは当然である。

そんなことにも気付いていなかった自分に呆れつつも、アレンも食事を続けていく。

そうしてようやく話が始まったのは、テーブルに載っている各皿から半分ほどの料理が消えてからのことであった。

「……何か変わった事がないか、聞いてみる？」

不意にミレーヌがそう口にし、その言葉の意味を二重で理解したのは、数度瞬きを繰り返した後のことだ。

大聖堂の件に関する発言だということと、どうしてそんな意見になったのかということ。

しばしその意見に関して考え、なるほどと頷いた。

「……確かに、本当にそうなら何も変わらないわけがない、か」

アレン達がここに来るまで、何だかんだで十日ほどはかかってしまっている。

リーズ達が大聖堂にいるのならば、その間二人分の食い扶持が増えたということだ。

決して軽いものではないし、実際にはそれだけでは済まないだろう。

大聖堂がどうやって食料を手に入れているのかは分からないが、自給自足ということは有り得まい。

となれば何処かから仕入れているはずで、それとなく周囲にはいつもとは違うと認識されている可能性はある。

大聖堂から最も近い街はここであり、大聖堂に関する情報が最も集まる場所もここだ。

色々と聞いて回ってみれば、何か得られることがあるかもしれない。

「……問題は、内容とかをしっかり考えねえと怪しまれるってことですかね」

「……そう？　ここなら、結構普通な気がする？」

「んー……程度とか次第、かな？　実際色々聞いてる人はいるみたいだしね……」

そう言いながら周囲へと視線を向ければ、視界には沢山の人々の姿が映る。

ここはアレン達の泊まっている宿の一階に併設されている食事処……というよりは酒場だが、それにしても宿の規模を考えると人が多い。

宿に酒場が併設されている場所は多いが、そうでない場所もあるため、そういったところからも人が集まってきているからだろう。

ただそれだけではなく、どちらかと言えば互いに交流するために集まっているようにも見えた。

普段は会うことのない教会の信徒達で集まっていたり、中には商人のような姿も見える。

単純に話をするだけでも、ここでは世界各国の話が聞ける数少ない場所であるのだろうし、情報伝達手段の限られているこの世界ではこういった場は貴重だ。

色々なモノを抱えてそうな人物の姿もちらほらと見えるし、アレン達が情報収集のために動いてもそれほど不自然ではないだろう。

しかし不自然ではないが、目立つのも確実である。

しっかり考えて動かないと、余計なトラブルに巻き込まれかねない。

「まあ僕としては悪くないと思うよ」

「そうですね……確定的な情報が得られなくても、何もそこから思いつくかもしれねえですし」

「……そもそも、ミレーヌ達は知らないことが多い」

「……確かにね」

言われてみれば当然のことではあるが、アレン達は大聖堂に関して知らないことが多すぎる。

にもかかわらず性急に結果だけを得ようとしていたのだから、本当に随分と焦っていたようだ。

自分の未熟さを改めて自覚して溜息を吐き出すも、反省するのは後でも出来る。

とはいえ。

「……実際に話を聞くのは、また後で、かな？」

「何を聞くかを話してからにしてからの方がいいでしょうからね」

「……何を聞けばいいのか分からないし、その方がいい？」

周囲に聞き耳を立てているのは、何もアレン達だけではないのだ。

ここで具体的な話を始めるのは、さすがに危険すぎるだろう。

そういったことを話すのは、とりあえず部屋に戻ってからである。

そんなことを話している間に、テーブルの上の皿は綺麗に空になった。

空腹も満たされ、満足気に息を吐き出す。

「じゃあ、とりあえず部屋に戻ろうか」

「……また戻ってくるかは、微妙？」

「まあもう良い時間ですしね」

今はまだマシだが、先ほども言ったようにここは酒場である。

これから酔っ払いが増えるだろうし、変に絡まれる可能性を考えれば、少なくともミレーヌやアンリエットは来ない方がいいかもしれない。

そもそも酔っ払いからまともに話を聞けるかという問題もあるが……その分口が軽くなっているという可能性もある。

まあその辺をどうするのかも部屋に戻ってから決めればいいことかと、席から立ち上がり――。

「――少し、よろしいかしら？」

不意に声をかけられたのは、その瞬間のことであった。

そこでアレンが驚くことがなかったのは、見られていたことには気付いていたからだ。

ただしあまりよろしくない種類の視線であり、妙に甘ったるいというか、絡みつくようなものであったため、出来れば関わり合いにすらなりたくないと顔すら向けることはしなかったのだが……どうやら無意味だったようである。

小さく息を吐き出し、顔を向け――瞬間、アレンは軽く目を見開いた。

見知った人物だったわけではない。

腰の辺りにまで伸びた栗色の髪に、同色の瞳。

性別は女性だと一目で分かる外見をしており、歳は二十代の前半といったところか。

目元の泣きボクロから妙に色気を感じ……だがそれ以上に、悪寒を覚える。

何よりも、と……警戒に目を細め、無視して行ってしまいたいが、既に反応してしまった後だ。

仕方なく、言葉を返した。

「……何か僕達に用？　見て分かる通り、僕達これから部屋に戻ろうとしてるところなんだけど」

「ええ、それが分かるからこそ声をかけたのですもの。実はわたくしあなた方に少々興味が……いえ、もっと単刀直入に言ったほうがいいかしら？　――大聖堂に関して、興味はありません？　わたくし大聖堂の面白い話を知っていたりするのですけれど」

その言葉に、当然のように興味よりも警戒の方が勝った。

アレン達はこの酒場にやってきてから、一度も大聖堂の名は出していないのだ。

無論この街にいる時点で大聖堂の名が出てくるのはおかしなことではない。

だが話の流れ次第では問題になる可能性もあるため、敢えて口にすることはなかったのだ。

そんなアレン達に向けて大聖堂という言葉を持ち出してくるのは、明らかに不自然である。

そもそもそれ以前の問題ではあるが……ここはやはり関わり合いになるべきではないだろう。

適当な言い訳をしてさっさと引き下がるべきであり――。

「――リーズとノエル、という名前に、心当たりはありませんかしら？」

瞬間、なるほどそういうわけにはいかないようだということを悟った。

アンリエットとミレーヌへと視線を向ければ、二人もはっきりとした警戒を女へと向けながら、頷きを返してくる。

アレンも頷きを返すと、女へと視線を向け直す。

警戒を増した目で睨みつけるように見つめ、だが女はそんな視線が心地良いとばかりに、口元に浮かんでいる笑みを深めてくる。

「うふふ……良い目をしていますわね。でもまだ駄目ですわ、ここでは人目が多いですもの。わたくしの部屋でゆっくり話をしませんこと？」

答えなど、考える余地もない。

さて一体どういうつもりなのかと、女の姿を油断なく眺めつつ考えながら、アレンはその言葉に頷きを返すのであった。

提案

女が泊まっていたのは、アレン達が泊まっているのとは異なる宿であった。

しかも、アレン達が泊まっている宿のランクが中の上程度であったのに対し、女が泊まっていたのは明らかに最高ランクだ。

街の大通りに面し、位置はほぼ中央。

外見を見るまでもなく、お高い宿であるのは一目瞭然であった。

まあもっとも、だからどうだという話でもあるが。

お高い宿とは言っても、辺境の地でリーズ達が泊まっていたのと大差はない。

どちらかと言えばあそこにある宿が異常なのではあるが、何にせよそれなりに行き慣れているというのは同じだ。

それに何よりも、それどころではなかった。

警戒が最優先に来るため、外観とか内装とかを気にかけている余裕はなかったのだ。

何せ――。

「それで……悪魔が僕達に一体何の用なのかな?」

部屋に通されるなり口にした核心の言葉に、最も驚いた様子を見せたのはミレーヌであった。

アレン同様女が悪魔であることに気付いていたのだろうアンリエットはただ女の様子を眺めるだけ

であり、そして女が見せた反応は片眉を少しだけ動かしただけだ。

見破られたことに対する驚きはなく、どちらかと言えばもうそれを口に出すのか、といった様子である。

悪魔であることを隠す素振りがまったくないと思ってはいたが、どうやら見破られることまで想定していたようだ。

「……悪魔？　この人が？」

「うん、間違いなくね。そうだよね？」

「そうですわね、否定するつもりはないのですけれど……まさか真っ先にそう言ってくるとは思わなくて驚きましたわ。もう少し探ってくるかと思ったのですけれど……」

「そう言う割に驚いるようには見えねえですが？」

「いえ、驚いているのは本当ですわよ？　ただ、一応予測してもいたのと……あとは単純に、仕事柄表情をあまり顔に出さないようにしているだけですわ」

確かに、ずっと笑みを浮かべているその顔からは、正直感情が読み取りづらい。

悪魔である事が分かっていても、こうして言われるままについてきてしまったのは、リーズ達の名前を出されたのもあるが、そういうところも理由の一つなのだ。

「仕事、ね……もしかして、僕達に声をかけてきたのもそれと関係あるのかな？」

「関係ない、とは言いませんけれど、直接的な関係はありませんわね。ああ、ですが、貴方がたからすると関係あると言った方がいいのかしら？」

「……意味が分からない」

「まったくですね。迂遠《うえん》なこと言ってねえでもっと分かりやすく言いやがれです。時間稼ぎでもしてるつもりなら、とっとと帰るですよ？」

「あら、そう言うつもりではなかったのですけれど……ごめんなさい、これも仕事柄、というのかしら？　そうですわね、貴方方に分かりやすく言うのでしたら――リーズやノエルという名の少女達を攫い大聖堂へと連れて行ったのはわたくしです」

瞬間、その場の空気が変わった。

いや、変えた、と言うべきだろうか。

その話が本当ならば二人はやはり大聖堂にいるということになるが、それはつまり――。

「うふふ……心地良い殺気だわぁ。つい手を出したくなってしまいます。けれど、駄目ですわ……でも今のわたくしには他に目的がありますもの。身体が疼きますけれど、今は我慢ですわね……」

そんな言葉と共に女が顔を向けてきた瞬間、アレンは反射的に殺気を収めていた。

女の顔に浮かんでいたのは、恍惚だったからだ。

笑みと言えば笑みではあるが、どう見ても種類が違う。

そして殺気を受けてそんな顔をする時点で明らかにまともな性格をしていない。

悪魔だという時点である意味当然なのかもしれないが、そういうのともまた別だろう。

これはあれだ、前世でも何度か見たことのある、頭のネジが数本外れているタイプの人種に違いない。

しかもおそらくは、戦闘狂だ。

殺気をぶつけたところで喜ばせる結果にしかならず、逆効果にしかならない。

それを瞬時に理解したからこそ、アレンは殺気を放つのを止めたのである。

「あら、やめてしまうのですか？　ずっと殺気を放ってくれててもいいのだけれど……ああ、でも、身体が疼《うず》いてしまってまともに話は出来ないかもしれませんわね……」

恍惚の表情は消えたが、そう言う女の顔にはどことなく不満のようなものが見て取れた。

思わず疲れを感じ、溜息を吐き出す。

これがこちらの気を抜くための演技であれば大したものだが……きっとそうではないのだろう。

だが、だからこそやりにくい相手だ。

そう思い、再度溜息を吐き出した。

「うふふ、あまり溜息を吐きすぎると幸せが逃げてしまいますわよ？」

「人の幸せを吸い取ってそうなオメエが言うんじゃねえです」

「……確かに、吸い取ってそう？」

「あら、嫌ですわね、わたくしがいくら悪魔とはいえ、そんなことは出来ませんわよ？」

そう言って笑みを浮かべる姿だけを見れば、とても悪魔には見えないものであった。

何というか、非常にやりにくい相手だ。

いまいち掴みどころがなく、アンリエット達も同じようなことを感じているのか、敵意よりも困惑の方が強くなっているようだ。

しかし、相手は悪魔であることに違いはなく、リーズ達を攫ったとも自白しているのである。

馴れ合う理由はない。

「……それで？　結局まだ、僕達に声をかけた用件を聞いていないんだけど？」

「せっかちですわね……けれど、確かにわたくし達は馴れ合うような関係ではありませんものね。いえ、むしろ本来ならば敵対する関係ですわ。そして単純にそう出来るのであれば、貴方と心ゆくまで殺し合いが出来るのですけれど……」

「……本来？　何か敵対出来ない理由がある？」

「いいえ？　別に今すぐにでも貴方方と敵対し、この場で殺し合いを始めることは出来ますわよ？」

「じゃあ何でやらねぇんです？　オメエらに分別なんてもんがあるとは思えねぇんですが？」

「酷いことを言いますわね……まあ確かに、わたくしそのような面白おかしいものを手にしたことはございませんけれど」

じゃあ結局どういうことなのかと視線で促すと、女は笑みを深めた。

それから視線を虚空に向けると、何かを思い出そうとするかのように目を細める。

「……わたくし、実はずっと飽き飽きしていましたの」

「何に？」

「わたくし達悪魔のやり方に、ですわ。知っていまして？　わたくし達悪魔は、世間で言われている程に好き勝手に動けているわけではありませんのよ？」

「それは、教会から色々と言われてるから、ですか？」

「……その通りですけれど……さすがに少し驚きましたわね。自分で言っておきながらなんですけれど、正直知っているとは思いませんでしたわ。ですけれど……ええ、やはりわたくしの目に狂いはなかった、ということなのでしょうね」

「……どういうこと？」

「その話をします前に……ええと、どこまで話しましたかしら？　そうそう、わたくし達は教会のせいで好き勝手に動けない、というところでしたわね。……おかしいと思いません？　滑稽だと思いませんこと？　わたくし達は悪魔ですわよ？　自らの思うがままに人を、世界を蹂躙し、世界へと怨嗟をばら撒くのが悪魔というものでしょう。確かに今のやり方は効率的ではありますわ。けれど、管理されている悪魔など笑い話にもなりません。端的に言って、わたくし非常に気に入りませんの」

悪魔が具体的に教会からどんな風に管理されて、教会がどんな風に悪魔を使っているのか、ということをアレンは知らない。

ただ、アレンの知ってる限りのこの世界での悪魔の動きや、教会の目的が神の威光を高めるということであることを考えれば何となく想像は付く。

きっと物凄く機械的に、効率的に人を苦しめているのだろう。

そして苦しめる事が目的であるために、悪魔にとっては非常に不本意だということも想像は出来る。

もっとも、あくまでも想像が出来るだけであって、無論同情などをするつもりは一切ないが。

「それで？」

「ええ、だからこそ、わたくし今回のことで期待していましたの。リーズとノエル、あの二人は、わたくし達悪魔の策略を見事打ち破ってみせたのですもの。代替わりするのがあの二人ならば、教会も変わるのかもしれないと期待したのですわ」

「……代替わり？」

「ああ、あの二人が連れてかれたのって、やっぱそのためですか。だとは思ったですが」

「……アンリエット？」

どういうことかと視線で問えば、アンリエットは肩をすくめた。

説明は後で、といったところか。

確かに、後で聞ける話よりも、今はこっちの話を優先すべきだろう。

「で、話の流れからすると……期待外れだった、と？」

「あの二人に、というよりも、教皇に、ですけれど。あの様子では今までと変わらぬことを繰り返すつもりでしょうし……いえ、そういう意味では、あの二人が期待外れだったというのも間違いではないかしら。そしてそれと共に、疑念も湧きましたわ」

「……疑念？　どんな？」

「本当にあの二人が中心となってわたくし達の策略を打ち破ったのか、ということですわ」

その言葉に、アレンはなるほどと頷く。

先ほどの同様の言葉にどういうことかと思っていたが、悪魔達の中で……あるいは、教会の中ではそういうことになっている、ということなのだろう。

だが疑問もある。

「確かにリーズは王国が大々的に宣伝してたから分かるけど、何でノエルも？」

「彼女達に対する作戦はわたくし達の間で多少共有されていたのですわ。その上で、監視もしていました。けれど、わたくし達の同志が動いたあの日、リーズは動いていませんでしたもの。ならばノエルが打ち破ったのだろう、と考えるのは自然なことでしょう？」

あの日とやらは、おそらくフェンリルという魔物が動いた日のことだろう。

ただ、あの日は特に他の悪魔に視られていた気配は感じなかったが……いや、単純に教会の関係者だった可能性があるか。

たとえばあの宿に泊まっていて、動くかどうかを見張っていただけとするならば、気付かなくても不思議はない。

「しかし、わたくしはふと思ったのです。あの二人はその場にいただけで、本当はわたくし達の策略を打ち破った者は他にいるのではないでしょうか、と。いえ……少なくとも、アドアステラ王国の王都での出来事に関しては、それで間違いないですわよね？」

そう言ってジッとアレンを見てくるあたり、否定したところで意味はなさそうだ。

そもそもあの日のことは緘口令《かんこうれい》が敷かれ、全てリーズの手柄ということになっているものの、あれだけの人がいたのだ。

当然のように教会の関係者もいただろうし、そこから情報が流れていたと考えるのは自然なことである。

「まあ間違いはないけど……でもよく特定できたね？　リーズがやったわけじゃないってことは分かっても、具体的に誰がってのは分からなかったんじゃないかと思うけど」

「ええ、ですから特定するのは大変でしたわ。ずっと探させていたというのに、結局一つの情報だけでは特定する事が出来ませんでしたもの。いくつもの情報を繋ぎ合せて、ようやく特定できたのはつい最近のことですわ」

「よくそこまでやったですね。……何のためにです？」

「警戒する必要はありませんわよ？　別に復讐の為、などということは考えていませんわ。わたくし達はそれほど同胞に対する仲間意識というものはありませんもの。けれど、同胞達を退けた相手の情報は知っておく必要があるでしょう？　でなければ楽しめ……いえ、危険を回避する事が出来ませんもの」

今ちょっと本音がポロッと零れていたような気がするが、きっと気のせいだろう。

そんなことよりも、結局それでどうしてアレン達に声をかけてきたのかが分からないままだ。

わざわざリーズ達のことを教えてまで。

「そんな貴方方に声をかけたのは、わたくしに協力してくれると思ったからですわ」

「協力……？」

「ええ……あの二人が期待外れだと分かった時点で、わたくしは我慢することをやめましたの。元々わたくし達と教会とが手を結んでいたのは、その方が利点が多いからですもの。だからこそ、不利益となることの方が多いと判断したら牙をむくのは当然のことですわよね？」

「……教会をぶっ潰しでもするつもりですか？」

「さすがにそこまでのことをするつもりはありませんわ。わたくしはちょっとだけ、大聖堂の奥に行こうとしているだけですもの」

「……大聖堂の、奥？　そこに、何かがある？」

「ええ、彼らにとって触れられたらとても困るものがありますの。それをどうするのかは……さすがに秘密ですわ」

「……で、そんな話を僕達にしてどうしようって？」

「あら、分かっているのではありませんか？　そのドサクサに紛れて最近連れて来られた少女達の姿が消えても、不思議はないということですわ」

要するに、協力しろということらしい。

まあ、そんなことだろうと思ってはいたが……さて、どうしたものか。

「わたくし一人では大聖堂の中へと入ることは出来ても、さすがに奥まで行くことは出来ませんもの。けれど、わたくしの目的は本当にそれだけですわ。互いの目的はぶつからないはずですし……協力出来ると思うのですけれど?」

色々と思うところは、当然のようにある。

だが女の言っていることが本当ならば、好都合であることもまた事実だ。

無論全てを語ったとは思わないし、確実に何かを隠してるのは間違いあるまい。

しかしそれを承知の上でも、この話に乗るのは十分ありだ。

アンリエット達へと視線を向ければ、二人とも悩んだ末に首を縦に振ってきた。

それを見届けた後で、答えは分かっているとでも言いたげな笑みを浮かべている女へと視線を向け直す。

「……大聖堂に入るのに、力押しはなしだ」

「力押しで入るんなら、ワタシ達だけで十分ですしね」

「そんなことをしなくとも、わたくしならば普通に大聖堂に入れますもの。当然しませんわ」

「……何故入れる? あそこは一部の人しか入れないはず」

「わたくしがその一部に入っている、というだけのことですわ。でなければ、あの二人を連れて行くことも出来ませんもの」

正直なところ怪しさしかないが、今のところ他に手はない。

周囲から情報を集めるというのは、他に手がない状況であれば有効ではあったが、どう考えても時間がかかってしまうのだ。

他に手段があると示されてしまっている現状で取れる手ではない。

それに、放っておけばこの女が一人で勝手に大聖堂へと突っ込んでいきそうだ。

何となくそんな感じがする。

そんなことになれば、二人のことを含めどうなるか分かったものではないし……結局のところ、答えは一つだ。

不承不承ながら、アレンは一つ息を吐き出すと、女へと協力する旨を告げるのであった。

いつもとは違う夜

何気なく窓の外を眺めながら、リーズは一つ息を吐き出した。

見慣れない部屋の中にあっても、視線の先の夜空の景色は当然のように見知ったものである。

そのことに何となく、安心を覚えたのだ。

「……それにしても、気が利かないわよね」

と、不意に聞こえた声に顔を向けると、そこではノエルが寝そべっていた。

完全にだらけきっている姿に、溜息を吐き出す。

「ノエル……だらしないですよ?」

「そんなことを言ったって、ここには椅子すらないんだから仕方ないでしょ？」

「まあそれはそうかもしれませんが……」

椅子どころか、この部屋には灯りすらない。

窓から差し込んでくる光だけが唯一の光源で、それだけでは照らしきれない薄暗い暗闇が部屋の中には広がっている。

装飾品どころか必要最低限のものすらないのだから、随分と徹底された部屋であった。

「せめて暇潰しの道具ぐらいは用意しておけって話よね。あたしだって別に贅沢は言わないわ。炉と金床と槌……あとはそうね、素材となる鉄さえあれば十分だっていうのに」

「それはもう贅沢という言葉で相応しくないような気がするのですが……?」

というか、暇潰しにしたってノエル本位過ぎるだろう。

そもそもそれはもう暇潰しの道具ではない。

しかしこんな時でもいつも通りだと、リーズは苦笑を浮かべた。

「ノエルは本当に、ノエルですね」

「なによそれ……？　それを言ったらリーズだってリーズでしょ」

「そうですか……？」

「そうよ。いつも通りだって言うなら、あなただって……いえ、むしろリーズの方が最初からずっとリーズらしかったと思うわ。まったく焦った様子もなかったし」

「それは単に、ノエルが先に焦ってくれたのと、わたしは既に驚き焦った後だったからですよ」

悪魔だというあの女性にここまで連れてこられて、色々と聞かされて、その時点で驚き尽くしてしまったのだ。

後はノエルの方が驚いてくれたから冷静でいられたという、それだけのことである。

「本当かしら……？　それにしては随分と落ち着いているように見えるけど？　あれからもう十日は経ってるっていうのに」

「……そういえば、もうそんなに経つんですね」

リーズがここに連れてこられ、ノエルがすぐ後に連れてこられてから、もう十日以上が経つ。

一日一日が妙に長く感じるが、それはここでは文字通りの意味で何もしていないからだ。

ずっとこの部屋の中にいて、食事だけは持ってきてもらえるが、それも扉の下の小さな隙間から差し出されるだけ。

初日だけは容器やフォークなどもあったのだが、そのフォークでノエルが窓や壁を壊そうとして以来素手で食べられるようなものだけが出されるようになっている。

結界が張ってあるらしく、傷一つ付くことはなかったのだが、念のためということだろう。

そういうことをするから、暇潰しの道具などが用意されることがないのではないかと思うのだが、仕方のない事だとも思う。

リーズが試さなかったのは、リーズの腕では無理だと早々に諦めたからでしかなく、相応の腕があればやはり試していただろうと思うからだ。

それに元々この部屋には何もなかったのである。

増えたのは初日に差し入れられた毛布ぐらいのものであり、それ以降は本当に何もない。

仮に最初から大人しくしていたところで、暇潰しの何かが与えられたかは疑問だ。

もっとも、攫われてここに連れてこられたという時点で当たり前のことかもしれないが。

「それにしても、また何もしなかったまま一日が終わるわね。いい加減あたしにも説明があってもいいと思うんだけど？」

「にも、と言われたところで、わたしも説明のようなものは聞いていませんよ？　話は聞かされましたが、それはどちらかと言えばあの悪魔の人が勝手に喋っていたようにも見えましたし」

「でも、ここに連れて来られた理由は聞いたんでしょ？　それが分かってるだけでも大分違うじゃないの」

「それは確かに、そうかもしれませんが……」

しかし、分かっていたからといってどうなるものでもないというのも事実だ。

何せ――。

「将軍と大司教の代替わりのため、とか言われても、具体的に何をするために連れて来られたのかなんて分かりませんし」

「……まあね。でも、何も知らないままずっとここに放り込まれてたら、頭がおかしくなってたとしても不思議じゃないわよ？　不安も感じてたでしょうし」

「そんな格好で言ってもまったく説得力がありませんよ？」

寝転がっているノエルは、完全に寛いでいるように見えた。

そんな状況で不安とか言われても、何を言っているんだという気にしかならない。

「さっきも同じことを言ったけれど、そっくりそのまま返すわ。リーズも不安なんて感じているようには見えないわよ？」

「……そんなことはありませんよ？」

その言葉は事実だ。

先ほど夜空を見て安心したということは、それまで不安を感じていたということである。

それは間違いない。

ただ。

「そうかしら？　まあ確かに、不安は感じてるのかもしれないけれど……それでもどうにかなるって思ってるように見えるけれど？」

「うっ……それは、その……それも、否定はしませんが」

実際リーズは、不安を感じるたびに思ってもいるのだ。

不安はあるけれど、それでもきっとどうにかなるに違いない、と。

遠く離れた場所で、見慣れぬ場所ではあるけれど……見知った空があるならば。

同じ空に続いているのならば――。

「まあ、たとえ何か危険なことがあったとしても、その時にはアレンが当たり前のような顔して現れて何とかしてくれそうだものね」

「っ……そ、そんなことは――」

「考えていないって、言えるのかしら？」

「そ、それは、その……」

まさにそのようなことを考えていたところなんて、言えるはずがなかった。

自分の頬が赤く火照って来ているのを自覚していると、唐突にノエルが溜息を吐き出す。

「ど、どうしたんですか？」

「どうした、じゃないわよ。あたしのこと以前好き勝手言ってくれてたけど……あなたこそ気付いた

ら一緒に暮らすとか言い出しそうよね。まあ既に一緒に暮らしてはいるのだけれど」

「な、何の話ですか……!?」

「さあ……何の話かしらね？」

そう言って寝転がったまま肩をすくめると、ノエルはごろんと身体を横にし、顔を背けた。

そんなノエルに、もうっ、と呟きつつ……リーズは窓の外へと視線を向ける。

今のところは、本当に何もない日々が続いているだけだ。

それでも、わざわざ攫うなどということをした以上は、確実に相応の理由があるに違いない。

その理由こそが、きっと将軍と大司教の代替わりというものなのだろうが……果たしてそれはどんなものなのだろうか。

多少の想像ならば付くが、リーズに想像出来るのは、大司教だけではなく、将軍も教会と何か関係があったのだろうということぐらいだ。

そんな話を聞いたことはなかったが……悪魔がそんな嘘をわざわざ吐くとは思えないし、聞いた事がないというのならば、教会と悪魔が関係していたなどということも聞いたことはなかったのである。

ならば何が隠されていたところで、不思議はあるまい。

ただ、それでも分かるのは、おそらくはろくでもないことなのだろうということだ。

隠す以上は当然のことでもあるのだろうが――。

「……ノエル」

「……なによ、あまりに暇すぎるからそろそろ寝ようかと思ってたんだけど？」

「なら、ちゃんと毛布かけてくださいよ。風邪引きますよ？」

「ああ……それも手かもしれないわね。風邪引けば薬は必要だろうし、誰か一人ぐらいは部屋に入ってくるでしょ。その相手をとっ捕まえて知ってることを吐かせるってのはどうかしら？」

「どうかしら、って駄目に決まってるじゃないですか。身体を張りすぎですし、そもそも風邪引きながらどうやって捕まえるんですか」

「そこはリーズが頑張るに決まってるでしょ。ま、冗談は置いておいて……なによ？」

「……大丈夫、ですよね？」

主語も何もない、一見すると何のことなのかも分からないような言葉。

しかしそれだけで、ノエルは言いたいことを察してくれたらしい。

「大丈夫に決まってんでしょ。さっきも言った通りよ。何かあったとしても、絶対アレンが来るもの。それに関しては、あなたの方がよく分かっているでしょう？」

「……そうですね」

本当にどうなるかなんて、分からない。

でも実際にリーズはアレンに二度も助けられたし、アレンが誰かを助けるのを何度も見てきた。

ならば確かに、大丈夫なのだろう。

その時のことを思い出し、口元に笑みを浮かべると、心の底から大丈夫に決まっていると思えた。

「ノエル、ありが――」

「……すぅ」

礼を述べようと、ノエルに視線を向き直すと、本当に寝てしまったようであった。

寝つきが良いのはいいことだが、毛布を掛けていないままだ。

「まったくもう……」

溜息を吐き出すと立ち上がり、ノエルの分の毛布を掴む。

そのままノエルの身体へと掛け――。

「おやすみなさい、ノエル。……ありがとうございました」

自分を安心させてくれたノエルに、届くかは分からないけれど礼を告げ、今度は自分の分の毛布を手に取った。

そうしてノエルの隣で横になると、自分の身体にも毛布を掛け、ゆっくりと目を閉じていく。

明日はどうなるのだろうかと、不安からではなく、純粋な疑問として思い、そんなことを考えているうちに、リーズの意識もまた夢の中へと落ちていくのであった。

目的と手段

おおよそ半日ぶりにやってきた山頂は、当然と言うべきか昨日と変わらぬ光景が広がっていた。

ただし昨日と違うのは、今日は姿を隠してはいないということである。

堂々とその姿を晒しながら大聖堂の威容を眺めたアレンは、何となく息を一つ吐き出した。

「あら、どうかしましたの？」

声に視線を向ければ、悪魔の女が笑みを浮かべながらこちらを見つめてきていた。

その姿を眺め……本当に悪魔と行動を共にし、教会の総本山の目の前にいるとは、などと思いつつ、肩をすくめる。

「いや、ここまで何の問題もなく来れたし、本当に大聖堂の中に入れそうだな、と思って」

「うふふ、実際にその通りなのですから、何の問題もありませんわよ？」

「それが出来るっつーこと自体が、本来は問題ですがね」

「……それに関しては、今更言っても仕方ない？」

「その通りですわ。事実は事実として受け入れませんと」

「悪魔がどの口で言ってるんだって話だけどね」

「ふふ……悪魔だからこそ、ですの」

まあ何にせよ、文字通りの意味で悪魔の誘いに乗ってしまった以上は、実際のところ全ては今更の話だ。

そしてそうまでした以上は、何としてでも結果を出す必要がある。

相変わらず微笑を浮かべたままの悪魔に肩をすくめ……ふと、あることに気付いた。

「そういえば、これから共犯者になるっていうのに、名前とか聞いてない気がするけど？」

「あら……それは嬉しいお誘いですけれど、どうしましょうかしら……」

そう言うと悪魔は頬を染め、僅かに身を捩《よじ》った。

瞬間背筋に悪寒が走り、まずい何かを間違えたようだと気付く。

アンリエットが溜息混じりに口を開いたのは、その直後のことだ。

「あー……悪魔が名前を名乗ったり、悪魔に名乗ったりする行為は、相手に全てを差し出すって行為と同義です。コレに年がら年中付きまとわれたくなければ、今すぐ撤回しといた方がいいです」

「ごめん、撤回する。僕は何も言わなかった」

「そうですの？　それは残念ですわぁ……折角心行くまでヤり合えると思ったのですけれど」

そのヤり合えるは、多分殺り合える、なのだろう。

色々と情報を集めたとか言っていたし、興味を持っているのかアレンに対し時折そっち方面の視線が向けられるのが妙に怖い。

戦ったら負けるとかそういう以前の問題として、生理的な悪寒を感じるのだ。

だがそんなことを考えていると、悪魔が今度はアンリエットへと視線を向けた。

その瞳の中にあるのはアレンに向けるものとは異なっているが、好奇心のようなものが浮かんでいるように見える。

「それにしても、貴女わたくし達のこと妙に詳しいですわね？　ご同輩、というわけではないようですけれど……？」

「さて……女は秘密の一つや二つ持ってて当然だと思うですが？」

「あら……うふふ、確かにその通りですわね。失礼致しましたわ」

その言葉で本気で納得したわけではないようだが、それ以上追及するつもりはないようだ。

お馴染みとなりつつある微笑を浮かべながら、悪魔はゆっくりと大聖堂の方へと顔を向けた。

「さて……それではそろそろよろしいですの？」

不安は当然のようにある。

それも、色々な意味での不安だ。

しかし全てを飲み込み、受け入れると、アレンは頷いた。

アンリエットとミレーヌも頷きを返し、悪魔は笑みを深めると、大聖堂へと近付いていく。

何があってもいいように身構えながらその姿を眺め……だが、悪魔が大聖堂の扉に手を触れると、あっさりと扉は開いていった。

「さ……参りましょうか」

そうして当たり前のような顔をされたら、従わないわけにはいくまい。

悪魔が大聖堂の中へと入って行ったのに続き、アレン達も大聖堂の中へと足を踏み入れた。

外見に反してと言うべきか、大聖堂の中に入った瞬間に続いていたのは、質素な造りの通路であった。

地面に絨毯こそ敷かれているものの、装飾品らしきものは見当たらない。

幅はおおよそ五メートルほどか。

高さも同程度にあり、少なくとも見える範囲では汚れ一つ見当たらない真っ白な壁や天井が広がっているのだから、これだけでも十分ここに富が集まっていることは示されているのではあるが。

「人の気配がまったくねえですね……本当にここに誰か住んでやがんですか？」

「あら、ここには一部の人間しか入れない、と言ったのは貴女達だったはずでしょう？　そもそもここは基本的には象徴的な場所だもの。建物の大きさに比べて住んでいる人は少ないから、人の気配がしないのも当然ですわ」

「……基本？　ということは、他にも何か用途がある？」

「うふふ、鋭いですわね。けれど、難しいことではありませんわ。わたくしがこうして堂々と入れる時点で、大体の見当は付くでしょう？」

つまりは、人があまりいて鉢合わせになったらまずい、ということのようだ。

扉を入った途端先が見えないほどの通路が続いているのも、おそらくはそういったことを考えてのことなのだろう。

「んー、ということは、ここはあくまで入り口専用で、出口はまた別にあるってこと、かな?」

「ご名答ですわ。そちらは出口としてしか使えない上に、そもそも出口を使わない者もいますけれど」

どうやらここに張り巡らされている結界は外からの干渉を防ぐものばかりであり、内から外に出る分にはそれほど問題にはならないようだ。

外に出たということは伝わってしまうとは思うが、そんなことを気にする必要はない、ということか。

そんなことを話しながら、アレン達は通路を先に進んでいく。

足音は絨毯に吸い込まれ響くことはないが、本当に通路だけが続いているため身を隠せるような場所はない。

鉢合わせしないようになっているとのことだが、誰かと遭遇してしまうようなことがあったりすれば非常に面倒なことになりそうだ。

「……ところで、オメエがここに入ったのってバレてねえんですか?」

「あら、嫌ですわ。――察知されていないわけがないでしょう?」

そんなことだろうとは思ったが、ならばどうするというのか。

微笑みを浮かべたままの悪魔へと三対の瞳が向けられ、皆の心情を代表するかのようにミレーヌが口を開いた。

「……どうするの?」

「どうするも何も、それ自体は問題ありませんわ。わたくしが不意にここを訪れるというのはよくあることですもの」

「……オメエちと自由過ぎねえですか？」

「悪魔なんて本来はそんなものでしょう？　ですから、わたくしがここに入ったところで、誰も気にする者はいませんわ」

笑みを浮かべるその顔は、自信に満ちていた。

まあ確かに未だに人影はなく、誰かが現れるような気配もない。

気にする者がいないというのは事実なのだろう。

そうでなければ、とうに誰かと遭遇しているはずである。

「ならいいんだけど……それで、これからどうするの？　詳しいことは現地でってことだったけど、そろそろ話してくれてもいいんじゃないかな？」

「ええ、そうですわね……ここならば、妨害されることもないでしょうし」

「昨日もんなこと言ってたですが、教会はあんな宿にも監視を潜ませてたりすんですか？」

「教会の関係者はいつどこにだっていますもの。宿を経営していたり、宿の従業員だったり、互いがそうだと知らない者も珍しくありませんわ。雑談をしているつもりが、結果的に監視の報告をしているようなことになることも」

「……教会、怖い」

教会の関係者が互いにそれと知らないのは、知ってしまえば自然と集まってしまうからだ。

そして人が集まれば、それは力となる。

だからこそ、教会は一部の例外を除き信徒であることを吹聴しないように言っているのだ。

自らがそうであることを知っていれば、神に祈りを届けるには十分だ、などと言って。

どうやら公にされていない理由もありそうだが。

ちなみに、カエルムの街はその一部に認定されている。

あそこが賑わっているのは、そういう理由もあるのだ。

そんなことを言っていると、ついに長かった通路が途切れた。

その果てにあったのは入り口にあったのと同じぐらいの大きさの扉だ。

悪魔はその扉も躊躇なく開き、その先に広がっていたのは広大な部屋であった。

ただし今までの通路が何だったのかと思うぐらい、その部屋には装飾品で溢れている。

沢山の長椅子が並べられ、壁や天井に飾られているのは一目で高価だということが分かる装飾品だ。

しかし、不思議と嫌らしい感じはなかった。

どころか、どちらかと言えば神聖な雰囲気の方を感じる。

「これは……礼拝堂か何か、かな？」

「似たようなものですわね。わたくしには縁のないものですけれど。そしてここがちょうど大聖堂の真ん中になりますわ」

随分と歩いたような気がしていたが、それも当然だったようだ。

何となくその場を見渡し——ほんの少しだけ低くなった悪魔の声が響いたのは、その直後のことであった。

「——そういえば、先ほどの話の続きなのですけれど……確かに教会は見方次第では恐ろしい組織かもしれませんけれど、わたくしはそうは思いませんわ。少なくともわたくしにとっては教会は面倒ではありますけれど、怖くはありませんもの。ですから、わたくしが妨害を受ける相手として想定していたのも、教会の者達ではないのですわ」

その言葉の意味を問うことは出来なかった。

それよりも先に、その場で轟音が響いたからだ。

地響きと共に建物全体が揺れ……だがそのことにアレンが慌てる事がなかったのは、原因を把握していたからである。

もっとも、悪魔の右足を中心にして地面に巨大な罅割《ひび》れが発生しているのを見れば、誰だって分かるだろうが。

現に、それを見た瞬間アンリエットは叫んでいた。

「っ、オメエ、一体何を……!?」

「簡単な話ですわ。わたくしの目的は既に述べたように大聖堂の奥にあります。けれど、幾らここに入ったことを気にされないとはいっても、さすがにそこにまで近付こうとすれば邪魔されてしまいますわ。ええ、ですから、必要なのです。わたくしのことなどに構っていられないほどに注意を逸らさせるための、何かが」

「……目的は、ぶつからないって」

「実際ぶつかってはいませんわよ？　ただ、それとこれとは別、ということだけですの。いえ、むしろこう言った方がいいかもしれませんわね。――後は任せましたわ」

「勝手に押し付けといて、任せたも何もない気がするんだけどね？」

「あら、それは心外ですわ。だって貴方……わたくしが何を企んでいるか、薄々気付いていたでしょう？」

悪魔の言葉には何も答えず、ただ代わりとばかりに肩をすくめた。

それを見た悪魔が笑みを深め……そして、その姿が消える。

おそらくはどこかに転移したのだろう。

そのことにやれやれと呟いていると、強い二つの視線を感じた。

「やれやれじゃねえです。……どういうつもりでやがるです？」

「……どうして？」

「んー……二人は多分何か勘違いをしてるんだと思うんだけど、僕は別に彼女に協力したわけじゃないよ？　結果的にはともかくね。実際のところ、彼女の作戦自体は有効だし、それしかなくもある。馬鹿正直に近付こうとしたところで、どうせ他にも結界とかはあるんだろうからね。誰かが暴れて注意を集めるっていうのは、正しい」

「んなこと言っても、これじゃあ力尽くで入んのと何も――」

ドタドタと、慌てているような足音が聞こえた瞬間、アンリエットは何か言いたそうな顔のまま反射的に口を噤んだ。

ここで追求するよりも先にすべき事がある、とでも思ったのだろう。

ミレーヌも同感なのか、二人して後方を振り返る。

とりあえず通路に戻ろう、といったところか。

だがアレンはそんな二人に逆らうようにして、足を一歩前に進めた。

後方から驚愕の視線を感じるが、二人が何かを言うのよりも足音がこの部屋に到達する方が早い。

アレンから見て左側にあった扉が勢いよく開かれ――。

「今のはここからか……⁉」

「一体何――ごっ⁉」

「がっ……⁉」

複数人の人影が現れた瞬間、そのまま地面に倒れ伏した。

部屋の中を見れたのは一瞬だろうから、アレン達の存在に気付いたとしても、顔までは分からないはずだ。

そんな彼らの姿を眺めつつ、アレンは肩をすくめる。

「力尽くで入るのと何が違うかっていえば、こうして戦場を限定出来ること。そして悪魔がここに入ったのは分かってるんだから、必然的にここで暴れてるのも悪魔ってことになる。たとえ暴れてる人物の顔が分からなくても、ね」

むしろ、顔が分からないからこそ、悪魔と結び付くとまで言える。

大聖堂で暴れるような存在など、それこそ悪魔しかいまい、と。

たとえそうではないということが分かった者がいたとしても、明確な証拠でもなければそうするしかないはずだ。

「……でも、アレンがそれをやる必要はない」

「いや、あるよ？　リーズ達を助け出したとしても、こっそりやるだけじゃ同じことの繰り返しになるか、次はより悪化するだけだからね。だから、そんなことをするのは割に合わないと思わせる必要がある。そこのところはどうしようかってずっと思ってはいたんだけど……だからこの状況は、僕達にとっても望むところなんだよ。そういう意味でも、彼女が言った僕達の目的がぶつからないというのは嘘じゃない」

「……オメエ、実は何気にキレてねえですか？　教会に対して」

「いやいや、そんなことはないよ？」

そう、ただ……思い知らせる事が出来ると同時に鬱憤を晴らす事が出来ると、そんなことを思っているだけだ。

後方から今度は呆れたような視線を感じるが、再び聞こえてきた足音に剣を構える。

そして飛び込んできた人影に向けて、アレンはこれまでずっと感じてきた苛立ちなどを込めて、思い切り斬撃を叩き込むのであった。

教皇

「きゃっ……！」

建物全体が揺れるほどの激しい振動を感じた瞬間、リーズは思わず悲鳴を上げていた。

反射的に足元を眺めたのは、今の振動が足元から伝わってきたように感じられたからだ。

同時に聞こえた轟音からも察するに、間違いなく何か不測の事態が生じたに違いない。

だが。

「おや……これはもしや、彼女の仕業でしょうか？　まったく、仕方のない方ですね……。申し訳ありません、騒がしくしてしまって」

眼前にいる男性から告げられた言葉には、僅かな動揺も感じられなかった。

声の調子にも、顔の表情にも、動揺の一片も見られない。

まるで予定通りのことが起こったと言わんばかりであり、しかし本当にそうであれば今口にしたようなことは言わなかっただろう。

つまりは、明らかに予想外のことが起こったにもかかわらず、平静のままでいるということだ。

その佇まいは、さすがといったところか。

「しかし、我々が気にする必要はないでしょう。ここは大聖堂、教会の総本山です。優秀な方が揃っていますし、何かあった時のための備えは万全ですから」

そう言って笑みを浮かべた姿は、こちらを安心させようとするものであった。

爽やかな出で立ちといい、まるで好青年といった様子である。

だが、どうやらノエルはその様子が気に入らなかったらしい。

「優秀な方、ねえ……それはつまり、あたし達を攫ったみたいな、ってことかしら？」

「おや……これは手厳しい。そういうつもりではなかったのですけれど……」

「なら、どういうつもりだっていうのかしら？　ねえ——教皇さん」

その言葉に、男性——教皇は、苦笑のようなものを浮かべた。

ノエルへと向けた瞳は優しげで、しかしそこに含まれているのは聞き分けのない子供に対するようなものだ。

そのことはノエルも感じ取っているのか、苛立たしげに眦《まなじり》を吊り上げた。

「そもそも、あたし達はどうしてここに連れてこられたのかすら聞かされてはいないのだけれど？」

「ええ、それはそうでしょうね。ちょうどこれから話そうとしていたところですから」

「……それは、今朝になって急にわたし達が呼び出された、ということに関しても、ですか？」

「勿論です」

頷くその姿に、嘘は感じられない……ように、見えた。

少なくとも、リーズの目にはそう見えなかったのは事実だ。

ただし、取り繕っているだけであり、リーズがそれを見抜けていないだけという可能性は十分にある。

何せ目の前の、一見すると好青年にしか見えない人物は教皇――教会の最高指導者なのだから。

見た目は二十代前半程度の青年にしか見えないが、そんなことは有り得ないはずだ。

今代の教皇に代わってから、確か五十年ほどは代替わりしていないはずだからである。

どれだけ若くとも、七十……いや、八十を超えていなければおかしい。

だから最初目にした時は、教皇の代理なのだと思った。

教皇の姿を目にした者はほとんどいない、という話は有名だ。

そういったことも、大司教が実質的に教会を動かしている、などと言われていた所以ではあるのだが……ともあれ、何か理由があってか、あるいは警戒して本人は姿を現さないのだろう、と。

だが、事もあろうに目の前の青年は教皇だと自らのことを名乗ったのである。

こう言っては何だが、非常に嘘くさいが……周囲から何と言われていようとも、教皇は教会の最高指導者だ。

代理であろうとも、教皇そのものを名乗れるわけがない。

しかもここは、教会の総本山である大聖堂だ。

尚更偽称など出来るわけがなく……つまりは、目の前の人物が教皇だということに間違いはないということであった。

とても信じられることではないが、何か理由があるということなのだろう。

さすがにそれを問いかけることは出来ないが……ともあれ、目の前にいるのはそんな人物なのだ。

リーズの目を誤魔化すことなど容易いに違いない。

実際リーズは嘘を感じなかったとはいえ、教皇のことを信じているわけではないのだ。

自分達のことを攫ってこさせた張本人であるらしいのだから、当然のことではあるが。

そのこと――教皇自身がリーズ達を攫うよう命じたという話は、教皇に会ったすぐ後に本人から伝えられた。

間違いなく、自分が命じたことだ、と。

その理由に関しては、まだ聞いてはいないのだが……それを聞こうとしたところで、先ほどの揺れがあったのだ。

そして教皇によれば、これからその話をしてくれるということだが――。

「さてしかし、何から話すとしましょうか……いえ、やはりお二方が気になっているのでしょう、どうして貴女方を攫ったのか、という話からしましょうか。もっとも、結論から言ってしまいますと、その必要はなかった、ということになるのですけれど」

「……は?」

そうして話された言葉に、ノエルが、何言ってんのあんた？　みたいな声を出した。

しかしリーズも声こそ出さなかったものの、心境としては大差ない。

わざわざ馬車での移動中に強引に攫っておいてその必要はなかったなど、一体何を言っているというのか。

「ああ、いえ、必要がないと言い切ってしまうと多少の語弊があるかもしれません。とはいえ、そうでなければならなかった理由があったかといえば、実際なかったというのが本音です。穏やかな手段でお二人をここに招待する方法も、あるにはありました」

「その手段を選択しなかった理由が、当然あるんでしょうね？」

「はい、勿論です。主に三つありますけれど、一つ目が、それでは妨害されてしまう恐れがあったからです」

「妨害、ですか？」

「ええ。我々は力を持たないことを公言している組織です。そのおかげで認められている部分が多々あります。けれど、お二人をここに呼び寄せてしまうのは、教会が力を手に入れようとしているのではないかと、勘繰られてしまう可能性がありました」

「……確かに、聖女とか呼ばれてるリーズが教会に近付いて、もしも信徒にでもなったら、教会の影響力は確実に増すでしょうね。でも、あたしは関係ないでしょ？」

「おや、これはご謙遜を。確かに貴女はリーズ様ほど名が知られてはいませんけれど、その分知る人ぞ知る名工として名高い。貴女を迎え入れたら、教会は何を企んでいるのかと間違いなく思われてしまうでしょう」

実際その言葉は、大袈裟ではなかった。

ノエルは超一流の鍛冶師だ。

剣に特化しているとはいえ、つまりそれは、ノエルを仲間とすることが出来れば、超一流の剣を幾らでも揃えることが出来るようになる、ということである。

事情を知る者は、確実にその状況を見逃すまい。

「ですがそれならば、しっかりと事情を説明すれば……」

「ああ、それは不可能です。何故ならば、貴女方を教会に取り込もうとしていること自体は事実ですから」

「……まあ、でなければこんな場所に連れてこないでしょうね。で、その部分が事実である以上は、どう言い訳しても無駄、ってこと？」

「はい。我々は世俗などに本当に興味はないのですけれど、人々からの疑念というものはどうあっても晴らす事が出来ないものですから」

「……それで、二つ目の理由とは、何なんですか？」

「二つ目の理由は、貴女方に分かりやすく説明するためでした。言葉で説明されるよりも、実際にご自身の目で見られた方がいいかと思いまして」

「……悪魔と教会の関係、ということですか？」

言葉を告げる事はなかったが、それはつまり肯定だということなのだろう。

確かに、言葉でどれだけ言われても信じがたかっただろうが、実際に悪魔によってここまで連れて来られたのだから、信じるほかあるまい。

「ちょっと、あたしは実際に見てはいないんだけど？」

「ノエル様に関しては、実際に見た方が厄介なことになりそうだと判断したからです。リーズ様からの説明で十分だとも思いましたし」

「……なるほど」

「納得してんじゃないわよ。……あたしもちょっと納得しちゃったけど」

「ともあれ、実際に目にすることで、よくお分かりいただけたかと思います。我々と悪魔は共存関係にあり、我々であれば、悪魔ですら説き伏せることが出来るのです。そして勿論それは我々が力を求めているからではありません。全ては、人類のためなのです」

「人類のため、ですか……？」

何故だろうか。

その言葉に嘘はないと感じているのに……同時に、背筋が薄ら寒くなるのは。

教皇が浮かべている笑みは心の底からのものだと思うのに、鳥肌が立つのは。

「人々は、神々の御心を何も知らないのです。折角ギフトという素晴らしい力を神々が授けてくださっているというのに、その意味を何も考えようとはしない。しかし、知らないことは罪ではありません。ですから、我々が人々に神々の御心を教えてさしあげる必要があるのです」

「さしあげる、ねえ……随分上から目線に聞こえるんだけど？」

「それは申し訳ありません。そのようなつもりはないのですけれど……全ては私の不徳の致すところです。教皇などと呼ばれようと、百年の時を生きようと、私などはまだまだ未熟だということでしょう」

「百年……？　本当にそんな年齢なんですか？　とてもそうは見えないのですが……」

「これも全ては、神々が与えてくださった奇跡の賜物です。もっとも、百年程度では胸を誇れることではありません。幾つかは人類のためになることが出来たと自負していますけれど……」

「人類のためになること……？　……一体何したっていうのよ？」

そう言いながら、ノエルが胡散臭そうな顔を教皇へと向けるが、リーズも同感ではある。

何となくでしかないのだが……ろくなことをしていないのだろうという予感があるのだ。

そして。

「そうですね、あまり昔のことを誇っても仕方がないでしょうから、比較的近年の話をしますと……ああ、そうそう、超一流の腕を持つドワーフを始末しましたね」

にこやかな笑みで、教皇はそんな言葉を口にした。

「…………は？」

先ほどの呟きとは異なり、それは何を言っているのか分からないという呆然としたものだった。

呆然としたノエルの視線を向けられることを教皇は気にせず、むしろ嬉々とした様子で話を続ける。

「人里離れた場所に住む変わり者のドワーフだったのですけれど、そのドワーフはあまりにも腕がよすぎたのです。それも彼女は気まぐれでした。我々が幾ら言っても好き勝手に強力な武器を作り出してしまう。そんなものが管理出来ない相手に渡れば、何が起こるか分からないでしょう？　ですから私は彼女を始末することにしたのです。悪魔と、悪魔の使役する魔物の力を使い。全ては、人類のためを思って」

理由はともかくとして、状況はどこかで聞いたことのあるようなものだ。

ノエルの様子を窺ってみれば、その顔からは表情が消え、異様なまでに鋭い視線が教皇へと向けられている。

そのまま淡々と、ノエルの口から言葉が発せられた。

「へぇ、そう……他には？」

「他には、そうですね……そういえば、帝国の皇帝を始末したこともありましたか。さすがに彼はやりすぎました。何事にも順序と程度というものがあります。あれ以上版図を広げられても困りましたからね。都合よく暗殺向きの力を使うことの出来る悪魔がいましたから、その力を使って……っと、暗殺と言えば、貴女方にもっと身近なものがありましたね。ええ、貴女方の国にいた将軍を暗殺させたのも、私の指示によるものです」

「っ……あれを、ですか……？」

「はい。ああ、そうそう、ついでですからこれも伝えておきますけれど、彼は実は我々の同志だったのですよ。しかし彼を取り込んだことが知られてしまったら騒がれてしまいますからね。秘密にしておきました。貴女方と同じ、ということですね」

「……そういえば、その人達の代替わり、とかいう話だったかしら？」

「そうですね、貴女方を仲間としたいのも、彼らがいなくなってしまったからですから。いえ、いなくなってしまった、というのは正確ではありませんか。私がそう指示したのですから」

「その言い方からすると、もしかして大司教様も、ですか……？」

「ご明察です。将軍はよく働いてくれたのですけれど、働きすぎたのです。彼の存在があるというだけで、完全に争いが止んでしまいましたからね。過度な争いは厳禁ですけれど、適度な争いは必要です。そのおかげで人々は洗練され、神々の偉大さを感じるようになるのですから。つまり人類のために彼は邪魔だったのです。そして大司教も私の代わりによく働いてはくれたのですけれど……彼はあろうことか反逆を企てていたのです。理由は最後までよく分かりませんでしたけれど、おそらくは私の代わりをしているうちに勘違いしてしまったのでしょう。神々の代理である私に刃を向けようとするなど以ての外だというのに、彼は身の程を知らなかったのでしょうね。彼のギフトは有用でしたけれど、仕方がありませんでした。それに、必要があればまた神々が授けてくださるでしょうから、問題もありません」

そこまでのことを語り……やはり、教皇は笑みを浮かべていた。

優しさすら感じられる笑みに、リーズは同時におぞましさを感じる。

目の前の人物は……本当に、自分と同じ人間なのだろうか？

「ふーん……なるほど？　要するに、あたし達を攫ったのは、あたし達にそういったことの手伝いをさせやすくするため、ってこと？」

「勿論貴女方に処分を手伝うよう要請するつもりはありませんけれど……広義の意味ではそういったことも発生するかもしれませんね。私達にはそれを可能とする力がある、ということが、最も知ってほしかったことではあるのですけれど」

「よく分かったわよ」

「おや、そうですか？　まだ理由の全てを説明してすらいないのですけれど」

「必要ないわ。リーズもそう思うでしょう？」

「……そうですね。そういうお話でしたら、答えはとうに決まっていますから」

そう言って毅然とした顔を向けると、教皇は何処となく困惑したような表情を浮かべた。

その顔もまま取り繕ったものではないように見えたが、だからといって答えが変わることはない。

そんなことを嬉々として話すような人に、協力出来るわけがなかった。

「……困りましたね。答えを聞く前から、何と言われるかが分かってしまいそうです」

「そう……ならきっとそれで正解よ」

「ですね。──そういうことでしたら、お断りします」

「やはりそうですか……不思議と皆、処分しなければならないと思った時になされる顔が、そういったものなのですよね。何故なのでしょうか……」

「──それは、自業自得、というものなのだと思いますわよ？」

不意に声が聞こえたのと、その場に新しい人影が現れたのは、同時であった。

反射的に視線を向け、視界に映った姿にリーズは目を見開く。

ノエルは誰だとばかりに眉をひそめていたが、それも仕方あるまい。

話はしたものの、ノエルは見てはいないはずなのだから。

「……あなたは」

「お久しぶり……というほどではありませんわね。言いたい事があるのは承知の上ですけれど、今は待っていただいてもよろしいかしら？　わたくし、あちらの方に用がございますの」

「貴女が私に、ですか？」

「ええ……よろしいですわよね、教皇猊下《げいか》？」

そう言って、見知った悪魔の女性は、艶然と微笑んで見せたのであった。

策略

悪魔の女性のことを眺めながら、教皇は不思議そうに首を傾げた。

どうやら本当にどんな用件なのかを理解していないようだ。

いや、あるいは、用件そのものには見当が付いていていても、何故そんなことをしようとするのか、ということの方が分かっていないのかもしれないが。

「用件がある、というのは構わないのですけれど……その前に一つ、お尋ねしてもよろしいでしょうか？」

「ええ、勿論ですわ。教皇猊下のお時間を取らせるのですもの。その程度のことは当然の義務でしょう」

「ではお尋ねしますけれど……貴女はどうやってここに来たのでしょうか？　先ほどの一件が貴女の仕業だということは見当が付いています。そんな貴女を抑えるために、皆が向かったと思うのですけれど……」

「そんなことは簡単ですわ。貴方とお会いしようというのに、わたくし一人だけでここに来たとお思いですの？　今頃そちらはわたくしの協力者が抑えてくれていると思いますわ」

「協力者、ですか……？　今ここに来ている悪魔は貴女だけのはずですけれど……」

悪魔以外の協力者、という言葉を聞き、反射的にリーズの頭にはとある人物の姿が思い浮かんだ。

ノエルも同じだったのか、思わず顔を見合わせ……何となく、口元に笑みを浮かべてしまう。

勿論そうだという保証はないのだけれど……何故か確信を持って、そうだと断言することが出来た。

しかしそうしている間も、悪魔の女性と教皇との睨み合いは続いている。

実際には両者共笑みを浮かべているのだが、そうとしか見えなかった。

「うふふ、まあ、頭の固い貴方方には分からないのでしょうね。そしてその頭の固さが、貴方を破滅に追いやるのですわ」

「……破滅、ですか。なるほど、やはり貴女は私を……」

「ええ……今まで幾千幾万という者達へと破滅を与えてきた貴方の番が、ついにやってきたのですわ。ですがそれも、当然のこと。数多の人々へと強いておきながら、貴方だけは例外だということは道理が通りませんもの。こういうのを、因果応報、というのですわよね」

「まさか、悪魔である貴女に人の道理を説かれるとは思いませんでした」

「そうかしら？　不思議でもないと思うのだけれど？　貴方達が、世界がどうわたくし達のことを見て、判断しようとも、わたくし達もまた人であることに違いはありませんもの」

「……戯言を」

その言葉の意味するところは分からなかったが、どうやら教皇にとっては聞き逃せないものであったようだ。

教皇の顔から笑みが消え、冷たい光がその目に宿る。

「……いいでしょう。確かに貴女の言葉にも一理はあります。もっとも、私にはまだまだやらなければならないことが沢山あります。私が滅するのは、その全てをやり終えた時であって、今ではありません。破滅の時を迎えるのは、貴女です」

「あら、よく言いますわね。人の恩恵を奪い、人の生を奪いながら、醜くもこの世にしがみ付いている簒奪者《ストーリーテラー》如きが。貴方にわたくしが殺せるとでも？」

「そっくりそのまま返します。確かに貴女の『スキル』は有用ですけれど、私には通用しません。そのことは貴女もよく知っていると思いましたけれど……どうやって私を滅する、と？」

「嫌ですわね、わたくしが何の策もなく貴方と向かい合うとでもお思いですの？　それは少しわたくしを過大評価し過ぎですし、過小評価もし過ぎですわ。――それに、古来から決まっていますでしょう？　人類に巣食う邪悪を滅ぼす役目を担うのは、一人だけですわ」

「――偉そうに言ってるが、要するに他人に丸投げってだけじゃねえか」

言葉と同時、その場に稲妻が走った。

蒼い雷は教皇と悪魔の女性を襲い、教皇は悠然とその場に佇んだまま、雷はその身体へと届く前に霧散し、悪魔の女性は慌ててその場から飛び退くことでかわす。

悪魔の女性が上空へと顔を向けると、眦を吊り上げながら叫んだ。

「ちょっとっ、わたくしまで巻き込まれかけたのですけれど……!?」

「あぁ？　悪魔が一緒にいるってんだから、纏めてぶっ潰そうとすんのは当然のことだろ？」

「もうっ、そういうことは先に言っといてくださいませんと、わたくしも受けて立つことができないではありませんか……!?」

「って、そっちなのかよ……」

嫌そうな顔をしながらその場に降り立ったのは、見知った少女であった。

黒髪黒瞳を持ち、肩に担いだ剣からは、蒼い雷が迸っている。

何処からどう見ても、アキラであった。

「アキラさん……？　どうしてここに……」

「うん？　ああ、まー……オレとしても乗るのは癪《しゃく》だったんだが、招待されちまってな。で、ついでに色々と聞かされた結果、乗らざるを得なくなっちまったってわけだ。まあオレも……自分のことを殺そうとしてるやつの面は見ておきたかったしな」

「……勇者？　これは意外ですね……悪魔の貴女が勇者に協力を願ったのも、勇者がそれを受けたのも。そもそも、どうやってここに呼び寄せたのですか？」

「あら、嫌ですわ……『ギフトホルダー』をここに連れて来るようわたくしに告げたのは猊下ではありませんの。猊下の許可があれば、ここに直接転移させるのは難しいことではありませんわ」

「……なるほど、迂闊なことを口にしてしまっていたようですね。予想していなかった事態ですから仕方がありませんけれど……次からは気をつけましょう」

「次なんてねえから心配すんな。つーか、誰が協力してるだと？　これは利用してるっつーんだよ。気に入らないやつらを纏めてぶっ潰すために、な」

「うふふ、わたくしとも戦ってくれる、というのは嬉しいけれど……余所見をしている暇はないわよ？　だってアレ、完全に化け物だもの」

「……ちっ、分かってんよ。本当に癪だがな……アレが化け物だってのは、見りゃ分かる」

そう言ってアキラは、険しい表情で教皇のことを睨む。

化け物、と言われても正直リーズはいまいちピンと来ないのだが……ノエルへと視線を向けてみれば、ノエルも同じようだ。

うである。


眉をひそめて教皇のことを見つめているも、首を捻っている。

だがアキラの様子を見る限り、冗談などを言っているようには見えない。

つまりは、自分達では認識出来ない領域での話ということだ。

ここから話し合いが行われる雰囲気では当然あるまいし、大人しく引き下がっておいた方がよさそうである。

ノエルも同じことを考えたのか、悔しげな表情を浮かべながらも、一歩下がった。

そしてその代わりとばかりに、アキラが一歩前に進み出る。

「さて……余計な問答は必要ねえよな？」

「そうですね……それに少し驚きましたけれど、これは好都合とも言えるでしょう。処分すべき存在を二つも同時に処分出来、同時に私の力をリーズ様達にお見せ出来ます。私の力をご覧になれば神々の威光を感じ取り、きっと快くお力添えをしてくださることでしょう」

「自分に都合の良い未来を思い描いてるところ申し訳ないけれど、そんな未来が訪れることはないわ。貴方はここで滅びるのですもの」

「私はいつだって、神々の御心に従うだけです。それが神々の指し示す未来であるならば従いますけれど……そうなることはないでしょう」

「はっ……ならその指し示す未来とやら、自分の身体で存分に確かめんだな……！」

アキラの叫びと共に雷光が迸り、アキラが担いでいた剣を地面に叩き付けた瞬間、蒼い雷が教皇へと向かって走る。

直後、アキラと悪魔の女性がほぼ同時に地を蹴ると、教皇へと一斉に飛び掛った。

リーズは多少の心得こそあるものの、基本的には護身術の域を出ていない。

その理由は必要がないというのもあるが、一番の理由は単純に才能がないからである。

武術を極められるほどの才能がないからこそ、護身術以上のものは習わなかったし、身に付くこともなかったのだ。

†

だがそんなリーズでも理解出来るほどの光景が、眼前では展開されていた。

三者が三者共、規格外と呼べるほどの戦闘能力を有しているということが、である。

「……まったくやめて欲しいわね。これでもそれなりに腕に自信あったんだけど、自信なくなってくるわ。あそこに足を踏み入れたら、一瞬で消し炭になりそうだもの」

「そうならない人の方が少ないと思いますよ？　それにノエルは鍛冶の腕があるんですから、いいじゃないですか」

「それはそれ、これはこれ、なのよ」

そんなことを言っているリーズ達の視線の先では、天変地異もかくやとばかりの現象が起こっていた。

地面は割れ、爆ぜ、稲妻が吹き荒れては、凄まじい轟音が響いている。

アキラが剣を振り、悪魔の女性が蹴りを放つごとに、教皇の立っている地面の周囲はまるでそこだけ戦争が起こった後のような状況になり、さらには止まずに続いているのだ。

あんなところに割って入って無事でいられるようなものなど、本当に極々一部しかいまい。

しかしだからこそ、教皇の異常さもまた浮き彫りになっていた。

「ちっ……野郎、余裕のつもりか、そりゃあ……！」

「いえ、そんなことはありませんよ？　正直なところ、驚いています。凄まじい戦闘能力です。私が攻撃に転ぜられないとは、やはり迅速に処分すべきだと判断した私の考えは正しかったようです」

「よく言いますわ。完璧に防いでいる上に周囲を気遣う余裕もありますというのに……これは予想以上に硬いですわね」

「言ってる暇があったらもっとやる気出しやがれ……！　やる気あんのか悪魔……！」

「失礼ですわね、それなりにはありますわよ？　ただ、相手が相手ですから正直そこまで乗る気にはなれないのですけれど……これは、言っている場合ではありませんわね」

言葉だけを見れば、アキラ達にも余裕はありそうだが、実際にはそんなものないだろう。

顔を見れば分かるし、何よりもその場の状況を見れば一目瞭然だ。

教皇は最初の位置から一歩も動いておらず、また傷を負っていないどころか服に汚れ一つすらもっていてはいないからである。

アキラ達の攻撃は、全てが寸前で防がれ続けているのだ。

おそらくは周囲に結界のようなものを張っているのだろうが、だからといってあの攻撃を防ぎ続けるのはどう考えても異常である。

しかも、それだけではない。

アキラ達の攻撃は威力が大きすぎるため、周囲へと与える影響が凄まじく大きいのだ。

先に述べたように、教皇そのものは無傷でも、その周囲は戦争が起こったかの如くなっており、そのままでは地面だけではなく建物にも影響するのは間違いない。

罅割れるどころか崩壊してしまうだろうことが容易に想像出来……だが、リーズはその心配をまるでしていなかった。

必要がないからだ。

教皇の周囲の地面が割れ、爆ぜ、砕けるごとに、すぐに元通りになってしまうからである。

「本当に厄介ですわねぇ……何が厄介って、これはつまり、わたくし達の攻撃が万が一にも届くことがあったとしても、すぐに元通りになってしまう可能性が高いということですわ」

「万が一とか言ってんじゃねえよ……！　まあ、確かにそう考えると、どうしたもんかって感じではあるけどよ……！」

「ああ、いえ、その点は心配なく。私が復元出来るのは、物だけですから。生物に対して影響を与えることは出来ません。だからこそ、リーズ様には是非とも協力して欲しいのですけれど」

「言ってろ。ここで終わるお前にゃ関係ねえって……いや、ちょっと待てよ？　復元、って言ったな？　ってことは……もしかしてお前、悪魔の拠点にまで力貸してやがったのか……？」

「拠点、ですか？　悪魔の拠点と言われても沢山ありますから、どれのことだか分からないのですけれど……」

「……アドアステラ王国の南に作った拠点のことなら、確かにコレの力を借りていますわね。もっとも、直接力を借りたわけではないはずですけれど」

「なるほど、あそこのことでしたら、少しだけ力を貸しましたね。アドアステラ王国は、少し安穏と過ごしすぎましたから。そろそろ人は闘争の中でこそ成長するのだということを思い出していただくために、便宜も図りました」

「そうか……分かっちゃいたが、色々とろくでもねえことやっていやがったってことだな。やっぱお前はここで終わりやがれ……！」

何かがアキラの逆鱗に触れたのか、さらなる猛攻が繰り広げられるが……結果はやはり、変わらない。

全てが教皇に届かずに、霧散していくだけだ。

無論のこと、ずっとそんなことが続くとは思わない。

結界だろうと似た何かであろうとも、力を防ぐには相応の対価が必要のはずである。

さらにはそれだけではなく、周囲の地面までも元通りにしているのだ。

いつかは確実に力尽きるに違いない。

ただ、問題はそれよりも先にアキラ達の方が力尽きてしまう可能性の方が高いということである。

悪魔の女性の方は分からないが、アキラはあれほどまでに蒼雷を放っているのだ。

かなり消耗が激しいはずであり、実際アキラの顔には焦燥が浮かんでいる。

対する教皇の顔は、汗一つかいてはいない。

まったく疲れていないということはないだろうが、少なくとも先に力尽きると考えるのは楽観的とかそれ以前の問題だ。

それに今は防御しかしていないものの、攻撃が出来ないわけがない。

このままではジリ貧となってしまうのは目に見えていた。

しかしそんなことはリーズに言われるまでもなく、アキラ達は分かっているだろう。

それでもどうにか出来るのであればとうにどうにかしており……一瞬、アキラは苦悩の顔を見せた。

だがそれは本当に一瞬のことで、直後、悪魔の女性へと視線を向ける。

目配せ、ということにリーズが気付いたのだから、当然のように悪魔の女性も気付いたはずだ。

その証拠のように悪魔の女性の攻撃の勢いが増し――瞬間、アキラが後方へと跳んだ。

それと共に、剣を天井を指すように持ち上げ――。

「――堕ちろ、雷帝。貫け天の雷……！」

直後、頭上で轟音が響いた。

アキラが放った魔法によって、天井を砕きながら雷が落ちてきたのだ。

そしてその魔法は、リーズも見たことのあるものであった。

以前アレンとの手合わせの時に使ったものに間違いなく、ただしあれは確か相手に直接叩き込むものだったはずだ。

確かに距離を取ったのでアキラが影響を受けることはないだろうが、教皇を抑えるべく悪魔の女性が猛攻を繰り広げているところである。

本当に悪魔の女性ごと攻撃するつもりかと思い、しかしそれは杞憂《きゆう》であった。

雷が落ちた先は、持ち上げられたアキラの剣だったからだ。

勿論のこと、自爆ではない。

落ちた雷は剣に帯電し、そのままアキラが腕を水平に構える。

引き絞られた弓のように上半身を捻り――次の瞬間、全力で地を蹴った。

「――退きやがれ……！」

叫びに、悪魔の女性は完璧な形に応えた。

ギリギリまで猛攻を続け、教皇をその場に縫い止めると、あわや、というところで飛び退いたのだ。

その真横を、放たれた矢の如き勢いで、落ちてきた雷と蒼い雷の二種の雷を纏ったアキラが突っ込み——甲高い音が響いた。

ビシリと、ガラスの割れるような音と共に、教皇の眼前にあった空間がひび割れ……だが、あと一歩が届かない。

今までで最も教皇の身体へと近付いた剣は、教皇の頬に一筋の傷を作っただけで、終わってしまったのだ。

「……これは本気で驚きましたね。まさか私の身体に傷をつけるとは。ええ、誇るといいですよ？　私が教皇になってから、私の身体に傷を付けたのは、貴女が初めてですから。もっとも、私を滅すには、足りていませんでしたけれど」

言葉と同時、向かった以上の速度でアキラの身体が吹き飛ばされると、轟音と共に壁に激突した。

果たしてどれほどの衝撃だったのか、アキラの口から大量の血が吐き出される。

「——かはっ……!?」

その光景を目にした悪魔の女性が、僅かに、それでもはっきりと分かるほどに頬を引き攣らせた。

傍から見ているだけのリーズにも焦りが手に取るように分かるようだ。

「っ……これは、まずいですわね。本当に、予想以上ですわ。まさかここまで圧倒的だとは……猊下、どうやら貴方は正真正銘の化け物だったようですわね」

「化け物……なるほど、確かに人を超えたモノ、という意味ではそうかもしれませんね。人から見れば、神も化け物も同じでしょうから」

「っ……はっ、なんだ、そりゃ……？　つまり、自分は神とでも、言うつもりかよ？」

「おや……これはまた驚きましたね。身体が原型を留めているどころか、まだ話す元気がおありとは。さすがは勇者ですね」

その言葉は、心底からの称賛であるようであった。

しかしそれはつまり、アキラのことを下に見ているということだ。

でなければ、そんな言葉が出てくるわけがない。

だが同時に、それが事実であるのも確かだ。

アキラもそのことを理解しているのか、あるいは単純に痛みからか顔を歪めた。

「ちっ……偉そうにしやがって。まだオレは死んじゃいねえぜ……？」

「まだやるつもりなのですか？　あまり苦しめるというのは本意ではないので、そろそろ死を受け入れて欲しいのですけれど。心配する必要はありません。これは神々の御心によるもの。貴女の死は、必ず後の人の世のためになることでしょう」

「はっ……後の世だ？　オレの死んだ後のことなんか知るかっつーの」

「そうですか……それは残念です。しかし、貴女が気にせずとも、貴女の力は後世の礎となります。ですから、安心なさってください」

「うるせえよ、知らねえっつってんだろ！　っていうか、だから何様のつもりなんだっつーの」

「……まったくですわね。貴方の神にでもなったようなその態度が、何よりもわたくしは気に入らないのですわ」

「そうは言われましても、私が神々の意思を代行する存在だということは、この結末を見ても分かる通りです。私の言っている事が偽りであれば、私はとうに滅されているはずですから。私がこうしていることこそが、神々の意思が私と共にある証拠でしょう」

「オレには力を持った狂人の戯言にしか聞こえねぇけどな。……とはいえまあ、オレの言ってること は所詮、負け犬の遠吠えでもあるか。何言ったところで、負けちゃ意味ねえんだからな」

「……諦めるんですの？　わたくしはまだ諦めるつもりなどないのですけれど？」

「んなこと言ったところで、どうしようもねえだろ？」

そう言ったアキラの顔には、諦めが浮かんでいた。

まだまだ戦うことは出来るように見えるが、もしかしたら見た目以上に大変なことになっているの かもしれない。

それとも、彼我の絶対的な実力差というものを、感じてしまったのか。

何にせよ、アキラの顔に諦めがあるのは事実で……しかし、同時にその口元には、笑みも浮かんで いた。

「……ま、分かってたことだって言えば、分かってたことではあるんだけどな。勇者とか言われたと ころで、オレにはまだそんな器はねえんだよ。オレが主役になるには、まだまだ器不足だ。今のオレ に出来んのは、精々前座がいいとこだろうよ」

「……？　貴女は、一体何を……？」

アキラの様子がおかしいということにようやく気付いたのか、教皇が訝しげな視線をアキラへと向 ける。

だがそんな教皇の様子がおかしいとばかりに、はっきりとした笑みをアキラは浮かべると、告げた。

「何を、だと……？　はっ……決まってんだろうが。――時間稼ぎは終わったっつーことだよ……！

さっきので場所も分かっただろうしな！」

瞬間、壁が消し飛んだ。

アキラがめり込んでいる壁とは逆側の壁が、跡形もなく消失したのである。

そしてその先から現れたのは、一人の少年だ。

よく見知った、少年であった。

「確かに、おかげさまでよく分かったよ。正直何処に行ったものか迷ってたから、助かった」

そんなことを嘯きつつ、肩をすくめたいつも通りのアレンの姿に、リーズは思わず口元を緩めるのであった。

英雄の残滓《ざんし》

その場を見渡しながら、アレンは息を一つ吐き出した。

壁にめり込んでいるアキラは結構な傷を負っていそうではあるが、命に別状はあるまい。

アキラならば自分で何とかするだろう。

というか、下手に手を貸そうとすると怒りそうである。

悪魔の女は、特に傷らしい傷も負っていないようなので放っておいて問題なさそうだ。

後ろにいるアンリエットやミレーヌは何か言いたそうではあるものの、アレンとしては実質互いに合意済みの行動であったため思うところはない。

何故か驚いたような顔をしてこちらを見ているが、気にする必要はないだろう。

リーズとノエルは……いるだろうと確信してはいたが、やはり実際に姿を見ると安堵の息が漏れる。

怪我等をしている様子もなく、元気そうなので一安心といったところだ。

そして。

「初めまして、といったところでしょうか、教皇猊下？」

「……確かに、初めまして、ですね。しかし、貴方は……」

立ち姿から溢れ出る雰囲気などからそうだろうと思っていたものの、一見二十代前半の青年にしか見えないこの人物が教皇でやはり間違ってはいなかったようだ。

経歴等を考えると明らかに若すぎるが、ギフトか何かの効果だろう。

この世界では見たことはなかったが、前世では幾度か見た事があるので珍しいことでもない。

その教皇は何か不思議なものでも見るような目でアレンのことを見ているが、無視してさらにその場を見渡す。

奥に行くと言っていた悪魔がここにいることや、位置的に考えてもここは大聖堂の最奥とみて間違いあるまい。

先ほどまでいた礼拝堂と比べれば一回り小さいものの、それでも十分な広さはある。

ただ、礼拝堂とは違って、ここには装飾品などはない。

その代わりとばかりに地面には何らかの文様が描かれているが、床一面に描かれているので分かりにくいものの、おそらくは魔法陣だ。

天井へと視線を向けてみれば、そこにも似たような文様が描かれ、こちらは距離の関係もあってかはっきりと魔法陣と分かるので間違いあるまい。

大聖堂の最奥にある、二つの魔法陣。

しかも悪魔の言葉から考えれば、ここに入る事が出来るのは大聖堂に入ることの出来る者の中でもさらに一握り……あるいはほぼいない可能性もある。

どうにもあまりよろしくない儀式などに使われる場所なのではないかと思ってしまうのは、さて偏見だろうか。

しかしここがどんな場所であろうとも、今の自分達に影響がないのであれば問題はない。

教皇に視線を戻し、まだこちらのことを探るような目で見てきている姿を眺めた後、リーズ達へと横目を向けた。

「それで……アレが色んなことの元凶ってことといいのかな？」

「……そうですが……ここでの話を聞いていた、というわけではないんですよね？」

「まあ、さっきまでやることがあったからね。ドタバタと忙しかったし、さすがにここの話は聞こえてなかったかな」

「……ドタバタと忙しかったのはオメエじゃなかった気がするんですが？」

「……むしろ相手？」

後ろから聞こえたツッコミに、何のことやらと肩をすくめる。

確かに相手も忙しそうではあったが、こちらもこちらで次々とやってくる相手を顔を見られないうちに倒さなければならなかったので忙しかったのだ。

ドタバタという表現は正しくなかったかもしれないが、忙しかったことに変わりはないので大差はあるまい。

「で、じゃあ何で忙しかったってのに、アレが元凶だって分かったのよ？」

「え？　んー、まあ、状況を見て何となく？」

悪魔から多少の話は聞いていたものの、おそらく悪魔が話してきたのはこちらが必要とする必要最低限のものだけだったはずだ。

協力するのは一時的なもので、その後敵対する可能性が高いというのに不要な情報を渡す馬鹿はいまい。

だがその情報と合わせて今の状況を考えれば、教皇が色々なことの元凶だったのだろうと考えるのは難しいことでもないだろう。

どうにも悪魔が目的としていたものとやらは教皇自身のことだったようであるし、アキラはどう見ても教皇と戦っていた。

リーズが教皇を見る目は厳しく、ノエルに至っては目で射殺さんばかりの様子となれば、まあ大体のところは分かるというものだ。

「普通は分からないと思いますが……」

「なんかもう、あんたは本当に相変わらずね……」

「……それだけのことで現状を把握した、ということも驚きなのですけれど、わたくしとしては貴方がここにいることそのものが驚きですわ。貴方のところに向かったはずの鎮圧部隊の方々はどうされたのかしら？　彼らはわたくし達悪魔がここを襲ったところで返り討ちに出来る程度の実力はあったはずですけれど……まさか貴方方だけで倒した、ということですの？」

「まあ、そういうことになるかな？」

「いや、ワタシ達は何もしてねえですか？」

「……アレン一人で瞬殺してた」

その言葉は正しくはあるが、そもそもそこまで強くはなかったような気がするのだ。

動きは悪くなかったと思うし、精鋭と呼んでもいい程度の実力はあったのかもしれないが、悪魔の集団に対抗出来るほどだったとは思えない。

それとも、あるいは集団で力を発揮するような者達だったのだろうか。

それならば有り得ないとは言わないものの、それならそれで力を発揮出来る程度の集団を予め作ってから来るべきだったはずだ。

その程度のことも出来なかった時点で、どちらにせよ未熟だったことに違いはない。

「……そうですの。どうやら、わたくしの目はやはり間違っていなかった……いえ、あるいは節穴だったのでしょうか？　けれど……うふふ、どちらにしても楽しみが増えたことに違いはありませんわね……？」

瞬間、こちらを見ていた悪魔の目が、何やら怪しいものに変わった。

その目で見られると悪寒がするというか、何というか……どうやら不要な情報を与えてしまったらしい。

だが直後、現在の状況を思い出させてくれるような呟きがその場に響いた。

「彼らを、倒した、ですか……？　貴方が……？」

その言葉と共に、こちらを探っていたような目が細められる。

何かを認識したと、そんなことを言わんばかりの目であった。

「……そういえば、幾つかリーズ様達がいるというだけでは説明が付かないことがありましたね。アドアステラ王国でのこともそうですけれど……あれは愚者達が勝手なことをしたせいかと思っていたのですけれど、もしや貴方が何かをしたのですか？」

愚者達、という言葉が誰を指しているのかは、何となく分かった。

そして事実、彼らは確かに愚かではあったのだろう。

そのことは否定しようのない事実である。

しかし、幾ら事実だとしても、その言い方は些か不愉快でもあった。

「……そうだとしたら？」

「そうだとしたら……そうですね、ようやく納得が出来ます」

「納得……？」

何を言い出すんだと思ったら、教皇は本当に晴れやかな顔を見せた。

不可解に思っていたことが解決したとでも言いたげな顔だ。

「はい。私は不思議に思っていたのです。私達の邪魔をリーズ様達がするはずがない、と。何故ならば、彼女達もまた神々より選ばれし者達です。私達に手を貸すことこそあれども、邪魔をすることなど有り得ません。私達の邪魔をしていたのが貴方だというのであれば、とても納得が出来るのです。いえ、それどころか、勇者に悪影響を与えたのも貴方なのではないでしょうか？　そうであるというのでしたら、これは何という天啓でしょう……！　貴方を滅すことで、きっと勇者も正気に戻るに違いありません。そうなれば、ええ、今日は何と良き日となることでしょうか……！」

突然意味不明なことを叫び始めた教皇から視線を外し、リーズ達へあれはどういうことかと問い質すような視線を向けてみたが、彼女達もまた困惑しているようであった。

まあ、当然のことではあろうが。

その様子を見ていた悪魔が、呆れたように溜息を吐き出す。

「……本当にアレは、どうしようもありませんわね。自分を神の代行だと嘯き、全てを自分の都合のいいように解釈する。虫唾《むしず》が走りますわ」

「どう思われようとも真実ですから仕方がありません。そうでしょう？」

「真実、ですか……まあ確かに、ある観点から見れば、アレンは神から選ばれたやつじゃねえですね。何せアレンは、ギフトを与えられてねえんですから」

「……アンリエット？」

突然何を言い出すのかと思ったが、よく見ればその目には呆れと、何よりも怒りと侮蔑が浮かんでいる。

どうやら、神の元使徒であったアンリエットには、教皇の言葉はとても受け入れられるものではなかったらしい。

何か考えがありそうなので、好きに言わせておいた方がよさそうだ。

「なんと……神々に見捨てられた方であったとは。それは私達の邪魔をするのも納得というものです。そしてやはりこれは天啓なのですね。我々の、神々の邪魔をする者を滅し、神々に選ばれし者達の目を覚まさせよ、という」

「――まあ、あくまでもギフトが神に選ばれた証拠だっていう観点から見れば、の話ですがね。事実としては逆で、むしろアレンの方が神に選ばれてんですが」

「……はい？　貴女は、何をおっしゃっているのですか？　ギフトは、神々が我々に与えてくださった力です。神々が、我々を祝福してくださったという証で――」

「ですから、それが間違えてんだって言ってんじゃねえですか。そもそも、各個人を祝福したり、選んだりするほど神は暇じゃねえですよ。ギフトってのは恩恵ではあるですが、その意味するところはただの補助具です。それがねえと生きてくのに大変だからってことで与えられてるに過ぎねえんですよ」

「は、はは……本当に、何をおっしゃっているのですか？　そんなはずが……」

「ですから、ギフトを与えられてないってことは、神から補助なんて必要ねえって判断されたってことです。ギフトが与えられてねえことこそが、この世界を生きるに相応しいと、神に選ばれたってことの証拠なんですよ」

実際には、アレンにはその神から与えられた三つの理の力がある。

なので、どう考えてもその定義には当てはまっていないのだが……おそらくは、わざとに違いない。

その話もきっと色々なものを拡大解釈して言っているもので、事実そのものではないのだろう。

だが堂々と、まるでそれが唯一絶対の事実だと言わんばかりの態度でアンリエットが喋っているからだろうか。

教皇はそんなことはないと口にしていながらも、その顔色は悪く、今まで知らなかった事実を突きつけられて困惑しているように見える。

まあ、アレンから言わせてもらえば、仮にアンリエットが言っていることが事実だったのだとしとしても、それがどうかしたのか、といったところなのだが。

前世で神に選ばれてしまったからこそ断言出来る。

あんなものはろくでもないものだ。

気にする必要もないことで、どうでもいいことでしかない。

神に選ばれようが選ばれまいが、自分の意思を持って自分の好きなようにやればいいのである。

でなければ……きっと最後には、後悔することにしかならないから。

「ふ、はは……なるほど、そうやって私を惑わすつもりでしょうか？　しかし、私には通用しません。私には強い信念が、確信がありますから。けれど、まだそこまで到達していない方々の中には貴女の話を真に受けてしまう方もいるかもしれません。そんな邪悪に魅入られてしまうことのないよう……貴女もまた、処分する必要がありそうですね」

「自分に都合が悪くなったら処分、ですか。神ってのは随分とオメエに都合よく出来てんですね？」

「だからわたくしも言ったではありませんの。アレは全てを自分の都合のいいように解釈する、と。まったく、わたくし達悪魔を少しは見習って欲しいものですわね。わたくし達は確かに世界を怨み、喧嘩を売っている身ではありますけれど……何かのせいにしたりはしませんもの。わたくし達は常に自らの意思で以て、世界に逆らっているのですわ」

「これ以上戯言を聞くつもりはありません。いえ、最初からそうすべきだったのでしょう。やはり邪悪な存在とは、即座に処分すべきです」

そう言った教皇の目には、はっきりとした殺意があった。

どうやら本気でぶち切れたらしい。

本来は老人だろうに、随分と沸点が低いものである。

いや、あるいは、老人だから、なのだろうか。

しかしこれ以上の問答をするつもりがないというのは、望むところですらあった。

最初から何を言われたところで、アレンの中では答えは決まっているのだ。

元凶だというのならば、この場で潰して、リーズ達を連れ帰る。

それだけだ。

「さて、それじゃあ都合よく向こうもやる気になってくれたみたいだし……とっとと終わらせようか」

呟き、地を蹴った。

†

剣を振り下ろした瞬間、甲高い音が響き、不自然な体勢で腕が止まった。

教皇に届くまであと少しというところで、見えない何かに遮られているように先に進めないのだ。

「ふふ……貴方がどれだけ強力な力を得ていようとも、私には神々のご加護があります。貴方では、私の身体に傷一つ――」

――剣の権能《ワールド・エンド》：斬魔の太刀。

言っている間に、しっかり腕へと力を込め、再度振り下ろす。

今度は僅かな抵抗があったが簡単に抜け、教皇の身体に斜めの斬撃痕が残る。

直後、血が吹き出した。

「……はい？　これは……どういうことです？　私には、神々のご加護が――」

「神の加護とか言われても……それって要するに、ただの空間歪曲でしょ？　同じようなことを悪魔にも出来た人がいたんだけど……それってつまり、悪魔にも神の加護があるってことかな？」

「っ……戯言を……！」

叫びと共に教皇の周囲に何かが発生したが、おそらくは衝撃波のようなものだろう。

しかしそれを受ける前に、アレンはあっさりとその場から飛び退く。

痛みにか、あるいは怒りにか顔を歪める教皇の姿を眺めながら、一つ息を吐き出した。

「確かに言うだけあって強力な力を持ってはいるようだけど……何となくチグハグな感じがするかな？　使いこなせてないっていうか」

「……それも当然ですわ。教皇のギフトは、他人のギフトを奪いますの。何か条件があるようですけれど、ですから能力だけは強力なのですわ。しかし、結局は他人の力ですから十全に扱いきれるわけがありませんし、そのせいで色々と勘違いしてしまったようですの」

「ああ、簒奪系の能力を手にしたやつによくあることですね。しっかり自分の適性に合わせて能力を組み合わせる事が出来たら色々と違う事が出来るはずなんですが……まあ、自分の力に酔っちまったやつには出来ることじゃねえですね」

「っ……言わせておけば好き放題。いいでしょう、周囲のことを考えればあまり本気は出したくはなかったのですけれど……壊れたらまた作り直せばいいだけのことです。貴方方を滅した後で、ゆっくり取り掛かるとしましょう」

そう言った瞬間、教皇の身体が膨れ上がった。

文字通りの意味で、であり、その巨体は元の倍以上、五メートル近い身体へと変わる。

しかも肌の色はアマゾネス達のものよりもさらに濃い漆黒に、瞳は赤く染まった。

さらに変化はそれだけに留まらず、爪と指が一体化したように鋭利と化し、頭部に二本の角が生え、翼までもが生える。

どこをどう見ても、元の姿の面影など一つも残ってはいなかった。

「うわぁ……これはまた……」

「っ……悪魔……」

「あら、呼んだかしら？　と言いたいところですけれど……これはわたくしから見てもまさに悪魔と呼ぶに相応しい姿だと思いますわ」

「悪魔に角があるってのは分かりやすくするための嘘だったはずですが……もしかしたらその姿から着想でも得やがったんですかかね？」

「悪魔と手を組んでた教会の主は実は悪魔だった、ってか？　有り触れすぎてて陳腐すぎるぜ？」

「けれど、その醜悪な姿は、あなたの醜悪な心にピッタリなんじゃないかしら？」

口々に好き勝手言っていると、教皇がギロリと睨んできた。

その目も既に人のものではなく、爬虫類のものに近い。

「ええ……この姿は醜すぎるが故に、出来れば見せたいものではありませんでした。けれど、神々の怨敵を倒すためであれば、手段など選んではいられないでしょう」

「アレン君……いつの間に神々の怨敵になってしまわれたんですか？」

「僕も初耳かな。まあ多分さっきなんだろうけど」

軽口を叩かれたので軽口を返したが、そんなリーズの目には怯えがあった。

間違いなくただの強がりであり、こんなものを目にしていることを考えれば、当然の反応だろう。

大きさとしては巨体で済む程度であり、これよりも大きな魔物というのはいくらでもいるが、内包している能力のせいか威圧感が凄まじいのだ。

威圧感だけであればいつか戦った龍よりも上で、常人であれば気絶してしまってもおかしくはない。

リーズはよく耐えている方であり……だがその目にあるのは、怯えだけではなかった。

アレンに向けられている視線には、はっきりと分かるほどの信頼が込められている。

この威圧感に耐えられるのはアレンがいて、アレンが何とかしてくれると信じているからだと、口にされるまでもなくその目が雄弁に告げていた。

そしてそんな目で見られてしまったら、応えなくては男が廃《すた》るというものである。

それに教皇の威圧感は本物だ。

相変わらず力を使いこなせている様子はないが、だからこそ制御されていない力が荒れ狂うことになるのは目に見えている。

強がりなどでは決してなく、大聖堂程度ならば簡単に瓦礫と変える事が出来てしまうに違いない。

となれば。

「んー……折角本気を見せてくれたところで悪いんだけど、真面目に相手してあげられる余裕はなさそうなんだよね。だから……一瞬で決めさせてもらう」

「ふふ……この私を相手に強がりとは言えそんなことを言えるとは、さすがですね。はい、それでこそ、神々の怨敵です。ならばこそ、私も本気の本気を見せてあげましょう。さあ、消えなさい神々の怨敵。今日は、私が正しく神の使徒であったことを示す、記念すべき日です……！」

そんな言葉と共に、教皇が腕を振り上げた。

そこに込められた力は凄まじく、そのまま振り下ろされれば、冗談抜きに大聖堂は吹き飛ぶだろう。

あの様子では、瓦礫にすらなるか怪しいほどだ。

つまりは、確実にリーズ達も巻き込むわけだが、どうやら既にそんなことすらも忘れているらしい。

「まったく……ここまで来ると、最早怨念って呼ぶべきだね。多分最初の頃は本当に世の為人のためって考えてたんだろうけど……そこまで来ちゃったら、もう戻しようはない。せめて心が人の形を保っていられている間に終わらせてあげるのが、情けってものなんだろうね」

「何を言ってるのですか……！　私は人であり、神々の使徒でもあるのです……！　ですから私は……私は……！」

「悪いけど、これ以上付き合ってはいられないし、見てもいられない。だから、もう一度言うよ？」

終わりだ、と口にしたのと、教皇が腕を振り下ろしたのは同時だ。

凄まじい力の奔流が、自身へと迫るのをはっきり見据え――。

――剣の権能《ワールド・エンド》：終極・絶。

だがそれは、何一つ破壊することはなかった。

そよ風の如き柔らかな一陣の風だけを残し、全てはとうに霧散している。

後に残ったのは、結果だけ。

真っ二つに両断された教皇の身体だけが、アレンの視線の先には存在していた。

「ば、馬鹿、な……私は……私は……神々の……！」

その言葉を最後に、教皇の身体が細切れになり、跡形もなく消し飛んだ。

ゆっくりと息を吐き出しながら、剣を仕舞う。

軽やかな音がその場に響き、それが戦闘の終結の合図となった。

「……どうして、跡形もなく消し飛ばしやがったんです？　別にそこまでする必要はなかったですよね？」

「まあ、確かにそこまでの恨みとかがあったわけではないし、死体を残しといた方が色々と説明は楽だっただろうね。ただ……最後に化け物にしか見えない身体を残しとくのはどうかなって、ちょっと思っただけだよ」

「……オメエは相変わらず甘いですね」

「ですが、アレン君らしいとも思います」

「……確かに？」

「そうね……本当に、らしいわ」

そんな皆の言葉に肩をすくめながら、その場で振り返ると、アレンはそのまま皆のところへと歩いていくのであった。

いつか夢見た景色

その場にごろんと横になりながら、アレンは見慣れた天井を見ていた。

物凄くだらしない格好ではあるが、このぐらいは構うまい。

何せ約半年振りに我が家に帰ってこれたのだ。

こうやって寛ぐ権利は誰にも奪うことは出来ないに違いない。

それに、今は誰もこの家にはいないのだ。

一人きりだというのであれば、尚更であった。

「それにしてもまあ……今回も色々とあったなぁ……」

どこまでを一連の流れと考えるかにもよるが……やはり、帝国から戻ってきて、アキラが面白いものを見つけたとクロエを連れてきた時が始まりだろうか。

南にあるという悪魔の拠点を探りに行き、そこからミレーヌの故郷のアマゾネス達を助けることとなり、それが終わったかと思ったらリーズ達が攫われたときたものだ。

そうして紆余曲折あった末に大聖堂へと乗り込み……そこまでの時点で結構大変だったというのに、むしろ本当に大変だったのはそれからだというのだから驚きである。

大聖堂で教皇を倒したアレン達は、そのまま大聖堂を後にする、つもりだったのだ。

きっとアンリエットもミレーヌもアキラもノエルもそのつもりだったはずである。

しかし唯一そうではなかったリーズが言ったのだ。

これから大変なことになるだろう教会の手助けを、少しでもいいからしたい、と。

確かに、教会が大変なことになるのは目に見えてはいた。

元々教会は、実質的な指導者であった大司教を失ってから未だに後継者が決まってはいない。

それでも何とかなっていたのは教皇がいたからであり、だがその教皇もいなくなってしまったのだ。

しかも、教皇の遺体は跡形もなく消し飛ばしてしまったので、死んだという証明をすることは出来ない。

あくまでも行方不明としかならないのだ。

だが、幾ら姿をほとんど見せないとは言っても、いるといないとでは大違いである。

多少ならば誤魔化しも利くだろうが、確実にいつかは破綻してしまうのは確実だ。

さらに言うならば、大聖堂が襲撃されたという事実もある。

大聖堂には元よりほとんど人がおらず、来ないのだから誤魔化せそうではあったが、アキラが使った魔法が問題であった。

大聖堂の一角の天井に大穴を開けるほどの代物だ。

場所が場所故に外から見えないわけがなく、また見ていた者が大勢いたであろうことは確認するまでもない。

大聖堂が襲われ、教皇が行方不明など、混乱するなという方が無理な話であった。

それでリーズは、その原因の一端は間違いなく自分にもあるから、手伝いたいと言ったのだ。

実際には攫われただけのリーズには欠片も責任はなく、全ての原因は教皇にある。

しかし、その教皇は既に存在していないため責任を取らせることも出来ず、それに教皇に責任があるからといって、教会の全てが悪いとは限らない。

悪魔と手を組むなど、随分なことをしてはいたものの、教会は祝福の儀を初めとして大勢の人の役に立ってもいるのだ。

教会を混乱させたまま放っておくわけにはいかない、というリーズの言は確かに間違っていないものである。

というか、そんなことを言ってはいたが、結局のところリーズは確実に困ると分かっている人を放っておけないだけであった。

そしてそれは人として正しいもので、皆リーズに頑固なところがあるということも知っていた。

リーズ一人となっても手伝おうとするだろうことは容易に想像が出来、仕方なく皆で手伝うことになったのである。

ただ、教会の手伝い自体は一月程度あれば終わった。

確かに上二人がいなくなって大変なことになったとはいえ、他にも人はいるのである。

適切に引継ぎさえ行わせれば……当人達がいなくなってしまったので色々大変だったようではあるが、事足りた。

ちなみに手伝いとは言っても、アレン達は当然のように表立って手伝ってはいない。

教会関係者ではないので手伝えないとも言うが、大聖堂の修復を手伝ったり、あとは隠し部屋を見つけてそこに保管されていた資料をこっそり送り届けたり、後ろ暗くて厄介そうな資料をひっそりしかるべきところに届けたりなどはしたものの、その程度だ。

まだまだ混乱が収まったとは言えなかったものの、ある程度安定し、あとは教会の者達だけですべきだと判断出来る段階になって、アレン達はさっさと帰ることを選択したのである。

が、そうして辺境の地へと戻って来た途端に、続く厄介事はやってきた。

ある意味自業自得だとも言うのだが――。

「あの時ギルドに行こうとしなければまた違ったのかなぁ……」

言っても仕方がないのだが、辺境の地へと戻ってきた瞬間、そういえばギルドに報告と連絡を任せていたことがあったな、と思い出してしまったのだ。

そうしてちょっと家に戻る前に確認してみようか、などと思ったのが間違いだった。

悪魔の拠点を二つも見つけるとはどういうことかと連行されてしまったのである。

「少なくともあの時家に帰ってれば一息は吐けただろうなぁ。まあ、結局は変わらなかったような気もするけど」

だが連行されても、アレンに言えることは何もない。

むしろ話を聞くべきはアキラだろうと思ったが、その時は既にアキラは一緒にいなかった。

辺境の地に戻って来る途中で、またどこかへと旅立ったのだ。

そういうところでは運がいいというか、何か感じるものがあって逃げたのではないかと今でも疑っている。

ともあれ、そうやってアキラに全てを押し付けることで何とかその場は切り抜けたのだが、逃げることは出来なかった。

レイグラーフ辺境伯領までそのまま連れていかれたからだ。

南にあった拠点に関しては、場所さえ教えれば問題はないが、あの森は完全な未踏破領域であり、危険な場所でもある。

調査をするにも案内が必要だとか言われたのだ。

ぶっちゃけ従う必要があるかないかで言えばなかったが、それを無視するということはレイグラーフ辺境伯領の兵達を死地に追いやるのと同義である。

さすがに寝覚めが悪いためにやるしかなかった。

とはいえ、一度行ったところであるし、魔物の強さなども分かっている。

一番大変だったのは、どちらかといえばレイグラーフ辺境伯領の兵達に言うことをきかせることの方であった。

彼らからすれば、アレンなどはどこの誰とも知らない人物なのだ。

その言葉を聞く義理はなく、嫌々従っているのが目に見えて分かるほどであった。

しかしあの森の状況を考えれば、それは命取りになる可能性もある。

死地に追いやるのが寝覚めが悪いとわざわざ来たのに、誰かを殺すことになってしまうのは本末転倒だ。

何とか言うことを聞かせようと頑張り、何故かその結果アレン一人対兵達全員で模擬戦を行うことになったのだが……その結果兵達が従順になってくれたのだからよしとすべきだろう。

どうして敵側にミレーヌやノエルにアンリエットが混ざっていたのかは今でもちょっとよく分からないが。

その際に受けた心労は、仕方ないと諦めるしかあるまい。

で、何とか一人の死者も出すことなく無事に調査を終えることは出来たのだが……何故か、レイグラーフ辺境伯に気に入られた。

孫娘を紹介するとか言われたのだが、ろくな未来が見えなかったので回避し続け、最終的には逃げて事なきを得た……と考えて良いはずである。

最後に見たレイグラーフ辺境伯は何か諦めていないような目をしていたような気がするが、多分気のせいだろう。

そうして気が付けば半年程が経ち、こうしてようやく辺境の地の我が家に帰ってくる事が出来た、というわけである。

「んー、こうして考えてみると本当に色々とあったなぁ。っていうか、ここに来てから色々ありすぎじゃないかな、本当に……」

ここにいるのが悪いのかと思うが、帝国に行ってもあれだったので場所の問題ではないような気がする。

かといってそんな運命にあるとは考えたくもないのだが——。

「ま、いっか。とりあえずは、しばらくの間は——」

「——アレン君、大変です……！」

のんびりしようと思ったら、何故だかリーズが息を切らせながらやってきた。

ああ、なんかこのパターン記憶にあるなぁ、と思ったが、さすがにここで無視するわけにはいくまい。

「……えーっと、どうしたの、リーズ？　何かあった？　確かノエルの店に行ってたはずだよね？」

リーズがノエルの店に行っていたのは、しばらく鍛冶から離れてたから鈍った分を取り戻す、とか言い始めたノエルを監視するためだ。

ミレーヌや、そういえばノエルが鍛冶をするところを見た事がないと興味本位でついていったアンリエットも一緒のはずであり、その面子ならば何もないだろうと思ったのだが……この様子では間違いなく何かがあったのだろう。

「は、はい……それが、ソフィさんが突然やってきまして。ノエルが攫われました」

「……ごめん、どうしてそうなったのかが分からない」

ソフィとは、大聖堂の一件の時に知り合った女の悪魔の名だ。

気が付けば姿を消していたのだが、ある時ふらっとやってきては自ら名を告げてきたのである。

どうやら気に入られてしまったらしく、それ以来ちょくちょくちょっかいをかけに姿を見せていた。

しかし大した事がない上にどうにも憎めないために適当にあしらっていたのだが……本当に、どうしてそんなことになったのだろうか。

「ノエルが剣を打つ姿が気になったらしく、しばらく見ていたのですが……一本出来上がった途端に目を輝かせまして。わたくしも欲しい、と言った瞬間ノエルを連れ去ってしまったんです」

「ああ……なるほど、その場面ありありと想像出来るなぁ。アンリエットとミレーヌは？」

「アンリエットさんはノエル達がどこに行ったのか追跡してくれているらしいです。ミレーヌは、作業場を放っておくわけにはいきませんから、後片付けを」

「で、リーズが僕を呼びに、か。んー……放っておいても満足すれば戻ってくるような気がするけど、まあ彼女も何だかんだ言って悪魔だしね。何があるか分からない以上は、そういうわけにはいかないか」

そう呟くと、アレンは身体を起こした。

そんなアレンのことを見ていたリーズが、どことなく申し訳なさそうな表情を浮かべている。

「リーズ、どうかした？」

「いえ……折角アレン君が休んでいたのに、と思いまして……」

「ああ、いや、気にしなくていいって。責めるべきはアホみたいなことした人物だし……それに、なんかもう慣れてきたしね」

その言葉は、慰めのものではなく、割と本心だ。

ここ最近色々とありすぎたからか、結構本気で、またか、仕方ないな、ぐらいになっている。

それに……ふと、思うのだ。

確かに騒がしくて、忙しくて、疲れるけれど……彼女達とこうしてドタバタした日々を過ごすのは、意外と嫌いではない、と。

あるいは。

アレンがずっと求めていた平穏というのは、とうに手に入っていたのかもしれない。

そんなことを思いながら、苦笑を浮かべて肩をすくめると、アレンはリーズと共に、騒がしい場所へと向かうのであった。

出来損ないと呼ばれた
元英雄は、
実家から
追放されたので
好き勝手に
生きる
ことにした

今そこにある幸せ

その場に足を踏み入れた瞬間、アレンが感じたのは意外さであった。

正直なところ、もう少し何か思うことがあるのではないかと思っていたのだ。

視界に映っているのは、見覚えのある光景。

おそらくは二度と足を踏み入れることはないだろうと思い、その覚悟もした場所。

ヴェストフェルト公爵家の屋敷であった。

とはいえ、考えてみたらあれから一年以上が経過しているし、その間に色々なことが起こっている。

むしろまだ一年程度しか経っていないのかと思えるほど濃い日々であったことを考えれば、今更この屋敷に足を踏み入れた程度で思うところがないのは当然なのかもしれない。

と、そんなことを考えていた時のことであった。

「――おかえりなさいませ、アレン様」

聞こえた声に驚きはない。

視線を向ければ、その先にあるのは腰を折り曲げた壮年の男性の姿。

その人物がここにいるのは知っていたし、気配に気付いてもいたので、驚かないのは当然だ。

だからアレンが苦笑を浮かべたのも、告げられた言葉そのものに対してであった。

「……サイラス、僕に対しておかえりなさいませはおかしくないかな？」

かつてのヴェストフェルト家で執事長だったサイラスが再びこの家で働くようになった経緯は、そう難しいものではない。

ヴェストフェルト家をクビになったサイラス達はリンクヴィスト家で雇われることになったわけだが、あれは半ばアンリエットが私的に雇っていたものであったようだ。

となれば、公的には死んだことになっているアンリエットに雇われていたサイラス達が再び路頭に迷うことになるのは当然のことだろう。

しかし、リーズが当主となった新しいヴェストフェルト家は相変わらず人手が足りておらず、サイラス達はそんなヴェストフェルト家のことに詳しいときている。

雇わない理由はあるまいと、そういうことであった。

だがそういうわけであるからこそ、彼らの雇い主はリーズだ。

かつての雇い主の息子であり、家そのものは同じとはいえ、今のアレンの立場は客人に過ぎず――。

「おや……確かに、まだ少し気が早かったですか」

「……気が早いも何も、今のところサイラスからそう言われることになる予定はないんだけど？」

「そうなのですか？　私はてっきり、再び……いえ、今度こそアレン様が私達の主となるためにここへとやってきたのだとばかり思っていたのですが」

その言葉をどういう意味で言っているのかは……まあ、確かめるまでもあるまい。

しかし同時に、本気で言っているわけでもないのだろう。

先ほどからずっと腰を折り曲げ続けているためその顔を見ることは出来ないが、どことなく面白がるような雰囲気を感じるからだ。

「……サイラスって、そういう冗談を言ったりもするんだね」

「執事をやっているというだけで、私は極普通の一般人ですから。ああそれと、完全な冗談というわけでもなく、半分ほどは本気で言ってもおりますよ？　今この屋敷には滅多なことではお戻りになられない私達の現主であるリーズ様がおり、そんなところに今まで決してこの屋敷に足を踏み入れようとしなかったアレン様がこうして足を踏み入れたのですから。そういうことなのではないかと考えるのは、むしろ当然ではないでしょうか？」

サイラスの言うことは、事実と言えば事実ではあった。

少なくとも現在この屋敷にリーズが来ているのも、そのリーズが基本的に辺境の街にいてこの屋敷に戻っていないのも確かだ。

アレンがこの屋敷に足を踏み入れるのが追放されて以来だというのも事実で……だが。

「僕がここに入ろうとしなかったのは単純に入る理由がなかったからだし、今日入ることになったのは逆に入る理由が出来たってだけのことだしね。っていうか、リーズがここにいるのも同じ理由によるものだし……もっと言えば、そもそもの話、どうして僕達がここに来ることになったのか、サイラスは知ってるよね？」

「はて……私めは単なる一執事でしかありませんので」

「どの口が言うんだか」

苦笑を浮かべながら、下げ続けているその頭を眺める。

サイラス達の扱いに関しては、アレンもある程度は聞いている。

そこからすれば、サイラスの言っていることは半分正しく半分嘘といったところだろうか。

確かに今のサイラスの立場は執事長などではない。

元執事長でありこの屋敷のことに詳しいとは言っても、雇われた日数から考えれば未だ新顔でしかないのだ。

しかしそれはこの屋敷で以前から働いていた者達のことを考えてのことであり、実質的な扱いは執事長と大差ないということである。

アレンやリーズがどうしてこの屋敷に来ることになったのかも、当然のように知っているはずだ。というか。

「まあ、その話はその辺にしといた方がいいんじゃないかな？　そんなことを言うから、そのサイラス達の現在の主が出るに出れなくなっちゃってるじゃないか」

「っ……!?」

屋敷の奥から感じる息を呑む気配に、アレンは苦笑を深めた。

先ほどからいるのは分かっていたのだが、どうやら向こうは気付かれているとは思っていなかったらしい。

屋敷の奥の扉の影から、リーズがどことなく気まずげに顔を出した。

「むぅ……サイラスさんとの会話に意識が向いている間に近付いて驚かせようと思っていましたのに、これでもアレン君は気付いてしまうんですね……。折角のチャンスだと思ったんですが……」

「いや、何のチャンスさ」

「だってアレン君を驚かせそうな状況なんて早々ないじゃないですか」

それはそうかもしれないが、だからといって驚かそうとする必要はないのではないだろうか。

と、そんなことを考えていたら、ふと感心したような声が耳に届いた。

「ふむ……なるほど、どうやら私のやろうとしていたことは余計なお世話だったようですな」

「サイラス……？」

「いえ、皆まで言う必要はありませんとも。これでも人生経験だけでしたらそれなりのものがありますからな。お二人が仲睦まじいということは、今のやり取りだけで十分理解出来ました。小細工を要する必要もなかったようで……そもそも考えてみましたら、あのアレン様なのです。私達が余計な気を回す必要がないことなど、当然のことでした」

そう言ってようやく頭を上げたサイラスの顔には、どことなく満足気な表情が浮かんでいた。

そして自分の役目は終わったとばかりに、言いたいことだけを言って、もう一度頭を下げるとそのまま下がっていく。

と、その間際。

「ああ、そうそう……リーズ様のために用意された寝室ですが、防音対策はしっかりなされております。何があっても外に声が聞こえることはありませんので、ご安心ください」

そんな言葉を残し、今度こそ下がっていった。

思わず溜息が漏れる。

「まったく……そんな情報を伝えて、一体何をどうしろってんだか」

「そ、そうですよね……わたし達は、やることがあるからここに来ただけですのに……」

そんなことを言いつつも、明らかに挙動不審となったリーズに、再度小さな溜息を吐き出す。

だがリーズも言ったように、アレン達はやることがあるからここへとやってきたのである。

一先ずはそれを優先とすべきだろう。

「えーと、とりあえず、リーズの部屋に行けばいいのかな？」

「あ、え、えっと……そう、ですね。準備はそこでしてありますから。……正直なところ、あまり自分の部屋という自覚はないんですが」

「まあこっちにはほぼいないわけだしね。そんなもんじゃないかな。っと、そうだ。言い忘れてたけど……お邪魔します、リーズ」

「あ、はい……えっと、いらっしゃいませです、アレン君。……って、なんかちょっと変な感じですね」

「……確かにね」

挨拶としては正しいはずなのだが、基本的にリーズと交わす挨拶はただいまとおかえりなせいだろうか。

アレンも何となく変な感じがして、つい苦笑を浮かべてしまう。

「ま、何はともあれ行こうか」

「そうですね。あまりのんびりすべきではないでしょうし。えっと……こっちです」

そうして歩き出したリーズの背を眺め、ふとアレンは目を細めた。

リーズが先を歩くのは、当然のことではある。

ここは既にリーズが主の屋敷なのだ。

それでも先の挨拶とどことなく似通っている感覚を覚えながら、アレンはリーズの後を追うのであった。

†

アレンとリーズがヴェストフェルト家の屋敷に来ることになった理由は、単純に言ってしまえばベアトリスの代わりをするためであった。

ベアトリスが未だ王都から戻ってきていないため、執務が滞ってきてしまったからだ。

まあベアトリスが王都に留まっていた理由はもう解消されたわけだし、アレンが迎えに行けばすぐに連れ戻すことは可能なのだが、ベアトリスはこれまでずっと慣れないながらも当主代理の仕事をこなしていたのである。

いい機会だからもう少し休ませようとリーズが判断し、ついでにその代わりを、となったのだ。

厳密にはそもそもベアトリスはリーズの代わりだったわけだから、本来の仕事をすることになった、と言うべきかもしれないが。

ちなみにアレンも一緒なのは、リーズだけでは判断出来ないものがあるだろうからだ。

リーズはある程度王族としての教育は受けてはいるものの、公爵家の当主が務まるほどの教育はさすがに受けてはいない。

ヴェストフェルト家のことを知らなければ判断出来ないこともあり、だからそこを補うためにと、リーズから要請を受けたのだ。

無論アレンも当主の代わりが出来るほどの教育は受けていないが、リーズよりは判断が出来るだろう。

あとはサイラスなどにも聞けばある程度は何とかなるだろうと、そう思ったのだが――。

「うーん……進行度合い的には予想の半分ってところ、か。これは今日中に終わらせるのは無理かもしれないなぁ……」

「……すみません。わたしがそれだけ役に立ってないってことですよね……？」

「いや、それは……うーん……」

正直なところその通りではあった。

ただ、処理能力的にはほぼ予想の範囲内に収まっているし、本来ならば今の倍は処理出来ているはずなのだ。

しかしならば何故それが出来ていないのかと言えば、その理由は明白である。

リーズに集中力が欠けているからであった。

とはいえこの問題はリーズが悪いとは一概には言い切れず、というかぶっちゃけどう考えてもサイラスが原因だ。

今アレンとリーズは先ほど言った通りリーズの部屋に来ているのだが、リーズの部屋ということは当然と言うべきか寝室へと繋がっている。

寝室があるのは閉じられた扉の向こう側ではあるものの、すぐそこにあることに違いはないのだ。

そしてどうやらリーズは先ほどのサイラスの言葉を意識してしまっているようで、結構な頻度でそちらへと視線を向けては落ち着かなそうにしているのである。

確実にサイラスが悪く、だがそういったことであるため、アレンはアレンで何ともフォローがしづらく、こんなことになってしまっているのだ。

これはいっそ一度仕切り直した方がいいのかもしれない。

「んー……このまま進めようとしたところで効率悪そうだし、ここは一旦休憩した方がよさそうかな？」

「……本当にすみません」

「いやいや、リーズは悪くないって。うん……悪いのはサイラスだからね。まったく、元執事長が主を困らせてどうするんだか」

まあ、何も考えていないとは思わないし、何を考えているのかも何となく分かるような気はするが……さて。

とりあえずは言いだしっぺが休憩するべく、手元にある報告書を眼前のテーブルへと放り投げるようにして置いた。

それから座っているソファーへと沈み込むように体重をかけていく。

一つ、息を吐き出した。

「あー……でもどの道これは、休憩はすべきだったかもなぁ。意外と疲れるもんだね」

「……確かに、そうですね。ベアトリスはこれを一人でやってくれていたんですよね……本当に頭が上がりません」

「まったくだね。……でも、今はともかくとして、リーズもそのうち一人で出来るようにならなくちゃならないわけだよね？　大変そうだなぁ……」

「……他人事みたいに言うんですね？」

「いや、実際に他人事だからね。今回は僕が手伝ったけど、多分これっきりだろうし」

次にリーズに手伝いが必要となる時が来ても、その時に手伝うのは多分ベアトリスだろう。

そしてそうなれば、アレンがこの手のことを行う機会というのはもはややってこないはずだ。

自分で望めばまた別かもしれないが、生憎とアレンの望む平穏の中に領主として働くというものは入ってはいないのである。

と、そんなことを考えた時のことであった。

「……そういえば、アレン君は結婚とか考えていらっしゃるんですか？」

「また随分唐突な質問が来たなぁ……」

「いえ、その……すみません。何となく気になってしまって……」

「まあ別にいいけどさ……」

多分サイラスに変なことを言われて、意識してしまったせいなのだろう。

そもそもリーズの年齢を考えれば、そろそろ結婚適齢期である。

結婚というものを考え始めるのはそうおかしなことではあるまい。

とはいえ。

「んー、そもそも考える考えない以前に、僕って結婚出来ない気がするんだよね」

「え？　それは、その……相手が、ということでしょうか？」

「いや、だからそれ以前の話で。僕って未だに身元不詳な人物だからね。事実婚とかならともかく、厳密な意味で結婚っていうのをするのは無理なんじゃないかな？」

「……なるほど。では……その問題が解決するとしましたら、結婚はしたかったりするんですか？」

「うーん……どうかなぁ。正直考えたこともなかったしねぇ」

だが考えてみれば、平穏というものの中にはそういった選択肢が含まれていてもいいはずだ。

それなのにまったく考えたことがなかったのは……自分には縁遠いものだと思っていたか……あるいは、そう思おうとしていたか、だろうか。

脳裏をよぎるのは、前世の最後。

あんなものに、誰かを巻き込んでしまうことはないようにと。

なんて、まあただの考えすぎだろうが。

単純に縁遠すぎて想像が出来ないというだけのことだろう。

「でもそういうことを言うってことは、リーズは結婚したかったりするの？」

何気ない質問のつもりだったのだが、返答までには一瞬の間があった。

「……そうですね。今すぐ、というわけではないですが、そのうちしたいとは考えています」

「……そっか」

「はい。あ……いえ、すみません。今のは少し言葉が足りなかったかもしれません。そのうちしたいと考えてはいますが、今はしたくありません、というのが正しいですね」

「うん？　今はむしろしたくないんだ？」

「はい。その……色々と思うところはあったりもするのですが……それでも、わたしは今の生活が楽しいと、そう思っていますから」

その言葉に、ふとアレンは、なるほどと思った。

自分が結婚について考えたことがなかった理由が、分かった気がしたからだ。

昔は確かに縁遠かったからこそ考えたことがなかったのかもしれない。

でも、今はきっと――単に、今の生活で満足しているからなのだ。

「……そっか。なるほど、ね」

「は、はい……えっと、すみません。ちょっと恥ずかしいことを言ってしまったかもしれません」

「そうかな？　少なくとも僕はいい言葉だと思ったけどね」

「そう、ですか？　……それなら、よかったです」

そう言って笑みを浮かべたリーズの姿に、息を一つ吐き出した。

何となく、あの家に戻ってリーズと共に皆の顔が見たいと、そう思ってしまったのだ。

しかし生憎とそのためには、やらなければならないことがある。

ならば。

「さて……休憩はここら辺にして、続きに取り掛かるとしよっか。じゃないと、本当に今日中に終わらなそうだしね」

「そうですね……あの家に帰るため、わたしも今度こそしっかり頑張ります。……ちょっとだけ惜しいですけど」

最後に呟かれたリーズの言葉は聞こえなかったことにして、その代わりとばかりにアレンはほんの少しだけ口元を緩める。

そしてアレンも頑張って任された分を終わらせるべく、先ほど放った報告書へと手を伸ばすのであった。

あとがき

こんにちは、紅月シンです。

前巻から引き続き、あるいは、さすがにいらっしゃるかどうかは分かりませんが、今回からという方も、本書を手に取ってくださりまことにありがとうございました。

早いもので、もう五巻目となりました。

出来れば五巻まで出したいと思っていましたので、何とかここまで続けることが出来て感無量です。

Ｗｅｂで連載していた部分の全てを書籍化することも出来、これも全て皆様の応援のおかげです。

本当にありがとうございました。

この先どうなるかは分かりませんが、少なくともコミカライズの方は続いていくかと思いますので、是非コミカライズの方も応援していただけましたら幸いです。

ちなみに、コミックの二巻も今月に発売しますので、是非手に取って頂けますとありがたいです。

一巻の時点でも十分でしたが、烏間ル先生も慣れて来たのか二巻になってさらに良くなっていますので。

一巻を手に取っていただけました方も、まだ読んだことがないという方も、是非買っていただけましたら幸いです。

そして今回もまた様々な方のお世話になりました。

編集のS様にF様、今回もまた色々とお世話になりました。

いつもありがとうございます。

イラストレーターのちょこ庵様、いつも通りの素敵なイラストありがとうございました。

もう本文がイラストに負けてるのは気にしないことにしました。

というか最早ちょこ庵様のイラストだけで十分なのでは……？

ともあれ今回も本当にありがとうございました。

校正や営業、デザイナーなど、本作の出版に関わってくださった全ての皆様、今回もお世話になりました。

いつも本当にありがとうございます。

そして何よりも、いつも応援してくださっている皆様と、この本を手に取り、お買い上げくださった皆様に。

　心の底から感謝致します。

それでは、またお会い出来る事を祈りつつ、失礼致します。

第１話－第２話あらすじ

出来損ないとして公爵家を追放されたアレンは、旅すがらリーズとベアトリスの護衛を引き受けることに。目的地である辺境の地に到着するも、そこで出会った今代の勇者・アキラに手合わせを挑まれてしまう。仕方なく相手をするも圧勝。逆にアキラから「手を貸してほしい」と頼まれ、山に龍がいるという驚くべき話を聞かされたのだった。

龍？
まさか…
こんなところに龍が…？

龍というと…魔物と違って意思の疎通が図れる存在だよね
前世でも戦ったことはないな…
魔物の襲撃を防いでもらうために生贄を要求されてるとか…？
なるほど…確かにこの近辺の家々を見る限り魔物に対する対策が一切なされていないな
そうなると…名目上この周辺を管理していることになっているのは…
この予感当たってないといいけど…
まずは村の方に話を聞いてみましょう
帰ってくれ

何も
知らないんだ
どうだった？
収穫ゼロだ
ついでに資材の
調達も無理
どのお店も
閉められて
しまって…
となると…
予感的中って
とこかな…
ところで
アキラ
ん？

どうして龍のことを知ってるの？
…
…この村につく前にちょっと子供を拾ってな
子供？
ああ小汚いガキだ
なんでも生贄にされそうになったところを逃げてきたらしい
それで村の連中に詳しく話を聞こうとしたらご覧の有様ってわけだ
やっぱり…龍は村の人を脅して…
いやそうじゃないよ
人間側が龍に働きかけたんじゃないかな
この周辺を管理していることになっているお偉い人が…

どういうことだ？
もしかしたらこの村そのものが生贄を目的として作られたかもしれないってこと
でもっ…それでいったい誰に何の利益が…
・・・あの家は武を追求する家だからね
龍からしか得られない鱗とか血そういう類いのものを継続的に要求してる可能性がある
それで戦力の強化をする…あの家ならありえなくない

まさかその家って…!?
まそういうことだね
あくまでも推測に過ぎないけど…
……
そういえばアキラ拾ったっていう子供は？
山の麓《ふもと》にある洞窟だあの村に戻すわけにはいかなかったからな
では…アキラ殿の中では決まっているのだな
――ああ

助けてって言われたんだ
倒すさその龍を
そっか
それなら決まりだ
張り切って行こう
…本当にいいのか？
誰かを助ける理由なんてそれで十分さ
じゃあ

行くとしますか
龍退治に！

――…で
本当に来るの？
ここで待ってたほうが…
いいえ
――行きます
はあ…それも啓示？
実際にあったわけではありません
ただ行かなければと思っていることは事実です
何より

私が行きたいから行くのです
足手まといにはならないと約束します
ですから
私も連れて行ってください
…わかった
ただしひとつ約束がある

決して無茶はしないこと
無理だと思ったら強引にでも引かせる いいね？
はい！
…ふーん
どうした？
何となくアレンが引っ張る側かと思ったんだが
そうでもねえのか？
基本的にはそれで合っている
がアレン殿は割と甘いからな

つかやっぱふたりはコレなのか？
ひそ
ひそ
元だがな
ひそ
色々あるんだなぁお偉いさんは大変そうなコトで
ひそ
はいはいそこうるさいよ
ひそひそしてないで
ははっさっさと行くぞおふたりさん
ははは
アキラは明るいね

さて
それじゃ作戦会議だ
陽動作戦——
アレン達は3人で裏道から回り込む
BOSS
オレは舗装された道を使って正面から頂上に行く
アキラさんが正面から…ですか？
何だよリーズ オレじゃあの龍は倒せねーって？
いえ 決して そういうわけでは…
僕も異議あり

陽動なら
僕が務めたほうが
いいんじゃない？
ひとりで行くのは
流石に危険だし
私も
そう思います…
イヤだ
キッパリ
断る
えっ…
だってアレンに
任せたら全部ひとりで
片づけちまいそうだし

オレだって
勇者だぜ
とんっ
カッコいいとこ
独り占めすんなよ

なっ！
…わかった
――それじゃ
気を引き締めて行こう

――うーん
一応この展開は予想してたけど…あんま当たってほしくなかったな…
なるほど…龍の加護を受けたいのは人間だけではないということか…
まぁ
ちょうどいいよ
龍と戦う前の

準備運動ってことで――

――人間よ

よくぞ我が巣へと訪れた
そして――

死ね

ズ

クソッ…
想定内とはいえ
本当に速攻とはな…！
ばっ
貴様らこそ
そのつもりで
あったろう？
その程度のことが
あれは
我にわからぬと
でも思ったか？
相当強い

はっ！
でも逃げるわけにはいかない
偉そうにしやがって！
いいぜ そっちが その気なら
だってオレは約束したんだから
こっちだって問答無用だ
あのガキを
まずはそっから引きずり降ろしてやるよ！
助けるって——…！

──勇者《ブレイバー》：魔法
堕ちろ 雷帝──
いいのか？
──……ああ？
何──……
それを

巻き込むぞ

――……
どうして殺さない
簡単なことだ
玩具にするためよ
ギリ
ギリ
――そうかよ

助けて
勇者様
ぶっ殺す

続きは
CORONA EX コロナEX TObooks
にてお楽しみ
下さい！

リーズ累計120万部突破!（紙+電子）

TO JUNIOR-BUNKO

※第4巻カバーイラスト

イラスト：kaworu

TOジュニア文庫第4巻
2023年9月1日発売!

NOVELS

※第24巻書影

イラスト：珠梨やすゆき

原作小説第25巻
2023年秋発売!

COMICS

※第10巻書影

漫画：飯田せりこ

コミックス第11巻
2024年春発売予定!

SPIN-OFF

※WEB連載バナー

漫画：桐井

スピンオフ漫画第1巻
「おかしな転生~リコリス・ダイアリー~」
2023年9月15日発売!

甘く激しい「おかしな転生」シ

TV ANIME

テレビ東京・BSテレ東・AT-X・U-NEXTほかにてTVアニメ放送・配信中!

※放送・配信日時は予告なく変更となる場合がございます。

CAST
ペイストリー：村瀬 歩
マルカルロ：藤原夏海
ルミニート：内田真礼
リコリス：本渡 楓
カセロール：土田 大
ジョゼフィーネ：大久保瑠美
シイツ：若林 佑
アニエス：生天目仁美
ペトラ：奥野香耶
スクヮーレ：加藤 渉
レーテシュ伯：日笠陽子

STAFF
原作：古流望「おかしな転生」（TOブックス刊）
原作イラスト：珠梨やすゆき
監督：葛谷直行
シリーズ構成・脚本：広田光毅
キャラクターデザイン：宮川知子
音楽：中村 博
OP テーマ：sana(sajou no hana)「Brand new day」
ED テーマ：YuNi「風味絶佳」
アニメーション制作：SynergySP
アニメーション制作協力：スタジオコメット

アニメ公式HPにて予告映像公開中!
https://okashinatensei-pr.com/

GOODS

おかしな転生 和三盆

古流望先生完全監修!
書き下ろしSS付き!

大好評発売中!

STAGE

舞台「おかしな転生 ～アップルパイは笑顔とともに～」DVD化決定!

2023年8月25日発売!

GAME

TVアニメ「おかしな転生」がG123でブラウザゲーム化決定! ※2023年8月現在

▲事前登録はこちら

只今事前登録受付中!

DRAMA CD

おかしな転生 ドラマCD 第②弾

好評発売中!

詳しくは公式HPへ!

小説
第14巻
2023年
9月9日
発売!
シリーズ累計
140万部
突破!
(紙+電子)
TVアニメ放送開始!
帝国物語
餅月望――著
Gilse――イラスト
式HPへ!
原作HP
TVアニメHP

Comics
ティアムーン帝国物語
ティアムーン帝国物語
ティアムーン帝国物語
ティアムーン帝国物語
ティアムーン帝国物語
コミックス
第7巻
2023年
10月14日
発売!
漫画：杜乃ミズ
2023年10月より
MBS・TOKYO MX・BS11にて
ティアムーン
断頭台から始まる、
姫の転生逆転ストーリー
詳しくは公

出来損ないと呼ばれた元英雄は、実家から追放されたので好き勝手に生きることにした5

2020年3月1日　第1刷発行
2023年8月1日　第2刷発行

著　者　紅月シン

発行者　本田武市

発行所　TOブックス
〒150-0002
東京都渋谷区渋谷三丁目1番1号　PMO渋谷Ⅱ　11階
TEL 0120-933-772（営業フリーダイヤル）
FAX 050-3156-0508

印刷・製本　中央精版印刷株式会社

本書の内容の一部、または全部を無断で複写・複製することは、法律で認められた場合を除き、著作権の侵害となります。

落丁・乱丁本は小社までお送りください。小社送料負担でお取替えいたします。

定価はカバーに記載されています。

ISBN978-4-86472-915-4
©2020 Shin Kouduki
Printed in Japan